新新古典

新新三國演義（下）

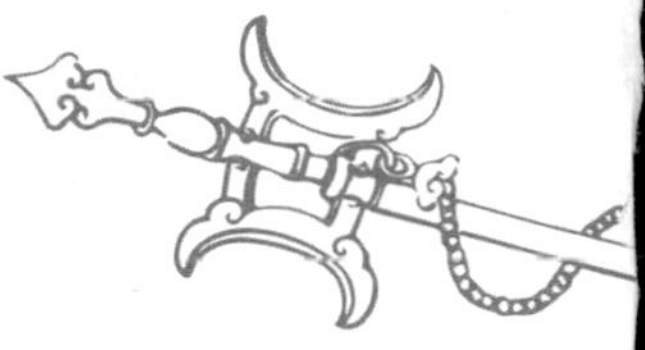

張啟疆——著

三民書局

目次

下冊

下册

滾滾長江東逝水，浪花淘盡英雄。
是非成敗轉頭空……

第一章（上）

華容道

敗軍潰逃

潰敗的曹軍急急奔向烏林，不料遇到呂蒙的襲擊：「曹賊休走！」怎麼可能不走？曹操催促軍馬向前，留張遼斷後。繞過一片樹林，又遭伏軍路攔：「凌統在此！曹賊納命來！」

曹操肝膽俱裂，不知如何是好？「丞相休慌！徐晃在此！」山谷裡衝出一隊人馬，是徐晃率領馬延、張顗和三千北地兵士趕來救援。一場混戰，好不容易殺出重圍，向北竄逃；又遇到甘寧、陸遜、太史慈等東吳部將的截殺，馬延、張顗皆死於甘寧刀下。

曹操逃到烏林，見這裡山勢險要，樹林茂密，忽然仰天大笑起來。

諸將面面相覷，齊問曹操：「丞相何故大笑？」

曹操說：「我不笑別人，卻是笑周瑜無謀，諸葛亮少智。若是我來用兵，預先在這裡伏下一軍，看對手怎麼跑？哈哈！我……」

連番埋伏

話沒說完，兩邊鼓聲震動，火光沖天而起。「我趙子龍奉軍師將令，在此等候多時了！」嚇得曹操幾乎墜馬，慌忙命徐晃應敵，自己快馬加鞭而去。

一路上，遇到李典、許褚保護著眾謀士撤退。兩隊合成一軍，讓曹操精神為之一振。逃到葫蘆口，兵將餓得肚子發慌，馬也走不動了。曹操令人埋鍋燒飯，自己東張西望，忽然又大笑起來。

眾官問：「丞相為何又笑？」

曹操東指西指，彷彿在排兵布陣，大聲說：「我笑那周瑜、諸葛亮畢竟無腦。要知道，若是在這裡也埋伏一隊人馬，那我們就真的插翅難飛了。哈哈哈——」

笑聲未停，忽然爆出如雷之吼：「燕人張翼德在此！操賊走哪裡去！」

曹操大驚失色，棄甲上馬。曹兵見了張飛，個個膽寒。許褚飛馬來戰張飛，張遼、徐晃也上前夾攻，讓曹操乘機逃走。

到了十字路口，探路的軍士向曹操請示方向：「前面有兩條路，請問丞相從哪條路去？」

曹操問：「哪條路近？」

軍士答：「大路稍平，卻遠了五十餘里；小路往華容道，卻近了五十餘里。只是地窄路險，坑坎難行。」

曹操命人上山觀望，回報：「小路山邊有好幾處在冒煙；大路並無動靜。」

曹操伸手一指：「走華容道小路。」

諸將驚愕一問：「有烽煙處，必有軍馬，為何反而走這條路？」

曹操傲然而笑：「豈不聞兵書有云：『虛則實之，實則虛之。』諸葛亮多謀，故意教人在小道燒煙，算定我軍不敢走這條山路，他卻在大路埋伏兵馬等著。哈！虛張聲勢！我怎會中他的計！」

諸將不由得讚嘆：「丞相妙算，無人能及！」

虛虛實實

數個時辰前，孔明和趙雲回到夏口，立刻調度人馬：

「趙雲帶領三千軍馬，渡江埋伏烏林小路。今夜四更後，曹操必然從那條路經過；曹軍至，放火攻。不殺他盡絕，也宰他一半。」

趙雲領兵而去。

「張飛也帶三千兵馬渡江，截斷彝陵這條路，去葫蘆谷口埋伏。曹操不敢走南彝陵，必往北彝陵去。大雨剛過，兵將飢困，他們會先埋鍋造飯。記住！看到炊煙竄起，就從山邊放火急攻。就算沒捉到曹操，翼德這場功勞也不小。」

張飛奉令出發。

孔明又令麋竺、麋芳、劉封三人，各駕船隻，繞江剿擒敗軍，奪取器械。

三人銜命離開。

一旁的關羽再也按捺不住，高聲問道：「關某自隨兄長征戰，多年來，未嘗落後。今日逢大敵，軍師卻不委用，請問是何意？」

孔明沉吟著：「這個嘛……其實，有一個最緊要的隘口……但我擔心……」

關羽問：「軍師擔心什麼？」

孔明說：「華容道。曹操兵敗，必走華容道。只是，曹操曾厚待足下，我若派將軍守關，只怕將軍顧念昔日之情……」

關羽大聲說：「軍師想太多了！曹操的確曾重待關某，但我已斬顏良、誅文醜，解白馬之圍，回報過他了。今日撞見，豈肯輕放？」

孔明輕揮羽扇：「若是放了，該當如何？」

關羽挺胸，抱拳：「願依軍法。關某這就立下軍令狀。倘若曹操不走華容道，軍師又當如何？」

孔明笑了，一種全然看不出心思的淺笑：「我也立軍令狀，如何？將軍可在華容道的山嶺上堆積柴草，放火燃煙，引曹操來。」

關羽皺起眉頭：「曹操望見煙火，知道有埋伏，如何肯來？」

孔明又笑了：「別人不來，但曹操一定來。」

「何以見得？」一旁捏著冷汗的劉備問。

「噓！仔細聽！」孔明以指抵脣，表情神祕：「數個時辰後，那曹操正得意說著：『虛則實之，實則虛之。諸葛亮算定我軍不敢走這條山路……』曹操自負高人一等，我才能以此計瞞過他。他見煙起，還會說是『虛張聲勢』。將軍只要記得一件事：休得容情！」

情義兩難

數個時辰後，在曹操的大笑聲中，衣甲溼透、旗旛不整的曹軍走進華容道。時值隆冬，天氣嚴寒，崎嶇不平的小路泥濘不堪，幾乎寸步難行。好不容易捱過險峻，路漸平坦，曹操又在馬上揚鞭大笑。

眾將問：「丞相為何又大笑？」

曹操笑得上氣不接下氣：「人皆言周瑜、諸葛亮足智多謀，哈！到底是無能之輩。試想，若在此處伏一旅之師，那我等……」

一聲炮響，五百名校刀手分列兩側，為首的紅面大將，提青龍刀，跨赤兔馬，截住去路。

「啊！是關雲長！」曹軍看見關羽，亡魂喪膽，不知所措。事實上，這一路上倉皇敗退，丟盔棄甲，這些殘兵餘勇早已人困馬乏，不能再戰。

那要怎麼辦？引頸就戮？謀士程昱建議曹操親自去向關羽求情，關羽重情，也許能放曹操一馬。曹操想想，也只有這個辦法，便單人匹馬，硬著頭皮，走向關羽，欠身問候：「將軍別來無恙？」

關羽也欠身回禮：「關某奉軍師將令，等候丞相多時。」

曹操苦笑：「何須等候？早知是你，我當自動獻上人頭。」

關羽一愣，隨即說：「關某雖曾蒙受丞相厚恩，然而斬顏良、誅文醜，解白馬之危，早已報還。今日之事……關某豈能……豈能以私廢公？」

「當然！」曹操大聲說：「你從不欠我什麼。要怪，就怪命運乖謬，你我兵戎相見，不能把酒言歡。要怪，就怪曹某一廂情願，對將軍念念不忘哪！」

「你……」關羽漲紅了臉，或者該說，關羽的臉，漲得紅上加紅。

「來吧！雲長！一刀斬了我，拿我項上人頭回去請功。」曹操伸展雙臂，閉上兩眼：「能死在關雲長手上，也算不枉此生。」

「你……」握刀的手開始顫抖。

「來吧！雲長！我只求你放過我的手下，喔不！他們只是一群無力再戰的殘兵敗卒。」曹操偷偷撐開一線眼縫，不敢全開，不能讓關羽看清自己的眼神。「我死不足惜，但他們都是有家有小之人……」

關羽眼見曹軍個個衣甲不全，渾身泥漿，斷手傷腳，淚流滿面……又想起昔日曹操諸多禮遇、大恩厚義，以及後來的過五關斬六將……一聲悶響，刀尖落地，關羽長嘆一聲：「啊！部隊散開！你們……走吧！」

曹操眼睛一睜，背脊一挺，回頭大叫：「關將軍放過你們了，還不快走！」

七零八落的曹軍死拖活拉，沒命地衝過狹道。曹操僵坐不動，程昱牽著曹操的名駒，護主前行。

「不可！將軍！這是縱虎歸山啊！」左右兵士急忙勸阻關羽。關羽猛然記起軍令，忙又勒馬回頭，大喝一聲：「哪裡走！」曹軍一聽，嚇得滾下馬鞍，伏在地上哭拜求饒。

這……唉！那把重八十二斤的青龍偃月刀，竟似重逾八千二百斤，再也舉不起來。

命不該絕

數個時辰前，孔明分撥調度完畢，凝神仰觀天象。劉備躡手躡腳接近這位「神鬼莫測」的軍師，小聲問：「軍師真要讓二弟守華容道？」

孔明轉身，微笑：「主公為何有此一問？」

劉備道出心中擔憂：「二弟義氣深重，若曹操果真朝華容道而來，只怕……」

孔明緩緩接口：「只怕，關將軍端的將曹操放了？」

放聲大哭

曹操走出華容道，一路奔逃至南郡時，遇見曹仁帶著人馬趕來救援。

「呼！總算脫離險境了。」曹操身邊的兵士，只剩二十七騎。這二十七人，無不額手稱慶。

這時的曹操，突然放聲大哭。眾將問：「丞相何以在逃難時大笑，平安脫險時反而痛哭？」

曹操邊擦眼淚邊說：「我是哭郭嘉，如果郭嘉不死，絕不使我有此大敗。」說罷，搥胸頓足，大哭大叫：「哀哉，奉孝！痛哉，奉孝！惜哉，奉孝！」

眾謀士覺得很羞愧，低下頭，紅著臉，不敢出聲。

但，無論如何，一代梟雄度過死劫，返回許都，繼續創造驚天動地的皇圖霸業。臨行前，留給曹仁一封錦囊。

曹操鄭重交代：「如果東吳來攻，情況危急，可打開錦囊，依計而行。切記！你要管好荊州。」

同時命夏侯惇把守襄陽，讓張遼駐兵合肥；又派曹洪據守彝陵、南郡，嚴防周瑜襲擊。

軍令如山

夏口這邊，劉備正與孔明舉杯慶功，忽見關羽垂頭喪氣，空手而回。

孔明趕忙離開坐席，執杯相迎：「賀喜將軍立下蓋世奇功，除掉天下大害。」

關羽低頭不語。

孔明又說：「哎呀！難道是我們……有失遠迎？」

關羽一抱拳，咬牙說：「關某特來請死。」

孔明擺出不解的表情：「莫非那曹操不走華容道？」

關羽的頭更低了：「曹操是從那裡來。關某無能，被他走脫。」

孔明面露驚訝：「將軍攔不住他？」

關羽說：「是我……放走了他。」

孔明怒拍桌子，大聲喝斥：「大膽！你可是立下軍令狀，竟敢徇私忘公，縱放敵首？」

關羽說：「關某知道自己罪該萬死。」

孔明羽扇一揮，下立斬令：「來人啊！將關羽——」

「啊！不可！萬萬不可！軍師且慢！」劉備慌了，急忙上前求情：「二弟重義念情，一時不忍，以致枉顧軍令，本該處死。只是，念在他忠心耿耿，戰功彪炳，可否讓他戴罪立功？」

孔明面有難色：「主公當知，軍令如山……」

「我當然知道！只是——」劉備話沒說完，一頭黑猩猩闖了進來。

「誰？誰敢斬我二哥？」得到消息的張飛，飛一般衝進議事大廳，嗚啦嗚啦亂叫。

同年同月同日死

「三弟！不可無禮！」劉備一把拉住張飛。

「張將軍啊！你的二哥……」孔明苦笑。

「我不管！二哥就算犯下滔天大罪，也輪不到你來懲治。」張飛逼前一步，怒瞪孔明，正所謂「張飛穿針——大眼瞪小眼」。

「三弟！怎可頂撞軍師？給我跪下！」劉備暴吼一聲，嚇得張飛當場下跪，但一雙眼珠還是瞪得銅鈴大。

關羽也跪地，語帶哽咽：「大哥、三弟切莫為我求情，關某生有何歡？死亦何懼？」

孔明搖頭：「你倒是說得自己好像求仁得仁……」

「軍師！是我督導不周，罪應在我。我願一死謝天下。」劉備突然拔劍，橫向脖頸。

「不可啊！大哥萬萬不可！」關羽和張飛以膝代腳，蹭向劉備。一個搶劍，一個抱腿。

關羽泣訴：「是我該死！連累大哥。」

張飛號啕大哭，將劍鋒轉向自己的脖子：「不！我願代二位哥哥而死。要殺就先殺我！」

劉備的雙膝也落地，哭得最悲戚：「好！咱們三兄弟同年同月同日死。」

這……是在演哪一齣？劉、關、張全在地上，孔明還能站著？一聲長嘆，孔明彎腰扶起劉備，瞪著關羽說：「念在你立過不少汗馬功勞，權且饒了你這次，讓你戴罪立功。」

劉備擦乾眼淚，一巴掌拍響關羽的臂膀，大聲說：「還不叩謝軍師的不殺之恩！」

關羽、張飛同時叩首：「謝軍師！」

向壁之一

「滾滾長江東逝水，浪花淘盡英雄。是非成敗轉頭空……」朗朗吟誦的聲響，穿越茫茫大氣、濛濛江面、滔滔流水，以及，愕鳴驚叫的兩岸猿聲，在歷史的潮汐、時空的深淵迴盪。

那是佛偈？詞話？神來一筆？

「轉頭空？誰有空轉頭啊？轉頭，那就只好空留餘恨囉！」另一道氣聲，伴隨咯咯嘰嘰的冷笑，從氤氳深處傳來。

「喔？曹操可有恨？」吟誦聲問。

「曹操挾天子以令諸侯，養尊處優，位高權重，何恨之有？」冷笑聲轉為冰鑽子般的尖音。

「不能創建『曹朝』，難道不是他的憾恨？」吟誦聲又問，「他不思一統天下，創建前所未有的霸業？」

「八個字：形格勢禁，有志難伸。」斬釘截鐵的回答。

「喔？三足鼎立是『形格』？位極人臣乃『勢禁』？」吟誦聲說，「我不相信，他的腦袋瓜子裡沒有那兩字……」

「篡漢？哈！篡位這種偷雞摸狗的事，讓他的小偷兒子去幹就好了！」冷笑聲變為大笑聲。

「小偷兒子？」吟誦聲也轉為偷笑聲。

「可不是！曹操攻進鄴城時，不思犒軍，不先安民，而是興沖沖趕到袁府，幹嘛？這老奸賊垂涎袁紹次子袁熙之妻、知名的冀州美女甄氏。沒想到，竟被兒子曹丕捷足先登。你想，連老爸想要的女人都敢偷，那個弱不禁風的漢皇帝會不敢動？還有啊……」冷笑聲愈說愈帶勁。

「等等！在下對『賊子』、『小偷』話題興趣缺缺。兄臺不辭辛勞，與在下千里傳音，難道不是對『天下大勢』了然於胸？『赤壁之戰』另有看法？」吟誦聲打斷冷笑聲的高論。

「說到『赤壁』，閣下想必已有高見？」冷笑聲反問。

「六個字：順天命，留人情。」吟誦聲答。

「喔？願聞其詳。」

「曹操當敗，卻不該死。否則，孔明怎會讓關羽守華容道？」吟誦聲的口吻，聽來一派輕鬆。

「哈！閣下是說，孔明派關羽前往華容道，不是要殺？而是想放？」冷笑聲倒是有些大驚小怪。

「你以為，孔明搞了一座七星壇，挑了甲子吉辰，沐浴齋戒，身披道衣，赤足散髮，裝模作樣……是要幹嘛？借東風？」

「難道不是？」冷笑聲故意問。

「不！時辰已至，他得仰聞天聽，夜觀乾象，恭領老天爺的諭旨：那曹賊固然可惡，但命不該絕，你得放他一馬。如果你是孔明，會怎麼做？」

半晌沉默，冷笑聲又咯咯嘰嘰颳吹起來，像凍湖上忽然湧現的冰風暴：「既要留這人情，教那『義薄雲天』的關雲長做了，也算是美事一樁。」

食其祿而殺其主，是不忠；居其土而獻其地，是不義。

第一章（下）

荊州爭奪戰

乘勝追擊

赤壁一戰，大破曹操百萬雄師的周瑜，心裡很是得意。決定乘勝追擊，攻取南郡。大軍臨江下寨，前後分作五營。周瑜高坐大帳，正與眾將商議征進之策，帳外忽報：「孫乾奉劉備之命，前來獻禮道賀。」

咦？黃鼠狼給雞拜年？劉玄德向「瑜」道賀？

一番寒暄客套後，周瑜聽孫乾說，劉備屯兵油江口，便知劉備也有取南郡的意思。心中十分氣憤，又生一計：假借道謝敗曹之事，伺機殺掉劉備；至不濟，也能在談判桌上討便宜。

於是，周瑜和魯肅率領三千輕騎，兵臨油江口。

擺開陣仗

孫乾回報玄德，說周瑜將「親自來謝」。

劉備皺著眉問諸葛亮，周瑜的來意為何？諸葛亮笑笑：「還不是為了南郡而來。」便與劉備商量好了應對之法，在油江口擺開戰船，陳列兵馬，讓趙雲前去迎賓。

周瑜看見劉備軍伍雄壯威武，內心忐忑不安，殺氣消了大半。

劉備熱情接待，設宴敬酒，酒過數巡，周瑜憋不住氣，開口直問：「豫州移兵在此，莫非是要……奪取南郡？」

劉備露出一抹神祕的微笑：「我聽說都督要取南郡，故來相助。若都督不取，那麼……」

周瑜也笑說：「南郡已在掌中，如何不取？」

「是嗎？」劉備故作憂慮狀，「我又聽說，曹操臨走前，命曹仁堅守南郡，想必布好奇計或暗招；而曹仁萬夫莫敵，勇不可當。這……我實在是擔心都督拿不下……」

「我拿不下南郡？」周瑜昂首大笑，「我要是取不了南郡，任你去取。」

「真的？」劉備打鐵趁熱，「子敬、孔明在此為證，都督不可後悔喔！」

魯肅還在躊躇，周瑜已慨然應允：「大丈夫一言既出，何悔之有？」

就這樣，使計的周瑜又……中計了。

錦囊妙計

為求速成，周瑜派蔣欽為先鋒，徐盛、丁奉為副將，日夜猛攻，很快便攻下了彝陵，隨即引軍直逼南郡。

情勢危急，曹仁只好打開了曹操留下的錦囊，依計而行：將城中兵馬全都撤走，在城牆上遍插旌旗，虛張聲勢。

翌日，吳軍攻城。曹仁、曹洪假裝不敵，東吳軍繼續追擊。周瑜見城門大開，縱馬加鞭，率數十騎兵馬當先入城。不料一聲梆子響，兩邊弓弩齊發，勢如雨下；爭先入城的騎兵，都栽進陷坑內，被亂箭射死。

周瑜勒馬急回，不慎被一支弩箭正中左肋，翻身落馬。伏兵從城中殺出，要捉拿周瑜；徐盛、丁奉二人捨命救周瑜離去。這時，曹洪、曹仁兵分兩路殺回，吳兵大敗，自相踐踏，死傷不計其數。

激將法

回營後，軍醫用鐵鉗子拔出箭頭，金瘡藥敷掩瘡口，但周瑜仍感疼不可當，終日哀號，寢食不安。

醫生吩咐，箭上有毒，必須靜養，要是發火動怒，就更難痊癒。

於是，代理周瑜督軍的程普下令：三軍緊守營寨，不許出戰。

三日後，曹營的牛金率軍來叫陣，程普按兵不動。牛金破口大罵，罵到日暮才回營吃飯。次日又來罵戰，口渴了才休息，喝飽了繼續罵。程普擔心周瑜生氣，不敢上報。問題是，周瑜中箭後，耳朵就聾了嗎？

第三天，牛金又來寨門外叫罵，還教全體軍士像大合唱那樣齊聲開罵：「活剝周瑜！」、「生吞公瑾！」。奇怪！這些曹兵曹將為什麼老是動口而不動手？很簡單，想將周瑜氣到毒傷發作。

後來連曹仁也跑來擂鼓吶喊，問候周瑜的祖宗十八代。不過呢，老神在在的程普就是相應不理。

周瑜喚眾將入帳詢問：「外面因何鼓譟吶喊？」

眾將囁嚅回答：「是……是軍中教演士卒。」

「還在騙我！敵人已經罵到家門前了。」周瑜不顧眾將勸阻，忿然起身，大罵：「大丈夫既食君祿，當死於戰場，馬革裹屍，報效主公。」

隨即披甲上馬，帶兵出戰；但還未與敵人交鋒，周瑜忽然大叫一聲，口噴鮮血，掉下馬來，而在一陣混戰中被部將救回。

將計就計

沒想到，東吳軍剛撤兵回營，便掛孝舉喪，昭告周大都督金瘡崩裂，吐血而亡。

曹仁得知消息，認為機不可失，決定夜裡去劫寨——

結果呢？初更出城，直奔東吳軍的大寨，來到營寨前，只見旗幟虛插，刀槍零落，不見一人。

「哎呀！中計！」曹仁急喊退軍，來不及了！四方炮聲齊響，東邊韓當、蔣欽，西邊周泰、潘璋，南邊徐盛、丁奉，北邊陳武、呂蒙，四面掩殺而來。曹兵大敗，前後軍被衝散，首尾不能相顧。曹仁率十數騎兵殺出重圍，遇上曹洪，帶領敗軍羸馬一起奔走。熬到五更，南郡在望，又聞一聲鼓響，凌統領軍攔住去路，殺得曹仁部隊丟盔棄甲，落荒而逃。還沒脫離險境，另一支由甘寧率領的伏兵衝殺而來。曹仁嚇得不敢回南郡，轉往襄陽的方向竄逃。

孔明一氣周公瑾

周瑜得意洋洋，率兵直奔南郡，卻見城上旌旗飄揚，刀槍鮮明。一名大將站在城頭大聲說：「我乃常山趙子龍，奉軍師將令，已取了城池，請都督不要見怪！」周瑜大怒，下令攻城，卻被城上亂箭射回。

滿腔怒火的周瑜，派甘寧帶幾千人馬去取荊州，淩統去取襄陽。軍馬還未出發，探馬來報說，諸葛亮得了南郡後，用兵符詐調出荊州、襄陽之兵，要他們前來救援，同時讓張飛奪了荊州，關羽攻下了襄陽。周瑜一聽，大叫一聲，箭瘡迸裂，口吐鮮血，氣昏倒地。

幾郡城池無我分，一場辛苦為誰忙？

此謂「孔明一氣周公瑾」。

占據荊州

醒來後，周瑜仰天大喊：「不殺諸葛村夫，怎息我心中之恨？」

過了幾天，周瑜身體未癒，便要起兵「收復」南郡，被魯肅勸住：「不可！主公正在合肥與曹操相持不下，我軍若全力攻打南郡，而曹兵乘虛而來……豈非首尾不能兼顧？」

周瑜嘆一口大氣：「唉！那該如何？」

魯肅說：「待我去見劉備，和他理論，說不通再動兵也不遲。」

魯肅見了劉備、諸葛亮，慷慨陳詞，說什麼東吳耗費錢糧、軍馬，打退了曹兵，荊、襄九郡理應歸東吳。

孔明說：「荊州、襄陽九郡本是劉表的地方，劉備以叔父的名義幫助劉琦取回荊州，有什麼錯？」

魯肅無言以對，只好說：「如果是公子劉琦占據荊州，我方當然不能強奪；但我聽說公子正在江夏，不在這裡……」

孔明說：「子敬想見公子嗎？」隨即命左右請公子出來。不一會兒，面色蒼白的劉琦現身，對魯肅說：「在下病弱，不能施禮，請子敬不要怪罪。」

魯肅吃了一驚，默然無語，過了很久才說：「如果公子劉琦不在了，請劉備把荊州、襄陽還給東吳。」

魯肅連夜回寨見周瑜，報告經過。周瑜一聽，眉頭深鎖：「想那劉琦正值青春年少，要等他死，得等到何年何日？」

魯肅說：「都督放心！我觀察那劉琦過於酒色，病入膏肓，如今面色羸瘦，氣喘嘔血。

我預估不超過半年，此人一定死翹翹。」

「是嗎？」周瑜的煩惱好像並未減輕。

這時，前線戰情吃緊，孫權召周瑜會攻合肥，周瑜只好撤兵。

開基立業

劉備得了荊州、南郡、襄陽等三處城池後，開始思考孔明念茲在茲的「久遠之計」。謀臣伊籍推薦當地賢士馬良，為劉備獻上一策：南征武陵、長沙、桂陽、零陵四郡，收稅積糧，作為開基立業的根本。

劉備問：「四者當中，先取何郡？」

馬良答：「零陵最近，可先取之。次取武陵。然後過襄江之東，取桂陽。長沙放在最後。」

劉備依策發兵，順利攻下零陵。等到要出軍攻打桂陽時，趙雲和張飛搶爭任務，互不相讓。孔明只好抽籤決定。

結果被趙雲抽中，當下立了軍令狀，帶領三千人馬前去破城。

桂陽太守趙範畏懼劉備大軍，想要投降。但手下將領陳應、鮑隆乃桂陽嶺山鄉獵戶出身，自恃武藝超群，堅決主戰。

結果呢？陳應被趙雲活捉，趙範也只好開城門投降。

趙範本就崇敬趙雲，設宴招待這位「在當陽長坂百萬軍中，如入無人之境」的名將。由於兩人同宗、同鄉、同年又同姓，酒酣耳熱之際，豪情大發，結為兄弟。趙範讓喪夫的嫂子陪趙雲喝酒，甚至想把貌美的嫂子嫁給趙雲。但沒想到趙雲不領情，大罵：「我既與你結為兄弟，你嫂子就是我嫂子，豈可行此亂倫之事！」一拳打倒趙範，上馬出城去了。

計取桂陽

「你這傢伙！我好意相待，送上自己的嫂嫂，你竟然這般無禮！」趙範氣不過，急喚陳應、鮑隆商議「如何對付趙雲」。

陳應使出「詐降計」：率領五百騎兵前來趙雲寨中，謊稱：「趙範欲用美人計騙將軍，只等將軍醉了，扶入後堂謀殺，將頭拿給曹丞相獻功。」

趙雲假裝相信，將二人灌醉、斬首，再安撫五百騎兵，連夜反攻桂陽，活捉趙範。

大丈夫何患無妻？

劉備、孔明到了桂陽，趙範便告知想將嫂子許給趙雲的事。

孔明好奇問趙雲：「男婚女嫁，亦是美事，為何不答應？」

趙雲答得正氣凜然：「趙範已與我結為兄弟，我若娶其嫂，豈不惹人唾罵？此其一也；寡婦再嫁，失去大節，此其二也；趙範初降，其心難測，此其三也。主公初定江漢，軍民未安，我怎敢為一婦人而廢主公大事？」

劉備說：「如今大事已定，就讓子龍娶她，如何？」

趙雲還是搖頭：「天下女子不少，但恐功名不立，大丈夫何患無妻？」

劉備豎起大拇指，稱讚愛將：「子龍真丈夫也！」

「是嗎？天下女子的確不少，具有這等姿色的卻不好找。」見過那位寡婦的孔明，暗自嘀咕：「這個子龍，是真丈夫？還是呆頭鵝啊？」

將士爭先立戰功

趙雲立功，張飛跳腳大叫：「為何子龍行！我偏偏不行？給俺三千兵馬，我這就拿下武陵郡，活捉那金太守回來，獻給大哥！」

孔明說：「子龍立了軍令狀，大破桂陽城。張將軍……」

張飛怒瞪圓眼，拍胸放話：「立軍令狀是唄？完全不是問題！」

於是，猛張飛也帶領三千人馬，星夜進逼武陵。

「張將軍」的威名，震驚大江南北，部將鞏志主張「投降」。但武陵太守金旋不聽，領兵迎戰。張飛一聲如雷巨吼，嚇得金旋不敢交戰，急往城內退兵。不料，鞏志占據城頭，亂箭齊放，金旋面門中箭，墜落馬下；怕死的軍士一擁而上，割下金旋腦袋，獻給張飛，鞏志也開城投降。

老將黃忠

關羽有可能閒著？當然不肯！自動請命攻打長沙。

孔明提醒關羽：「長沙太守韓玄，不值得一提。只是他有一員大將，姓黃，名忠，字漢升；是劉表帳下中郎將，與劉表之姪劉磐共守長沙，後事韓玄；雖已年近六旬，卻有萬夫不當之勇，射箭更是百發百中。雲長此去，不可輕敵，必須多帶軍馬。」

關羽冷笑一聲：「軍師何故長他人志氣，滅自己威風？」不肯多帶人馬，只領了五百名刀斧手，殺向長沙。

薑是老的辣？「黃」也是老的辣；薑黃最辣。關羽與黃忠大戰一百多回合，竟然棋逢敵手，不分勝負。韓玄唯恐黃忠有失，趕緊鳴金收兵。

翌日再戰，關羽用拖刀之計，引黃忠追趕。黃忠馬失前蹄，摔在地上，關羽卻不殺他，只是舉刀猛喝：「我且饒你性命！快換馬來廝殺！」

第三天，黃忠假敗，誘關羽追趕，一路上，黃忠回身連放兩次空箭，關羽以為黃忠不會射箭，放心追趕。通過一座吊橋時，黃忠在橋上搭箭開弓，弦響箭到，一箭正中關羽的盔纓。

英雄惜英雄

關羽終於明白，前兩次空箭，是黃忠報他前日的不殺之恩。正所謂「英雄惜英雄」，關羽自動領兵退去。

韓玄在城上，將戰況看得一清二楚，認為黃忠私下通敵，想殺掉黃忠。這時，忽見一名大將揮刀殺入，砍死劊子手，救起黃忠，對眾軍士大叫：「黃漢升是長沙的保障，殺他，就是屠殺長沙百姓！韓玄殘暴不仁，輕賢慢士，理當處死，願追隨我者請一起來！」

此人是誰？原來是面如重棗、目若朗星的魏延，在襄陽與劉備失之交臂，才來長沙投靠韓玄。

魏延袒臂一呼，跟從者瞬間達數百人。黃忠攔擋不住，魏延一口氣殺上城頭，將韓玄砍成兩段，提頭上馬，引百姓出城，向關羽投降。

忠臣不事二主

長沙捷報傳來，劉備當然開心，要為關羽慶功。但秉持「忠臣不事二主」的黃忠則稱病，不肯出來相見。劉備親自上門，再三拜請，黃忠才肯投降。

但孔明卻要將魏延推出去斬首，嚇了劉備一大跳：「魏延有功無罪，軍師為何要殺他？」

孔明說：「食其祿而殺其主，是不忠；居其土而獻其地，是不義。我看魏延腦後有反骨，日後必反，故先斬之，以絕禍根。」

劉備忙著為魏延求情：「這……若斬此人，日後，恐怕有心投降者會不敢來。還請軍師饒他性命。」

孔明指著魏延的鼻子說：「聽見沒有？是主公為你求情。你要盡忠報主，勿生異心；若有異心，我一定殺你。」

連番告捷，劉備不免意氣風發，大方接受黃忠的表薦，讓劉表的姪子劉磐掌理長沙郡。同時班師回荊州，將油江口改名為公安。招兵買馬，廣集錢糧，為即將來臨的「三足鼎立」——他當然只想要「統一天下」——預作準「備」。

合肥之戰

而在合肥城下，孫權大戰曹操兵馬，經過大小十餘場戰事，未分勝負。

雙方僵持之際，周瑜和程普歸隊，讓孫權精神大振，立刻召集周瑜、魯肅等人，商議破曹之策。

這時，張遼派人來下戰書。正所謂「輸人不輸陣」，孫權厚盔金甲，披掛出馬；左有宋謙，右為賈華，迎戰曹營的張遼、李典和樂進。可惜，一陣廝殺，宋謙被樂進砍於馬下；

孫權陷危，被程普死命救回。

孫權的大將太史慈，想趁曹兵戰勝慶功之時，夜襲曹營；不料被張遼識破計謀，設誘圍殺，太史慈不幸身陷敵陣，中箭身亡。

連連折損兩員大將，讓孫權痛不欲生，無心戀戰，收兵回返江東。

劉備借荊州

不久，孔明夜觀星象，看見西北天空有星辰墜地，此乃「皇族殞命」之兆。果不其然，傳令兵來報：公子劉琦病死。

東吳派魯肅前來，以弔唁為名，向劉備討還荊州。

想在諸葛亮手上討便宜？難哪！一番脣槍舌劍，魯肅辯不過孔明，只好擺低姿態：「孔明之言，怕不有理。只是，皇叔當陽受難時，是我引孔明渡江，見我主公；後來周公瑾欲興兵取荊州，也是我魯肅擋住。至於說……等到公子劉琦去世，便要歸還荊州，又是魯肅擔承。如今你們不打算兌現諾言，這……教魯肅如何回覆？」

「不是不還，只是暫借，可以嗎？」孔明總算退一步，讓劉備寫下借據，說等劉備取了西川，立刻雙手奉上荊州。

有借無還

「什麼？你知道『劉備借荊州』是何意？」周瑜聽到魯肅回報討荊州經過，氣得跳腳。

「何意？」魯「鈍」先生不解。

「有借無還！」周瑜搥胸大罵：「這孔明真是個無賴！他說取了西川便還荊州，你知道他幾時取西川？假如十年得不到西川，是不是十年不必還荊州？這種『借據』，有個屁用？你還在上面畫押作保呢！他若是一直不還，足下要如何向主公交代？」

魯肅紅著臉，低下頭，訥訥地說：「玄德必不負我。」

「是嗎？」周瑜斜睨魯肅一眼，「子敬是老實人哪！想那劉備，梟雄之輩；諸葛亮，狡猾之徒。你怎麼鬥得過他們？」

「那……該當如何？」魯肅更汗顏了。

「想要荊州，必得另謀良策。」周瑜也陷入了沉思。

劉備喪妻

數日後，探子來報，說劉備夫人甘氏死了。

周瑜一聽，拍掌大笑：「哈！我有一計，可使劉備束手就擒，荊州反掌可得。」

「什麼計？」魯肅一時間看不懂周瑜的奸笑。

「那劉備喪妻，必將續弦。而主公有一妹……」怎麼樣？請孫權派人去提親，假意把妹妹許配給劉備，騙劉備到江東，再扣下劉備為人質，換回荊州。

周瑜寫了一封信，詳述計劃與步驟，讓魯肅呈給孫權。

孫權看信後，點頭暗喜，便派呂範前去荊州，向劉備表達「永結姻親，同心破曹，以扶漢室」的提議。

劉備雖然很想再娶，但總覺得事不單純，不敢貿然答應。便讓呂範先在館舍住下，和孔明商量對策。

孔明笑說：「此乃周瑜之計。請主公放心答應這門婚事，我有辦法，既讓主公娶得吳侯的妹妹，又能保荊州萬無一失。」

半信半疑的劉備，還是派了孫乾去東吳說定這件「孫、劉之好」。

三封錦囊

建安十四年十月，孔明讓劉備帶著趙雲、孫乾和五百名軍士，乘快船前去南徐迎親。臨行時，孔明交給趙雲三封錦囊，囊中各有妙計，讓他到危急關頭時依次打開解圍。

劉備心中怏怏不安。到了南徐州，船剛剛傍岸，趙雲暗忖：軍師吩咐了三條妙計，要我依次而行。今已到此，當先打開第一封錦囊瞧瞧。

嗯，如此如此，這般這般。趙雲命五百軍士到市集上採購豬羊果品，並到處宣揚劉備和孫權妹妹結親之事。上岸後，劉備和趙雲牽羊擔酒，先去拜見孫策和周瑜的老丈人喬國老，做什麼？利用喬國老，將這門「親事」弄到天下人皆知。

喬國老聽了好消息，立刻向吳國太道喜。國太一頭霧水，反問對方：「這……喜從何來啊？」

喬國老說：「咦？令嬡不是已許配給劉玄德為夫人？玄德剛才來見我，全都說了，國太何故相瞞？」

吳國太驚呼：「老身竟不知此事！」連忙派人打聽，才知劉備確實是過州跨界，前來與女兒成親。

吳國太正在為「女兒出嫁，老娘不知」而發怒，恰好孫權進來後堂拜見母親。吳國太氣得拍著胸脯，大哭起來。孫權解釋沒有這事，這只是「周瑜為殺劉備討回荊州的權宜之計」。吳國太聽了更生氣，破口大罵：「這周瑜啊！身為六郡八十一州大都督，苦無計策取荊州，卻拿我女兒使美人計！要知道，你們殺了劉備，我女兒便是望門寡，誰還會來提親？豈不是誤了你妹妹一世？你們的狗頭豬腦好詭計！」

孫權被罵得默然無語。

一旁的喬國老勸說：「事已如此，劉皇叔乃漢室宗親，不如弄假成真，招他為婿，免受天下人恥笑。」

孫權囁嚅著：「這……年紀恐不相當。」

喬國老說：「嫌劉備太老？哎喲！劉皇叔乃當世豪傑，若能招到這等女婿，也算是門當戶對，不辱令妹。」

吳國太說：「這樣吧！我不認得這個劉皇叔，明日約他在甘露寺相見。如不中我意，任從你們行事；若是合我的意，我就把女兒嫁他。」

甘露寺

孫權按照母親所言，吩咐甘露寺方丈設宴，卻早早命部將賈華在兩廊埋伏刀斧手，以便在母親看不中意時，捉拿劉備。

不料吳國太見了劉備，正所謂「丈母娘看女婿，愈看愈滿意」，對喬國老說：「劉玄德真是我的好女婿啊！」

喬國老也說：「玄德有龍鳳之姿，天日之表；仁德之名，布於天下。國太得此佳婿，真是可喜可賀。」

二話不說，吳國太吩咐擺上酒席，招待劉備。

這樁政治婚姻，就這麼定了。

這時，趙雲帶劍進來，站在劉備身旁，告訴劉備寺內有刀斧手埋伏。劉備跪在吳國太面前，請岳母大人救他。吳國太大罵孫權，孫權卻推說此乃賈華的「個人行為」，不是他授意。

「是嗎？好大膽子！竟敢暗算我女婿？」吳國太氣得要斬賈華。劉備和喬國老趕緊為賈華求情，請國太手下留人。總算沒有人死傷，喜劇收場。

許願石

走出大殿的劉備，心事重重，見院中有一塊大石，暗自許願：「若可成就霸業，就讓我拔劍將石頭砍成兩段；如果注定死於此地，就讓那石頭紋風不動。」手起劍落，火光迸濺，大石果然破成兩段。

背後的孫權見了此景，問劉備為何如此？劉備說：「我年近五旬，不能為國家剷除賊黨，常恨我自己。如今蒙國太招為女婿，平生之幸！於是問天買卦，如能破曹興漢，且讓我砍破此石。」

孫權當然不信，但也說起場面話：「我也來問天買卦：若上蒼垂憐，讓我大破曹賊，請斷此石。」心裡卻暗禱：「我要奪回荊州，興旺東吳！」

一劍揮出，巨石頓開。

孫、劉聯姻

孫權邀劉備共遊南國江山，劉備眼見江面上船行平穩，指著小船說：「南人駕船，北人乘馬，這句話說得一點也不錯啊！」孫權以為劉備譏他不善騎術，一躍上馬，飛也似的跑下山去，回頭一笑：「玄德以為，南人不能乘馬？」

劉備點點頭，撩衣躍馬，馳騁急追。兩人並立在山坡上，揚鞭大笑。

回到館驛，劉備愁眉不展。為什麼？恐怕遇害，不敢久居。

喬國老跑去見吳國太，說劉備害怕遭人謀算，想要回返荊州。

吳國太拍桌怒罵：「我的女婿，誰敢動他！」

喬國老再進一言：「為免夜長夢多，不如早日讓女兒與劉備成親。」

「好！」吳國太便擇了一個黃道吉日，大擺筵席，讓自己的寶貝女兒孫尚香風風光光出嫁。

夜深客散，劉備要進洞房，卻見刀槍林立，侍女們佩刀持劍站立兩旁，陣仗頗為嚇人。

「哎呀！但看侍女橫刀立，難道東吳設伏兵？」劉備嚇得「草」容失色。

新娘子孫尚香笑問：「夫君打了半輩子仗，還會怕刀劍？」

劉備恢復了鎮定，淡淡一笑：「閨房之樂，豈容刀劍相向？」

孫尚香笑著令侍女搬去兵器，並解下身上的刀劍。

江山雨霽擁青螺，境界無憂樂最多。

那一夜，男歡女愛，兩情繾綣；孫、劉聯姻帶來什麼？兩朝旺氣，乾坤鼎足。

亮觀天象，將星聚於東方。
亮當以弔喪為由，
往江東走一遭，
順便尋找賢士佐助主公。

第二章

孔明三氣周公瑾

聲色犬馬

孫權眼見「美人計」弄假成真——至少賠掉了小妹，急得向周瑜求計。

周瑜回信：「將他軟禁於吳中，築華堂大廈，以喪其心志；送美色玩好，以娛其耳目。總之，就是腐蝕他征獵天下的雄才大略。」

好計！孫權立刻修整東府，廣栽花木，盛設器用，請劉備與妹妹入住；又贈送女樂數十人，金玉錦綺玩好之物，堆滿廳室。吳國太以為孫權是出自好意，喜不自勝。

劉備怎麼反應？「果然」天天喝酒作樂，把荊州忘得一乾二淨。

第二封錦囊

同樣閒著沒事的趙雲，猛想起臨行時孔明的交代：「初到南徐，開第一封錦囊；待到年終，開第二個……」

拿出錦囊，拆開一看——啊！原來是如此神策！

趙雲來到府堂，求見劉備，報說：「軍師派人來報，曹操起五十萬大軍殺奔荊州，要報赤壁之仇，事態緊急，請主公回去。」

劉備說他自有道理，便令趙雲先行。

劉備左思右想，進入內室，眼眶卻泛著淚光。

夫人問：「丈夫何故煩惱？」

劉備說：「念備一身飄蕩異鄉，生不能侍奉二親，又不能祭祀宗祖，實在是大逆不孝。一年將逝，徒長馬齒，故而悒怏不已。」

夫人說：「你不要瞞我。我已聽到趙子龍報說荊州危急，你想還鄉。」

劉備忽然跪地告白：「夫人既知，安敢相瞞？我若不去，倘荊州有失，將被天下人恥笑；若去，又捨不得夫人，因此煩惱。」

夫人說：「妾已事君，不論君往哪裡，妾當相隨。」

劉備又說，而且是淚如雨下地說：「話雖如此，國太與吳侯怎肯放夫人隨劉備離去？夫人若可憐劉備，也許……唉！咱夫妻倆要暫時辭別。」

夫人趕緊表明心意：「不要煩惱！妾當苦告母親，必放妾與君同去。」

劉備還是語帶遲疑：「只是，縱使國太願意，吳侯怎肯放行？」

夫人沉吟良久，想出一個辦法：「這樣吧！元旦那天，我們假借『到江邊祭祖』的名義，不告而別，如何？」

第三封錦囊

元旦那天，劉備與夫人在趙雲的護衛下，離開南徐，往江邊出發。這時的孫權正與眾官喝酒，喝得酩酊大醉。官員把劉備和夫人逃走的消息告訴他時，已是第二天了。孫權急令陳武、潘璋火速帶兵追拿。

程普說他們見了孫夫人必不敢下手，孫權想想，拔出佩劍，交給兩人，要他們去取劉備和夫人的人頭。卻見兩人一臉遲疑，孫權氣得當場大吼一聲：「違令者立斬！」

劉備等一行人來到柴桑地界，見後邊有追兵將至，情況危急；趙雲便將第三封錦囊拆開。劉備看完後，便將周瑜、孫權用美人計之事告訴孫尚香，並請老婆大人解救。孫尚香命人捲起車帘，大罵徐盛、丁奉、陳武、潘璋等部將。四人連連賠罪，退至路邊，讓他們過去。

蔣欽、周泰趕到時，車駕已經走遠。蔣欽叫徐盛、丁奉飛報周瑜，請大都督從水路追擊，蔣欽自己則由岸上追趕。

劉備人馬來到劉郎浦，見後面追兵愈來愈近，正慌亂間，忽見江邊停了二十餘艘商船。劉備與夫人上了船後，船艙中一人綸巾道服，大笑而出：「主公且喜！諸葛亮在此等候多時。」

「商船」中的客人，原來都是荊州水軍，劉備總算放下心來。

賠了夫人又折兵

等到蔣欽等人馬趕至江邊，船已經離岸，在江心自在漂流。

這時，喊聲大振，無數戰船破浪而來。「周」字帥旗下，大都督周瑜自領水軍，左有黃蓋，右有韓當，勢如飛馬，疾似流星，眼看就要趕上小船。

孔明立刻掉轉船頭，停靠北岸，棄船登陸而逃。周瑜當然跟著上岸，緊追不捨；眼看就要咬到劉備的屁股——忽地一聲鼓響，山谷內湧出一彪刀手。為首大將是誰？關雲長是也。

周瑜慌張失措，撥馬想走；關羽趕來，大刀揚起，周瑜嚇得縱馬逃命。跑到半路，再遇伏兵：左邊黃忠，右邊魏延，兩軍殺出。吳兵大敗。周瑜急急逃回船上時，岸上劉備軍士齊聲大喊：「周郎妙計安天下，賠了夫人又折兵！」

周瑜怒吼：「不要走！我再登岸，和你們決一死戰！」

黃蓋、韓當極力阻攔。周瑜搥胸頓足，大叫一聲：「吾計不成，有何面目去見吳侯！」昏倒在船上。

此謂「孔明二氣周公瑾」。

反間之計

落敗的周瑜，黯然回到柴桑。收到消息的孫權，忿怒不已，想拜程普為都督，進攻荊州。

周瑜也上書，請孫權給他機會興兵雪恨。東吳大軍蠢蠢欲動。

這時，張昭力諫：「不可！曹操日思夜想報赤壁之恨，因為擔心孫、劉同心，不敢興兵。主公若因一時之忿，自相吞併，曹操必然乘虛來攻。」

另一位謀臣顧雍也說：「許都豈無細作在此？若知孫、劉不睦，曹操必派人勾結劉備。劉備畏懼東吳，就會和曹操聯手。為今之計，不如派人赴許都，表劉備為荊州牧。曹操以為孫、劉一家親，就不敢貿然來犯。而且，劉備也會感激主公。我們再用反間之計，讓曹、劉互咬，坐收漁翁之利。」

孫權問：「要派誰去呢？」

顧雍說：「華歆在此。此人為曹操所敬慕，何不遣之？」

文武爭鋒

這時曹操正在鄴郡慶賀銅雀臺落成：左玉龍，右金鳳，高達十丈，凌空搭建二座互通的天橋。登高俯瞰，千門萬戶，金碧交輝。

曹操頭戴嵌寶金冠，身穿綠錦羅袍；玉帶珠履，憑高而坐。文武百官肅立臺下。歡頌聲起，四海昇平。銅雀臺上，曹丞相大宴文武百官；為了助興，曹操將一件西川錦袍掛在樹上，下設箭靶，向眾人表示：射中箭靶者便可得到戰袍。這還得了！武將們個個爭先，想展現自己的武藝。

曹休、文聘、曹洪、張郃、夏侯淵、徐晃、許褚等將都是一箭正中紅心；而在眾人喝采、金鼓亂鳴的歡鬧氛圍中，徐晃和許褚互揪廝打，將那領錦袍扯得粉碎。看熱鬧的曹操，也笑得闔不攏嘴，各賜蜀錦一疋，讓大夥兒心悅誠服。

王朗、鍾繇、王粲、陳琳等一班文官，也進獻詩章——都是稱頌曹操功德巍巍，合當受命的馬屁文章。

反其道而行

曹操陶醉之餘，正要賦詩吟唱。階下忽報：「東吳派華歆前來，表奏劉備為荊州牧。孫權已將小妹嫁給劉備，漢上九郡大半歸入劉備領地。」

曹操一聽，竟然手腳慌亂，手中之筆掉落於地。

程昱問：「丞相何故驚慌？」

曹操面有憂色：「劉備，人中之龍；過去不得志，是龍困淺灘。如今得到荊州，是困龍入大海。我怎能不驚心？」

程昱笑問：「丞相可知華歆來意？」

曹操搖頭：「不知。」

程昱說：「很簡單！東吳想利用我們對付劉備；咱們就反其道而行。」隨即獻上一計：答應他們。同時表奏周瑜為南郡太守，程普為江夏太守，封華歆為大理寺卿，留在許都。周瑜到了南郡，一定想找劉備報失敗受辱的冤氣；如此一來，孫、劉不戰也難。

曹操瞇眼，咧嘴，笑得好不得意：「仲德之言，正合孤意。」

攻防

果然，周瑜走馬上任後，滿腦子想報仇，遂上書孫權，要魯肅討還荊州。魯肅無奈，只好硬著頭皮來討債。

劉備問孔明：「子敬此來，如何因應？」

孔明要劉備打悲情牌：「魯肅若提起荊州之事，主公便放聲大哭。哭到肝腸寸斷時，亮自會出來解勸。」

這太不成問題了！劉備何許人也？東漢末年的「假哭達人」。

果然，魯肅被劉備的假哭唬住了，不知如何是好？連忙問：「皇叔何故如此？」

劉備不答，但淚如雨下。

該出場了！孔明從屏風後出來，先嘆一口氣：「唉！子敬可知我主公為何悲傷？」

魯肅說：「不知。」

孔明又嘆一口氣：「當初我主人借荊州時，許下取得西川便還。仔細想來，益州劉璋，是我主人之弟，都是漢室骨肉；若真要興兵奪地，恐被外人唾罵。問題是，如果不取，還了荊州，何處安身？要是不還，於尊舅面上又不好看。事出兩難，因此淚出痛腸。」

孔明愈說，劉備愈哭愈大聲：從掩面哭泣到搥胸頓足再到呼天搶地，腦袋瓜子都要撞出血了。

魯肅力勸劉備：「皇叔休煩惱，且讓我和孔明從長計議。」

就這樣，孔明要魯肅將劉備的「慘狀」轉告孫權，暫緩討回荊州。

周瑜之計

魯肅回到柴桑，將實情告訴了周瑜。周瑜說：「子敬啊！你又中了諸葛亮的詭計了。」

「嗄？怎麼說？」為人寬厚的魯肅傻了。

周瑜剖析：「你以為劉備的文臣、武將和現下小小的荊州，是怎麼來的？哭來的！當初劉備依附劉表，就有吞併之意，何況是關係疏遠的西川劉璋？告訴你，他拿下西川也不會歸還荊州。」

「那可怎麼是好？」魯肅急了。

「我有一計，絕對教諸葛亮料算不到，來！照我的交代去做……」周瑜得意笑了。

魯肅再到荊州，說出周瑜的「交代」：如果劉皇叔不忍心攻取西川，東吳代勞。待取得西川時，再請皇叔將荊州交還東吳。

好啊！這麼好的「代勞」，劉備當然答應。孔明也說：「難得吳侯好心！雄師到達荊州之日，自當遠迎。」

周瑜有這麼好心？周大都督大笑解釋：「我不過是以此為名，要劉備無所防備罷了。我軍以攻取西川為藉口，借道荊州；然後呢？大軍過境時，劉備必然出城勞軍，屆時我反將一軍，奇襲劉備，奪取荊州。」

看到劉備上當，魯肅暗自偷笑，辭別而去。

香餌釣鰲魚

魯肅回見周瑜，說劉備、孔明歡天喜地，準備出城勞軍。

周瑜大笑說：「孔明啊！孔明！你也會中我的計！」讓魯肅稟報吳侯，即刻親率大軍，得意洋洋往荊州進發。

只是，兵臨城下，城下無人。無人迎接，也無人守衛。只見城頭上插著兩面白旗。

收到前哨回報，周瑜親自上岸乘馬，率領甘寧、徐盛、丁奉等一班軍官和親隨精兵三千人，來到城下，果然毫無動靜。

周瑜正在起疑，忽然聽到一聲梆子響，城上旌旗豎起，刀槍林立。趙雲站在城樓上大喊：「都督此行，意欲為何？」

周瑜假裝無辜，嚷嚷叫道：「我替你主公取西川，必須借道而過，將軍難道不知道？」

趙雲說：「豈不識都督『假途滅虢』之計，孔明軍師早已知悉，故留趙雲在此，恭候大駕。」

周瑜大驚失色，東張西望，伏兵在哪兒？這時，探馬來報：「劉備的四路軍馬，從四面殺來：關羽自江陵，張飛從秭歸，黃忠由公安，魏延沿孱陵小路；這四路軍馬，喊聲震天，驚動百里大地，都說要捉周瑜。」

周瑜在馬上大叫一聲，箭瘡復發，墜落馬下。眾部將急忙將他救回，才免於一死。

棋高一著

一著棋高難對敵，幾番算定總成空。連番失算，周瑜嚥得下這口氣？

探馬又來報：「劉備、孔明在前山頂上飲酒取樂。」

又是一陣氣血逆湧，周瑜咬牙切齒地說：「你道我取不得西川，我偏要去取給你們看！」便令船隊上行，到巴丘時，探子報說：「上流有劉封、關平兩人領軍，截住水路。」

「來啊！要戰就來啊！」周瑜正要出戰，孔明忽然差人送了封信來，周瑜拆開一看——

漢軍師中郎將諸葛亮，致書於東吳大都督公瑾先生麾下：自柴桑一別，至今戀戀不忘。聞足下欲取西川，亮竊以為不可。益州民強地險，劉璋雖然平庸，但兵力足以自守；勞師遠征，轉運萬里，欲收全功，雖吳起不能定其規，孫武不能善其後。曹操失利於赤壁，心心念念不忘報仇；而今足下興兵遠征，倘曹操乘虛而至，江南危矣。亮不忍坐視，特此告知，幸垂照鑒。

既生瑜，何生亮！

周瑜讀完信，口吐鮮血，仰天長嘆。他知道自己命不長久，便上書孫權，推薦魯肅代替他的職位。死前嘆了口氣說：「既生瑜，何生亮！」連叫數聲而亡。

那一年，他才三十六歲。

孫權得知周瑜亡故，放聲大哭。依照周瑜的遺囑，拜魯肅為大都督。

遠在荊州的孔明，夜觀天文，見將星墜地，對劉備說：「周瑜已死。」

劉備頗為吃驚，隨即問：「周瑜既死，還當如何？」

孔明說：「代周瑜領兵之人，必定為魯肅。亮觀天象，將星聚於東方。亮當以弔喪為由，往江東走一遭，順便尋找賢士佐助主公。」

劉備說：「這……只怕吳中將士要加害先生。」

孔明傲然回答：「周瑜在的時候，我都不怕；如今周瑜已死，又有何懼？」

文情並茂

孔明讓趙雲率領五百兵士隨行，到江東去悼唁周瑜。周瑜的部將磨刀霍霍，都想殺掉孔明，但因有趙雲帶劍相隨，不敢貿然下手。

孔明在靈前伏地大哭，跪誦祭文：

嗚呼公瑾，不幸夭亡！修短故天，人豈不傷？我心實痛，酹酒一觴。君其有靈，享我烝嘗……生死永別！朴守其貞，冥冥滅滅。魂如有靈，以鑒我心。從此天下，更無知音！嗚呼痛哉！伏惟尚饗。

文情並茂，感動在場眾人。魯肅見孔明如此重情義，反倒覺得是周瑜度量太小，容不得孔明這樣的英才。

鳳雛先生

孔明接受魯肅的招待，要離開東吳時，在江邊被一名道袍竹冠、皂絛素履之人一把揪住，大笑三聲：「你一連三次用計，氣死了周瑜，卻又跑來貓哭耗子，你是欺負東吳無人嗎？」

孔明轉頭一看，原來是鳳雛先生龐統。二人不禁攜手大笑，緬懷過往，各訴心事。臨別時，孔明鄭重囑咐龐統：「我料想孫仲謀必不能重用足下。如有不如意，可來荊州共扶玄德。此人寬仁厚德，必不負鳳雛平生之所學。」並留下一封舉薦信給龐統。

魯肅也看重龐統的才學，向孫權力薦：「東吳正值用人之際，肅願推舉一人襄助主公。」

「喔？何人？」孫權眼睛一亮。

魯肅接著說：「此人姓龐，名統，字士元，道號鳳雛先生。上通天文，下曉地理；謀略不減於管、樂，樞機可媲美孫、吳。昔日周公瑾多採納其言，孔明也對他的才智深感佩服。其人正在江南，主公何不一見？」

孫權說：「就請他過來吧！」

問題是，這位鳳雛先生雖有「美名」，但欠缺「龍姿鳳章」的外貌：濃眉掀鼻，黑面短鬍，形容古怪。孫權看了就討厭，再加上口氣狂妄，看不起周瑜，孫權視為「無用狂士」，便草草打發了龐統。

魯肅知道龐統被孫權看扁，萬分感慨，也寫了封推薦信，讓龐統帶去投靠劉備。

耒陽縣宰

此處不留爺，爺自有去處。龐統不慌不忙前往荊州，嚷嚷著要見劉備。劉備久聞其名，特地請龐統入大廳相見。問題是，龐大先生看見未來的主公，只是長揖，堅持不拜，又故意不拿出孔明和魯肅的推薦書。劉備見他禮數不周，容貌猥瑣，心中十分不悅，便任命他為耒陽縣縣宰。

龐統上任後，終日飲酒，所有公事都不處理。

劉備聽到龐統不理縣政的傳聞，命張飛、孫乾前往耒陽縣巡視。到了縣衙，見龐統衣冠不整，一副醉態。張飛怒火上衝，大罵龐統「荒廢政務」。

龐統笑問：「請問將軍，我荒廢了縣中何事？」

張飛怒答：「終日沉溺在醉鄉，你又做了何事？」

龐統說：「要我辦公是吧？將軍少坐，待我發落。」隨即召喚公吏，將百餘日所積公務，統統送上案桌，訴詞被告人等，環跪階下。龐統手下批判，口中發落，耳內聽詞，曲直分明，竟無分毫差錯。階下百姓無不叩首拜伏。只花半天時間，便將百日公事全部辦完。然後呢？投筆於地，一臉笑瞇瞇，對張飛說：「請問將軍，我荒廢了縣中何事啊？」

張飛大驚失色，離席道歉：「先生大才，小子失敬。我一定在兄長面前極力舉薦先生。」

「那倒不必！」龐統這才不忙不慌，拿出魯肅的推薦書，交給張飛。

錯失大賢

張飛星夜返回荊州，把推薦書呈給劉備。劉備展信一看：

龐士元非百里之才，使處治中別駕之任，始當展其驥足。如以貌取之，恐負所學，終為他人所用，實在可惜。

「哎呀！險些錯失大賢。」劉備對自己看輕龐統之舉，感到萬分懊惱。

這時，孔明回來，開口便問：「龐軍師近日無恙否？」

劉備說：「我讓他治理耒陽縣，結果這位老兄好酒廢事。」

孔明笑了：「士元非百里之才，要他做縣宰，是大材小用。此人胸中之學，勝過天下謀士。我曾為他寫了封推薦書，是否送達主公手裡？」

劉備搖頭：「只見子敬之信，未收先生之書。」隨即派張飛前往耒陽縣，敦請龐統來荊州。劉備親自下階請罪，拜龐統為副軍師中郎將，與孔明共贊方略，教練軍士，聽候征伐。

直到此刻，劉備才猛想起水鏡先生的名言：「伏龍、鳳雛，兩人得一，可安天下。」

西涼攻略

曹操見劉備勢力日漸強大，多次想興兵攻打荊州，又怕西涼馬騰趁機來犯。於是利用天子名義傳詔，騙馬騰進許都，準備暗中除掉他。

馬騰引軍到許昌城外駐紮，也想伺機殺掉曹操。

誰的計謀得逞？關鍵人物就在曹操的門下侍郎黃奎，以及，背著黃奎偷雞摸狗的妻弟苗澤。

曹操派黃奎騙馬騰入京見皇帝，以便下手。沒想到，黃奎痛恨曹操這種「欺君之賊」，反將曹操的陰謀洩露給馬騰，並和馬騰密謀：在曹操出城點軍時殺掉曹操。

沒想到——沒想到的事還真多！黃奎酒醉歸來，將一腔憤恨、殺曹計劃全告訴了小老婆李春香。這位李春香為老公的深明大義而感動？不！她正與黃奎的妻弟苗澤偷情偷得不亦樂乎，苗澤為了獨占溫柔鄉，一直想找機會除掉黃奎，便向曹操密報這樁兵變。

曹操假裝點軍，暗伏兵馬：曹洪、許褚、夏侯淵、徐晃從四面八方包抄而來，截斷西涼軍馬，將馬騰抓住斬首，隨後又將黃奎一家滿門抄斬。

吃裡扒外

告密有功的苗澤如何獎賞？

苗澤十分「謙卑」地說：「小人不求功名利祿、封官晉爵，只求能娶李春香為妻。」

「喔？」曹操斜睨著苗澤，語露不屑：「你為了一婦人，害了你姊夫全家死光光，像你這種吃裡扒外的奸佞，留之何用！」

曹操大手一揮，下令將苗澤、李春香一併斬了。

大舉南侵

曹操除掉心腹大患馬騰後，決定大舉南侵，攻打孫權。

這時，探子回報：「劉備調練軍馬，籌措器械糧草，準備要取西川。」

曹操大驚失色，叫道：「那還得了？若讓劉備拿下西川，則羽翼已豐，要如何對付？」

「丞相休驚！我有一策。」治書侍御史陳長文說，「劉備、孫權已結為脣齒，合則兩利，分則兩害。若劉備真的進兵西川，丞相可命上將率大軍，會合肥之眾，逕取江南。那麼一來，孫權必然向劉備求救。而劉備意在西川，怎麼有心救孫權？孫權得不到救援會如何？力乏兵衰，江東之地，必為丞相所得。丞相若得江東，荊州也能一鼓作氣拿下。試想，拿下了荊州，然後徐圖西川，天下豈不盡入丞相之手？」

「好！長文之言，正合吾意。」曹操喜出望外，立刻發兵三十萬，直下江南；同時命令鎮守合肥的張遼，準備糧草，作為後勤補給。

退敵妙計

孫權得報，聚集眾將商議對策。

張昭建議：「請魯子敬出面或修書，邀劉備同力拒曹。子敬有恩於劉備，想必對子敬言聽計從；再者，劉備又為東吳女婿，娘家有難，豈能不拔刀相助？如此一來，江南應可避此大患。」

魯肅領命，修書一封，送交劉備。劉備問孔明意見，孔明笑答：「毋須出江南之兵，也不必動荊州之兵，我自有退敵之計。」

「是嗎？曹操發動三十萬大軍，會合肥之眾，一擁而來。這……先生有何妙計？」劉備一頭霧水。

孔明怎麼退敵？

「一點也不難！咱們就利用曹操殺馬騰和西涼軍結下的梁子，寫信給馬騰之子馬超，慫恿馬超興兵入關。如此一來，曹操芒刺在背，哪有工夫下江南？」孔明揮動羽扇，一派輕鬆。

勢如破竹

果然，馬超收到劉備的信，立刻率馬岱和部將龐德，發起二十萬大軍，殺向許都，要找曹操報仇。

西涼太守韓遂與馬騰是異姓兄弟，也點起手下八部人馬：侯選、程銀、李堪、張橫、梁興、成宜、馬玩、楊秋等將，與馬超同行。

西涼兵作戰英勇，一路勢如破竹，沒有幾天便攻下長安。曹操大驚，不敢再想南征的事，連忙命曹洪、徐晃帶兵協助鍾繇守潼關，並下令：「十天內只要堅守，不得失守，否則定斬不饒。」

鍾繇等人遵照命令，堅守不出。馬超每日在關下，痛罵曹操祖宗十八代。曹洪大怒，正要提兵下關廝殺，被徐晃勸阻：「此為馬超的激將法，不可中計！等丞相大軍來到，自有謀劃。」

潼關失守

堅守不出？沒關係！馬超軍士早也罵，晚也罵，日夜輪流來罵。曹洪時時刻刻都想提刀廝殺，徐晃分分秒秒皆在苦勸擋駕。一阻，二擋，三攔截，眼看後援部隊就要趕來。

到了第九天，曹洪看見馬超的軍士或坐或躺，漫無軍紀；以為有機可乘，便引兵衝下關去。那些「散漫」的西涼兵果然棄馬拋戈而逃，曹洪一馬當先，狂追猛趕，殺得好不過癮。這時的徐晃正在關上點視糧草，聽聞曹洪下關廝殺，大吃一驚，急忙率兵隨後趕上，大叫曹洪回來——來不及了！忽然背後喊聲大震，馬岱領軍殺至。曹洪、徐晃正要回轉時，一棒鼓響，山背後兩軍衝出，左是馬超，右為龐德；一陣混殺，曹洪抵擋不住，折軍大半，好不容易闖出重圍，直奔關上。西涼兵又隨後趕來，曹洪等人只好棄關而走。

就這樣，潼關在第九天失守，被馬超占領。

戰敗而逃

曹操率大軍趕來時，知道曹洪性急壞事，氣得要依軍法將他論斬。眾將求情下，才饒了曹洪不死。

曹操進兵直叩潼關，與西涼軍馬對峙。放眼望去，那西涼之兵，人人勇健，個個英雄。主將馬超呢？生得面如傅粉，脣若抹硃；腰細膀寬，聲雄力猛；白袍銀鎧，手執長槍，立馬陣前。左有龐德，右為馬岱。

曹操忍不住暗暗稱奇，縱馬上前，大聲說：「你是漢朝名將子孫，何故背反朝廷？」

馬超咬牙切齒，大罵：「你這國賊！欺君罔上，罪不容誅！害我父弟，不共戴天之仇！我恨不得生啖你的血肉！」說罷，挺槍直奔而來。

曹操部將于禁出面迎戰。兩馬相交，不到八、九回合，于禁敗走。

張郃接著出戰，戰了二十回合，也不敵敗走。

李通出迎，馬超提槍奮戰，不到數回合，將李通刺於馬下。

這時，馬超順勢把槍往後一招，西涼兵一湧而上。操兵大敗。西涼兵來勢凶猛，曹操的左右將佐，都抵擋不住。馬超、龐德、馬岱各率百餘騎兵，直入中軍，要捉曹操。曹操在亂軍中左顧右盼，沒有援手，只聽見西涼軍大叫：「穿紅袍的是曹操！」曹操馬上脫下紅袍；又聽到大叫：「長髯者是曹操！」一陣驚慌，曹操又用佩刀割斷髯鬚。西涼兵再傳：「曹操割髯逃跑！」馬超立刻下令：「捉拿短髯者，那人就是曹操！」曹操一聽，那還得了！趕緊扯下旗角，包覆頸部，遮住嘴巴，死命而逃。

死裡逃生

東奔西逃的曹操，好死不死，在一片樹林裡正面遇上馬超，幾乎摔下馬來。馬超怒吼：「曹操休走！」不走才怪！曹操嚇得馬鞭墜地，眼看就要被趕上，靈機一動，繞樹而逃。馬超追上來，一槍刺在樹上，卡進樹幹；曹操便乘機跑遠。等到馬超拔出長槍，再度追來；山坡邊冒出一員大將，厲呼：「勿傷吾主！曹洪在此！」輪刀縱馬，攔住馬超。

曹操回頭一看，原來是曹洪即時趕來相救；遠方夏侯淵也率領數十騎兵，快馬加鞭而來。

「呼！總算死裡逃生。」曹操邊逃邊想，「好險哪！沒有處死曹洪！否則，今日必定要死於馬超之手了。」

渡河截擊

回寨後，曹操召喚曹洪，重加賞賜。同時收拾敗軍，堅守寨柵；深溝高壘，拒不出戰。

諸將私下議論：「丞相向來征戰，都是一馬當先；如今敗於馬超，為何變得如此怯戰？」

數日後，細作來報：「馬超又添二萬生力兵，乃是羌人部落。」

沒想到曹操不但不憂，反而面有喜色。

三天後，探子又報：「馬超陣中又添軍馬。」

曹操依舊反常大笑。

諸將問：「馬超添兵，丞相反喜，為什麼呢？」

曹丞相的腦袋破洞了嗎？

徐晃道破曹操的盤算：「如今丞相布兵在此，賊亦屯聚關上，此去河西，必無準備；若派一軍暗渡蒲阪津，截斷賊的歸路，丞相再由河北發兵攻擊，那馬賊腹背受敵，兩不相應，必然大敗。」

曹操大笑：「公明之言，正合我意。」

於是命徐晃、朱靈率領四千名精兵，偷襲河西，埋伏在山谷之中，等待時機。曹操自己領兵渡渭河，準備兩頭夾擊馬超。只是，曹操萬萬沒料到，曹營中有細作，將全盤計劃報知馬超。

僥倖逃脫

乍看之下，是曹軍渡河，斷了馬超後路。但轉眼間，探子急報：「白袍將軍到了！」而且是從後方而來。眾兵士見馬超虎虎殺到，十分害怕，一哄而散。許褚見情況緊急，只好背起曹操跳到船上。

這時馬超趕到河岸，拈弓搭箭，喝令驍將繞河發射，矢如雨急。許褚擔心傷到曹操，左手高舉馬鞍，擋開飛箭。馬超箭不虛發，船上駕舟之人，悉數中箭落水。船身搖晃不定，在急流中旋轉。許褚活像神力超人，兩腿夾舵搖撼，一手使篙撐船，一手舉鞍遮護曹操；曹操伏在許褚腳邊，仰脖偷看，哇！如此奮勇神威，真乃天將下凡——我曹操，又是命不該絕哪！

就這樣，許褚護送曹操登上北岸，僥倖逃脫一劫。

兩軍對峙的情況依舊。

馬超屯兵渭口，日夜分兵，前後攻擊。曹操在渭河內，將船筏鎖鏈，搭起三條浮橋，接連南岸；命曹仁率軍，夾河立寨，穿連糧草車輛，作為屏障。馬超見狀，派軍士挾草束，帶火種，與韓遂合軍，殺到曹操的寨前，堆積草把，放起烈火。曹營兵士抵擋不住，棄寨逃走。車乘、浮橋盡被燒毀。西涼兵大勝，就此截斷渭河。

營寨被焚，曹操憂懼不已。荀攸建議：「可取渭河沙土築起土城，堅守無虞。」曹操於是分派三萬軍士擔土築城。

馬超見了，又命龐德、馬岱各引五百馬軍，往來衝殺，見牆便毀。沙土築起的城垣不夠結實，一碰便倒；但見沙塵漫天，風一吹，煙消雲散。

曹操撓腦抓腮，無計可施。

一夜冰城

九月將盡，天氣暴冷，彤雲密布，連日不開。曹操坐困愁城——其實是無城可坐，渴望築城。

此時，有一名鶴骨松姿、形貌蒼古，道號「夢梅居士」的老人求見，為曹操獻上一策：「丞相用兵如神，豈不知運用天時之妙？」

曹操不明就裡，皺眉問道：「願聞其詳。」

「丞相沒發現，連日陰雲布合？朔風一起，必然冰天凍地。而在風起之後，驅兵士運土潑水，等到天明，一座亮晶晶的冰土之城，自當聳立。」老人微笑點破玄機。

「哎呀！一語驚醒夢中人。」曹操恍然大悟，打算厚賞老人。但老人家不受而去。

天明時，馬超得到消息，領兵前來「參觀」冰城；一排將士站開，人人張口結舌，老半天說不出話來。

裸身鬥馬超

翌日，馬超前來叫陣，許褚挺身而出。兩人大戰百餘回合，不分勝負；馬匹困乏，各回軍中，換了座騎，又鬥了一百回合，仍是不分勝負。許褚殺得性起，飛回陣中，索性卸下盔甲，光著上身與馬超再戰。兩人又戰三十回合，刀砍、槍刺、拳打、腳踢……最後扭成一團，還是分不出勝負。曹操唯恐許褚有失，便鳴金收兵。

請和罷兵

兩軍僵持的情勢不變。

馬超前後受敵，進退不得，一直在苦思對策。

部將李堪進言：「不如割地請和，兩家且各罷兵。捱過冬天，到春暖時再作計議。」

韓遂也說：「嗯，李堪之言可行。」

請和一事，馬超猶豫難決——其實是氣憤難平，但其他部將如楊秋、侯選等人也都主和。不得已，馬超只好答應韓遂，遣楊秋為使，直往曹營遞請和書。

離間計

問題是，此議一出，反而中了曹操之計：離間計。

會談之日，由韓遂代表西涼軍，來見曹操。

「丞相謹請韓將軍前來說話。」曹兵請韓遂出陣，韓遂見曹操單騎孤身，在校場上等待，也就放心解了衣甲，輕服匹馬而出。

二人馬頭相交，按轡對語，好似多年不見的故人重逢。

曹操說：「我與將軍之父，同舉孝廉，也曾與公同登仕途，不覺有年矣。將軍今年妙齡幾何？」

韓遂答：「四十歲了。」

曹操又說：「昔日在京師，咱們都還青春年少，不知不覺已中年了。唉！何時天下清平，與君共樂啊！」曹操只談舊事，不提軍情。說罷哈哈大笑，二人相談甚歡。

約莫一個時辰後，作揖拜別，各自歸寨。

馬超得知曹、韓「私會」，緊張地問：「今日陣前，曹操所言何事？」

韓遂答：「只聊了聊京師的舊事。」

馬超又問：「喔？都沒談到軍務？」

韓遂說：「曹操不言，我要如何說？」

馬超疑心頓起，不言而退。

密謀書

曹操知道，光是這樣，不足以分化西涼軍。

謀士賈詡出招：「馬超乃一勇夫，不識機密。丞相親筆寫一封信，偷偷交給韓遂，筆跡潦草，字樣朦朧，在緊要處，故意塗抹改易，還要讓馬超得知。如此一來，馬超必定索信來看。看見信上塗抹處，會怎麼想？當然是韓遂『私通』丞相；再對照單騎會話之疑……」

曹操撫著剛修剪過的短髯，大笑：「此計甚妙。」隨即修書一封，朦朦朧朧，塗塗抹抹，幾乎是敲鑼打鼓地送去韓遂的大寨。

馬超看信後，果然中計，質問韓遂：「書上怎麼塗塗抹抹？」

韓遂一臉無奈：「原書如此，不知何故。」

馬超說：「難道是叔父怕我明白究竟，先改抹了？」

韓遂搖頭辯解：「我要改什麼？莫非是曹操錯將草稿誤封，送過來了？」

馬超當然不信：「曹操是精明之人，豈有差錯？我與叔父併力殺賊，為何忽生異心？」

韓遂大聲明志：「你若不信我，來日我在陣前騙曹操前來說話，你再從陣內衝出，一槍將他刺了，怎麼樣？」

馬超相信嗎？

華麗內戰

翌日，韓遂率領侯選、李堪、梁興、馬玩、楊秋五將出陣。馬超藏在門影裡，伺機給曹操致命一擊。

韓遂派人到曹營前，高叫：「韓將軍請丞相出來談話。」

曹操令曹洪率數十騎兵來到陣前，距離韓遂只有數步之遙。曹洪在馬上欠身說道：「夜來丞相囑意將軍之言，切莫有誤。」說完便撥馬回營。

囑意將軍之言？那是什麼意思？你還敢說沒有異心？馬超愈想愈怒，挺槍驟馬，刺向韓遂。五將合力攔住馬超的攻勢，連聲勸解，請馬超勿中曹操奸計。

韓遂也忙著自清：「賢姪休疑，我真的沒有歹心啊！」

馬超哪裡肯信，含恨而去。

韓遂呢？蒙受不白之冤，又無法解釋；為了自保，決定投降曹操。

曹操當然喜出望外，答應封韓遂為西涼侯，楊秋為西涼太守，其餘皆有官爵。雙方約定放火為號，共同對付馬超。

怎麼做？設下鴻門宴，甕中捉馬超。

馬超有那麼好對付？只見他帶著親隨數人，仗劍先行，令龐德、馬岱為後應，快步赴宴，喔不！是疾速閃入韓遂帳中，一劍揮出，朝韓遂面門剁去——

一場關於西涼軍的「英雄內戰」揭開了華麗序幕：慌忙之中，韓遂以手擋劍，左手掌當場被砍落。五將一齊揮刀，攻擊馬超；馬超竄出帳外，五將也追出來，圍攻逼殺。馬超一劍敵五將，劍光到處，鮮血濺飛；先砍馬玩，再剁梁興，其餘三將見苗頭不對，各自逃生。馬超又衝入帳中，要殺韓遂，已不見人影。

這時，火炬燃起，寨兵皆動。馬超連忙上馬，龐德、馬岱亦及時趕來，引發一場混戰；西涼兵馬，自相殘殺。

曹操的大軍更是從四面圍來：前有許褚，後有徐晃，左有夏侯淵，右有曹洪。馬超勢單力薄，與龐德、馬岱率領三十多騎兵，向隴西臨洮逃去。

聲威大震

曹操擊敗馬超，聲威大震。皇帝親自出城迎接；同時下詔，特許曹操可以不必通名，佩劍上朝，有如昔日漢相蕭何的禮遇。

這消息傳入漢中，驚動了漢寧太守張魯。

張魯一心想當「漢寧王」，就怕曹操進犯漢中，砸了他的美夢。

軍師閻圃主張：「益州劉璋昏弱，不如先取西川四十一州，如此便有對抗曹操的本錢，然後稱王未遲。」

張魯覺得有道理，便決定起兵取西川。

其實，劉璋和張魯早就有「殺母、弟之仇」，見張魯引兵來犯，驚慌失措。

別駕張松進言：「主公休驚！曹操破馬超後，志在天下。只要遊說曹操興兵攻取漢中，則張魯自顧不暇，西川便能安全無虞。」

「嗯，好計謀！」劉璋便命張松為使，帶著金珠錦綺前去許都，進獻給曹操。張松暗中畫了一幅西川地圖，帶在身上，把蜀中的山川險要、府庫錢糧都畫在上面，以便見機行事。

孟德新書

問題是，容貌猥瑣，是張松的本色；言語無禮，乃張松之風格。曹操見張松長相不佳，已有五分不喜歡，又聽張松傲慢的言語，一怒之下，便拂袖而起，轉入後堂去了。

曹操門下掌庫主簿的楊修，也是眼高於頂的人。見張松說話狂妄，忍不住衝出來與他辯論。隨後又拿出曹操寫的《孟德新書》讓張松看。張松撇嘴一笑，說這書是戰國時期一位不知姓名的人寫的，蜀中小孩也能背誦。

「你不信？」張松當場一字不漏地背誦出來。楊修大吃一驚：「公過目不忘，真是天下奇才啊！」

楊修連忙見曹操，把張松背誦《孟德新書》的事說了。曹操暗想：「咦？莫不是古人與我暗合？」便叫人把書燒了。

翌日，曹操與張松前去西校場看軍容。只見那五萬名虎衛雄兵，盔甲鮮明，衣袍燦爛；金鼓震天，戈矛耀日；四方八面，分隊成伍；旌旗颺彩，人馬騰空。

膽識過人

曹操問張松：「西川可有這樣的軍隊啊？」

張松說：「我們沒有這般龍虎雄師，只知道以仁義待人。」

曹操臉色大變。張松卻是全無懼意。一旁的楊修頻頻以眼神打暗號：老兄！不要這般膽識過人，好嗎？

張松依舊斜眉睨目，置之不理。

曹操可忍不住了，不知不覺提高了音量：「我視天下鼠輩猶如草芥。大軍到處，戰無不勝，攻無不取。順吾者生，逆吾者死。你知道嗎？」

張松不慌不忙回嘴：「丞相驅兵到處，戰必勝，攻必取，我當然知曉。昔日濮陽攻呂布之時，宛城戰張繡之日；赤壁遇周郎，華容逢關羽。割鬚棄袍於潼關，奪船避箭於渭水，都是無敵於天下的表現啊！」

曹操大怒說：「豎儒竟敢揭我短處！」喝令左右，推出去斬了。

楊修趕忙力諫：「張松雖可斬，只是……」

「只是什麼？」曹操吹鬍子瞪眼。

「此人代表劉璋，遠從蜀道而來，又誠心誠意獻寶入貢，若將他斬了，恐遭天下人議論哪！」

但曹操髮鬚直豎，怒氣未息：「我明白此人膽識過人，但也超過常人太多了吧！」

荀彧見苗頭不對，也上前勸諫：「丞相啊！請忍一時之氣……」

曹操總算鬆口：免其死罪，亂棒打出。

獻出西川

一身是傷的張松，氣呼呼要回西川，但想到曹操給自己的羞辱，回去後必然被蜀中人恥笑……實在嚥不下這口氣。

久聞荊州劉玄德仁義遠播，乾脆取道荊州，順便探探劉備虛實。

不料剛到荊州邊界，便被趙雲迎接到驛館——當然是孔明的安排。關羽也前來設宴接風。讓張松大感意外，深信劉備的仁德、寬厚絕非虛傳。

翌日，劉備帶著孔明、龐統，親自來迎，設宴連飲三天。重點是，三日來，劉備只說閒話，不提西川。而張松眼見「漢室宗親卻只能暫借州郡」，十分不忍，極力慫恿劉備：「益州險塞，沃野千里，民殷國富；智能之士，久慕皇叔之德；若起荊、襄之眾，長驅西指，則霸業可成，漢室可興。」

劉備當然按照慣例先推辭一番：「哎呀！劉益州也是帝室宗親，說來與備如兄如弟，我怎能……」

張松表明，願為內應，力勸劉備攻取西川，並把所帶的地圖獻給了劉備。還推薦好友法正、孟達，說他們皆可擔負重任。

張松回到西川，先和二位好友法正、孟達取得「獻益州給劉備」的共識；緊接著說動劉璋，派法正為使前往荊州，又命孟達領兵五千迎劉備入川。做什麼？對抗曹操、張魯。

心腹大患

劉璋手下的黃權、王累多次勸諫劉璋，不可引劉備入川，以免被劉備所害。但劉璋不信：「不會吧！玄德與我同宗，和他結盟，是求之不得的外援，怎會害我呢？」

黃權說：「素仰劉備寬以待人，柔能克剛，英雄莫敵。遠得人心，近得民望。兼有諸葛亮、龐統之智謀，關、張、趙雲、黃忠、魏延為羽翼。若召到蜀中，以部屬待之，劉備安肯伏低做小？若以客禮待之，一國豈容二主？那劉備軟硬兼施，陰謀用盡，竊取西川，是遲早的事。」

「那曹操、張魯的大軍到來，用什麼抵抗？」劉璋問。

「張魯犯界，乃癬疥之疾；劉備入川，乃心腹之大患。」一旁的王累說。

「休再亂言！玄德是我同宗，怎會奪我基業？」劉璋揮揮手，否決了黃權等人的力諫。

隨即，捎書一封，讓法正帶去荊州給劉備，請劉備入川，「吉凶相救，患難相扶」。

逐兔先得

劉備怎麼想？患難相扶？奪人基業？

法正和劉備的一番對話，或可窺知一二：

法正問：「馬逢伯樂而嘶，人遇知己而死。張別駕昔日之言，將軍可是同意？」

劉備沉吟許久，然後呢？語焉不詳：「這……想我劉備一身寄客，無處立基，怎不傷感嘆息？蜀中豐饒之地，我不是不想得，無奈劉季玉也是漢室之後，我怎麼忍心……」

法正說：「益州天府之國，非治亂之主，難以久居。劉季玉的問題在於不能用賢，今天不交給將軍，來日也會被他人奪走。機不可失！豈不聞『逐兔先得』之語？將軍若下定決心，我當為將軍效死。」

劉備拱手拜謝，依舊含糊以對：「請容我……三思。」

向壁之二

「赤壁遺雄烈，青年有俊聲。弦歌知雅意，杯酒謝良朋。曾謁三千斛，常驅十萬兵。巴丘終命處，憑弔欲傷情。」抑揚頓挫的吟誦聲，再次響徹河岸。

「喔？閣下在惋惜那慘遭孔明三氣、吐血而死的周瑜？」冷笑聲依舊冰冷。

「一著棋高難對敵，幾番算定總成空。兄臺以為，周瑜若不堅持對付孔明，天下大勢將會有所不同？」吟誦聲問。

「沒什麼不同！周瑜決策取荊州，是正確的決定；諸葛先知第一籌，是智者的交鋒。至於誰勝誰負嘛……哈！去問天吧！豈不聞，唯有浪花淘盡英雄，而英雄，從來禁不起潮浪。」冷笑聲答。

「閣下是說，歷史的航道不容更改，唯一不同的是，浪花、英雄的汰換速度？」吟誦聲又問。

「詩云：指望長江香餌穩，不知暗裡釣魚鉤。除了指兵家之間的爾虞我詐，又何嘗不是『人與天爭』無可逆轉的宿命？此謂：青山依舊在，幾度夕陽紅。」冷笑聲難得不笑，語帶感嘆。

「喔？願聞其詳。」吟誦聲再問。

「那張松不是說：『丞相驅兵到處，戰必勝，攻必取。昔日濮陽攻呂布之時，宛城戰張繡之日；赤壁遇周郎，華容逢關羽。割鬚棄袍於潼關，奪船避箭於渭水，都是無敵於天下的表現啊！』乍看之下，是在嘲諷奸雄；但依我之見，曹操屢敗屢戰，屹立不搖，這不是『無敵於天下』的表現，是什麼？」冷笑聲拔了一個尖兒，像一根銀線拋入天際。

「所以，閣下對曹操兵敗赤壁的看法？」

「只是延後北方政權統一中國的時程。」冷笑聲說得斬釘截鐵。

「閣下意指……天下歸曹？」

「你應該先問劉備：鷦鷯該不該存一枝？狡兔要不要藏三窟？」冷笑聲反問，「『天府之國』就在眼前，他想不想要？怎麼要？」

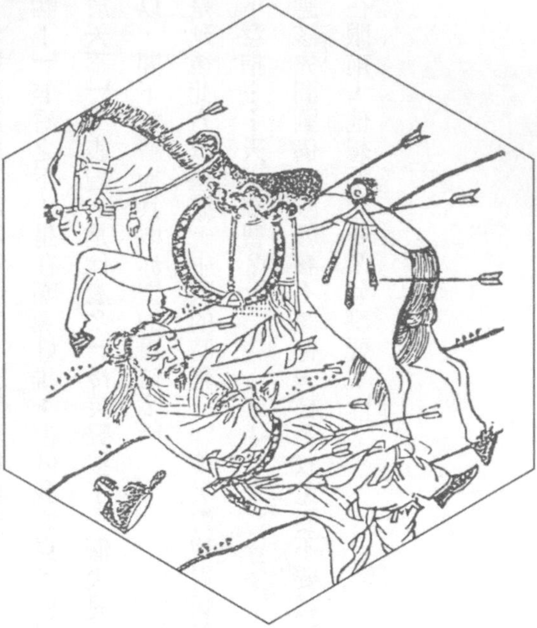

勢在危急，脣亡則齒寒，
若以利害遊說，必然肯從。

第三章

鳳雛墜，蜀道通

有「益」之「州」

天府在前，大軍押後。

戰與和？助或奪？不義之財？大義之舉？一席之地？有「益」之「州」？

全在一念之間。

劉備讓孔明與關羽、張飛、趙雲留守荊州，自己帶著龐統、黃忠、魏延，率五萬名馬步兵，浩浩蕩蕩來到涪城。

劉璋打算親自前往涪城迎接劉備，卻被黃權咬住衣袍阻攔：「主公此去，必遭劉備所害。屬下食祿多年，不忍主公中他人奸計。還望三思！」

劉璋大怒，猛扯衣服，黃權跌倒在地，摔斷兩顆門牙。

有一就有二：另一位諫臣李恢伏地叩首，痛哭失聲：「竊聞『君有諍臣，父有諍子』。黃公衡所言，句句出自忠肝義膽，請主公聽從。若讓劉備入川，是迎虎進門啊！」

劉璋怒道：「玄德是我的同宗兄弟，怎會害我？再言者必斬！」叱令左右，將李恢推出門外。

倒吊死諫

無三不成禮：等到劉璋出益州城時，從事王累將身子倒吊在城門，一手執諫章，一手仗劍，試圖死諫。

劉璋打開諫章一看：

益州從事臣王累，泣血懇告：竊聞「良藥苦口利於病，忠言逆耳利於行」。昔日楚懷王不聽屈原之言，會盟於武關，為秦所困。如今主公輕離大郡，趨迎劉備，怕是有去無回……

劉璋接受嗎？當然不聽！王累大叫一聲，一劍將繩子割斷，墜地而死。

就這樣，劉璋的三萬人馬，加上一千餘輛裝載資糧錢帛的輜重，將劉備軍馬迎接入川。

秋毫無犯

劉備怎麼回應？

號令嚴明，潔身自愛；所到之處，秋毫無犯。百姓扶老攜幼，沿路瞻觀，焚香禮拜。劉備微笑揮手，領受川民的愛戴。

真有這麼和諧融洽？

法正接到張松寫來的密信，要龐統在劉備見劉璋時殺掉劉璋。另一方面，劉璋的一班文官武將如劉璝、張任等人，也認為「劉備柔中有剛，其心難測，宜慎防之」。但劉璋絲毫不懷疑劉備，反而笑部下多慮了。

龐統的計劃：設宴邀請劉璋，在壁廂埋伏刀斧手，席間擲盃為號，當場殺死劉璋，西川唾手可得。

劉備猛搖頭，否決這種「傷天害理」的事：「如此奸狡，霸者不為，天地也不容啊！」

「是！主公說的是！」龐統虛與委蛇一番，先行告退。私下卻與法正商議：「事已至此，由不得主公了。咱們照幹！」

群雄舞劍

翌日酒宴，龐統安排魏延擔任殺手：登堂舞劍，乘機殺掉劉璋。

劉璋手下大將張任見魏延不懷好意，也舞動寶劍保護劉璋。其他部將如劉璝、冷苞、鄧賢等人，也各自拔劍上前，大聲吆喝：「我等也加入舞劍行列，博君一粲。」

項莊舞劍，志在沛公；群雄舞劍，意欲為何？

一時間，刀光劍影，鏗鏘有聲，眼看就要變成全武行。

劉備看出不對勁，立刻拿起左右隨從的佩劍，向天一指，怒喝：「咱們兄弟相逢痛飲，並無猜忌。今日之會，亦非『鴻門宴』，何用舞劍？全部給我退下，不棄劍者立斬！」

劉璋也斥責部屬：「兄弟相聚，何必帶刀？」

劍拔弩張的兩方，這才放下武器。

劉備回寨後，責備龐統：「公等為何要陷我劉備於不義？而今而後，千萬不可這麼做。」

「我……唉！」龐統無言以對，嗟嘆而退。

妄動干戈

這時，探子來報，漢中張魯帶兵馬攻打葭萌關。劉璋順勢請劉備帶兵迎擊。劉備一口答應，立刻帶領本部人馬前去守關。

劉璋的部將再上建言：緊守各處關隘，以防劉備兵變。劉璋剛開始不以為意，後來禁不起眾將苦勸，只好下令白水都督楊懷、高沛二人，把守涪水關。

孫權知道劉備的兵馬遠在西川，想乘機攻打荊州。但吳國太不同意：「亂來！想我一生只有一女，嫁給劉備。如果妄動干戈，傷到我女性命，要怎麼辦？」又指著孫權大罵：「你掌理父兄之業，坐領八十一州，猶感不足？竟然顧小利而不念骨肉？」

孫權唯唯諾諾應答：「是！教訓得極是！老母之訓，豈敢有違！」

傷腦筋啊！好好一塊肥肉，只因婦人之仁……唉！

定把荊州換阿斗

沉思間，張昭求見，獻上一計：寫一封密信，讓人送給孫夫人，說母親病重，要她帶阿斗回來一見。有阿斗當人質，就可以向劉備要求換回荊州。

「真是妙計啊！」孫權派出親信周善喬扮客商，潛入荊州。

果然，孫夫人聽說國太病危，灑淚追問：「母親究竟如何？」

周善跪地泣訴：「國太好生病重，旦夕只是思念夫人。如果回去得遲，恐怕……恐怕……」

「如何？」夫人問得膽戰心驚。

「再也不能相見啊！」周善打蛇隨棍上，「就請夫人帶著小主公阿斗回去見母親，怎麼樣？」

夫人說：「皇叔率兵遠出，我要回東吳，須使人知會軍師，方可成行。」

周善搖頭：「若軍師回一句：『須報知皇叔，等回命到了，方可下船。』又要如何？」

果然，夫人蹙眉思索，不知如何是好。

周善繼續鼓動如簧之舌：「大江之中，已備妥船隻，作為接應。夫人只要帶著阿斗，上車出城，即可安然返回江東。」

截江奪少主

趙雲得知阿斗被帶走，便駕小船前去攔截。一陣猛追急趕，趙雲跳上了大船，奪過了阿斗，撂下一句：「夫人要去便去，但必須留下小主人。」

但這時，船已到了江心，趙雲一手抱少主，一手仗劍，無人敢近身，但他也進退不得。僵持之際，張飛乘船趕到，跳上大船殺了周善，抱起阿斗與趙雲一起回船，放孫夫人獨自一人回江東。

誰來報仇？

孫權見妹妹回到東吳，立刻以「為周善報仇」為由，召集文武商議，準備起兵攻打荊州。

說巧不巧，曹操也率領四十萬兵馬，要來報赤壁之仇。

孫權大吃一驚，忙依呂蒙的意見，按下荊州之事，令軍士在濡須口築塢抵擋曹軍。

在此之前，長史董昭上表，極盡歌功頌德能事，尊曹操為魏公，加九錫。

何謂「九錫」？一，車馬；二，衣服；三，樂縣；四，朱戶；五，納陛；六，虎賁；七，鈇鉞；八，弓矢；九，秬鬯圭瓚。

但侍中荀彧提出諍言：「不可！丞相本興義兵，匡扶漢室，當秉忠貞之志，守謙退之節。君子愛人以德，不宜如此。」

曹操聽了，勃然變色，懷疑荀彧對他不忠。

建安十七年冬，曹操興兵下江南，命荀彧同行。荀彧知道曹操有殺己之心，託病不前。曹操忽然派人送了一盒飲食給他，盒上有曹操親筆封記。荀彧打開一看，裡面空無一物；他知道自己不為曹操所容，便服毒自殺了。

生子當如孫仲謀

曹操大軍來到濡須，探子回報：「遙望沿江一帶，旗幡無數，不知孫權兵馬聚於何處。」

曹操放心不下，親自領兵前進，在濡須口排開軍陣；又登上山坡，遙望江東戰船，井然有序，旗分五色，兵器鮮明。當中大船之上，青羅傘下，孫權昂然高坐；左右文武，侍立兩傍。

曹操嘆了口氣，揚鞭遙指，慷慨陳詞：「生子當如孫仲謀！至於劉景升之子，哼！豬狗不如！」

孫仲謀到底有多厲害？

忽然一聲響動，伏兵盡出：江東戰船飛渡而來，四處兵馬殺聲震天。曹兵頓時潰散。主帥曹操策馬，正要退走，東吳大將韓當、周泰已率軍直衝上來。幸好有許褚縱馬舞刀，擋住二將，曹操才得以逃脫歸寨。斷後的許褚毫不含糊，與二將大戰三十回合，不分勝負，才從容退兵。

此戰過後，曹操當然重賞許褚，責罵眾將：「臨敵先退，挫我軍銳氣！如果再有一次，定斬不饒！」

兵貴神速

當夜二更時分，寨外喊聲大震。曹操急忙上馬，驚見火光四起，原來是吳兵前來劫寨。這一路喊打喊殺，直至天明，曹軍已敗退五十里，方才穩住陣腳。

接連吃驚，曹操心情鬱悶，閒看兵書。

程昱建言：「丞相既知兵法，豈不知『兵貴神速』之理？丞相起兵南下，曠日廢時，讓孫權準備充分，以逸待勞。不如先退兵還許都，別作打算。」

曹操一萬個不服氣，夜裡伏几而臥，忽然聽見潮聲洶湧，如萬馬奔騰。曹操翻身而起，出帳一看——赫！大江中躍出一輪紅日，光華射目；仰望天上，又有兩個太陽對照。而江心那輪紅日，突然飛竄而來，墜落寨前山中，發出如雷的巨響……

猛然驚醒，曹操揉著惺忪睡眼，茫然四顧。啊！原來在帳中做了一夢，或者該說，夢中夢。

紅日之兆

「紅日飛躍，兩日相爭，是什麼徵兆？」曹操愈想愈忐忑，「孫權非等閒人物。紅日之應，難道意味著……他日後必為帝王？」

曹操發覺程昱的「退兵之議」有其道理。但，此時退縮，又怕被東吳恥笑，這要怎麼辦？一時之間，曹操猶豫不決。

就這樣，孫、曹兩軍僵持了一個多月，多次交戰，互有勝負，誰也無法殲滅誰。

到了第二年正月，春雨綿綿，軍士在泥水中作戰，十分困苦。曹操也很憂心，這騎虎難下的局面要怎麼收拾？部將謀臣中，主戰主和主退的人都有，眾說紛紜，讓曹操舉棋不定。

這時，孫權寫來罷兵停戰的信。有了下臺階，曹操總算鬆了口氣，便重賞來使，下令班師回許昌。

首尾不能接應

曹操一走，孫權立刻打起荊州的主意。

張昭獻計：「修書二封：一封給劉璋，說劉備和東吳結盟，要謀取西川，使劉璋心疑而防劉備；一封給張魯，唆使其進兵荊州，讓劉備首尾不能接應。主公再乘機出兵……」

另一方面，在葭萌關的劉備，收到孔明文書，得知夫人已回東吳、曹操興兵犯濡須，十分擔心荊州安全，便在和龐統商議後，向劉璋借兵糧。

借多少？精兵三、四萬，行糧十萬斛。

只是，劉璋中了孫權的離間計，只肯借四千名老弱兵、一萬斛米。

劉備氣得大罵：「我幫你劉璋守關禦敵，費力勞心。你卻積財吝賞，這樣教我的士卒如何為你效命？」

於是，龐統獻上、中、下三計，供劉備選擇。

「何謂上計？」劉備問。

龐統捲袖伸拳，慷慨陳詞：「遴選精兵，晝夜兼道直襲成都。」

「何謂中計？」劉備再問。

「楊懷、高沛乃蜀中名將，各握強兵拒守關隘。主公不妨佯稱要回荊州，二將聽聞，必來相送。」龐統以手作刀，擺出狠相：「等他們來送行，咱們一舉擒殺，奪關隘，取涪城，然後……嘿！磨刀霍霍向成都。」

「嗯，那下計呢？」

「退還白帝城，連夜回荊州，謝謝再聯絡。」龐統說得有氣無力，顯然是不以為然。

劉備沉吟良久，認為「上計太促，下計太緩，中計不疾不徐」，因此選了中計。

抄家滅門

於是劉備修書一封，派人捎給劉璋，謊稱要回荊州，想借機殺了涪水關守將楊懷、高沛。不料居內應的張松信以為真，也寫了一封信，強調「大事已在掌握之中，何故在此時放棄而回荊州？」準備派人送給劉備。

此時，哥哥張肅來訪，應酬間密函不慎掉落，張肅拿起一看，嚇得發抖，暗想：此乃抄家滅門之事。為了保命，便向劉璋告發了這樁密謀。

劉璋怒道：「我素來待他不薄，竟敢謀反？」下令殺了張松一家大小。

涪水關的二將也正想乘機除掉劉備。在劉備提兵回涪水關時，假勞軍之名，到帳中要殺劉備，結果反被關平、劉封斬殺。

劉備順利奪下涪水關。

劉璋得到涪水關失守的消息，連夜發令通知各處關隘，增兵守住咽喉之地卉縣。劉備命黃忠、魏延前去對付卉縣外的兩寨守軍。一陣奮勇廝殺，這二位大將不負所望，將兩寨攻下。

劉璋派兒子劉循及妻舅吳懿守縣，吳懿要放涪江水淹劉備軍馬。所幸，只為川人逢舊識，遂令涪水息洪流。蜀中豪傑彭羕將這事告訴了劉備，劉備派兵殺退了正在決堤放水的劉璋兵馬。

凶多吉少

慶功宴上，劉備忽然收到軍師諸葛亮的來信，拆開一看：

亮夜算太乙數，今年歲次癸亥，罡星在西方；又觀乾象，太白臨雒城之分：主將帥凶多吉少。切宜謹慎。

這是何意？不宜再進？劉備命送信的馬良先回，要他告訴孔明：這就回荊州，討論此事。

龐統怎麼看？哼！孔明怕我取了西川，立下大功，危及他的地位，故意寫此信阻止我們。

龐統對劉備說：「我也略懂太乙之數，所謂『罡星在西』，應合主公將得西川；請不要疑心，急速進兵。」

落鳳坡

急於建功的龐統，一心要取下卉城。安排劉備領軍從大路進攻，自己率兵走小路。劉備說：「軍師不可。我昨夜夢見一神人，手執鐵棒揮擊我的右臂，醒來後手臂仍感疼痛。莫非……此行不祥？」

龐統大笑三聲：「哈哈哈！壯士臨陣，不死帶傷，自然之理。夢寐之事，何須疑心？」

劉備說：「我擔心的是，孔明信中的『凶多吉少』。不然這樣，請軍師還守涪關，如何？」

龐統笑得更大聲：「主公被孔明迷惑了。他不想讓龐統立此大功，故作此言，惑主公之心。心疑則致夢，何凶之有？龐統願肝腦塗地，報效主公。請勿再多言，明早準時出發。」

翌日清晨，大軍正要出發時，龐統忽然被戰馬摔落地下——這還不是凶兆？可惜劉備未能見微知著，還將自己的坐騎「的盧」——傳說中會害主的凶馬——與龐統交換。

龐統卻回了一句讓劉備毛骨悚然的話：「深感主公厚恩。雖萬死亦不能報。」

數個時辰後，龐統引軍到林中，抬頭見兩山狹窄，樹木叢雜；又值夏末秋初，枝葉茂盛。龐統心裡一陣不安，勒住馬問：「此處是何地名？」

數名新降的軍士，指著山頭說：「落鳳坡。」

龐統大驚失色：「我道號鳳雛，此處竟然是『落鳳坡』！」命後軍疾退。

這時，山坡前傳來一聲炮響，有人高喊：「騎白馬者必是劉備，射他！」剎那間，箭如飛蝗，朝騎白馬的龐統射來。轉身不得，閃避不及，可憐的龐統當場死於亂箭之下。

軍師慘死，敗軍退回涪水關。劉備得知龐統戰死的消息，望西痛哭不止。後來傳出了童謠：一鳳並一龍，相將到蜀中。纔到半路裡，鳳死落坡東。

從那時起，劉備堅守不出，只等關平星夜入荊州，請出軍師諸葛亮，再作計議。

將星隕落

七夕佳節，孔明在荊州，夜宴眾官，談論如何收取西川。只見正西面上空，有一枚斗大的星，從天而墜，流光四散。

孔明大驚失色，擲盃問卦，忽然掩面痛哭。

「軍師為何而哭？」眾官不解。

「唉！天狗犯我軍，太白臨雒城；我們的主公痛失一臂啊！」孔明搖頭嘆息：「此兆，恐怕應在龐士元身上。」

眾官都不敢置信。

孔明說：「數日之內，必有消息。」

數日之後，關平回到荊州，呈上劉備的求救信，也證實了「龐統在落鳳坡前中箭身故」的噩耗。

孔明又哭一場，眾官無不垂淚。

北拒曹操，東和孫權

為解劉備之急，孔明不得不入川，而將鎮守荊州的重任交給關羽。重情重義的關羽慨然領受。

交付印綬時，關羽跪地，雙手接下兵符，豪氣宣誓：「大丈夫既領重任，至死方休。」一個「死」字，讓孔明感到不祥，進而問關羽：「如果曹操領軍殺到，你要如何？」

關羽回答：「排兵抗之。」

孔明又問：「如果曹操、孫權一起率兵殺來呢？」

關羽回答：「分兵抗之。」

孔明搖頭：「若是如此，荊州危矣。我有八個字，將軍牢記，可保荊州。」

關羽問：「哪八個字？請軍師賜教！」

孔明說：「北拒曹操，東和孫權。」

關羽作揖拜謝：「軍師之言，當銘肺腑。」

關二哥會乖乖聽話？

收服嚴顏

出發前，孔明先派張飛率領一萬名精兵，取大路殺向巴郡；趙雲為先鋒，帶領另一支部隊溯江而上，到卉城與張飛會師。孔明自己則帶著簡雍和荊襄名士蔣琬，隨後趕去。

張飛兵臨巴郡，太守嚴顏堅守不出，想等張飛糧盡退軍。張飛左思右想，心生一計，便下令二更吃飯，三更拔寨，假裝要繞過巴郡。

嚴顏得報，領兵埋伏在小路，準備堵殺張飛。不料張飛讓一兵士假扮自己，押糧草先過，騙過嚴顏；他率兵從後面殺來，與嚴顏大戰十餘回合，終於活捉了這名頑強對手。

張飛攻入巴郡城後，不傷百姓，出榜安民。群刀手將嚴顏推至張飛座前。沒想到嚴顏視死如歸，不肯跪下。

張飛怒目咬牙大罵：「大將到此，為何不降，而敢抗拒？」

嚴顏全無懼色，慷慨說道：「但有斷頭將軍，沒有投降將軍！」

張飛見這位老將氣概昂揚，敬佩不已。親自為嚴顏鬆綁，有請嚴顏上坐，低頭便拜。嚴顏覺得張飛忠直，便投降了。

四面埋伏

孔明的一路軍，約劉備會師於卉城。劉備便依黃忠之言，起兵攻打卉城，卻中了蜀中名將張任之計，遭到突襲。劉軍大敗，兵馬潰散。劉備也被張任追上小路，又遇伏兵擋道——「哎呀！前有伏兵，後有追兵，天亡我也！」劉備眼看無路可逃，幾乎要引頸就戮；幸好張飛、嚴顏及時率軍前來，解了劉備之圍。

孔明與劉備、張飛會合後，特別針對張任，設下四面埋伏之計：命黃忠、魏延在雒城東金雁橋以南五、六里處設下陷阱，又教趙雲率軍藏在金雁橋北，見張任過橋，就將橋拆斷，逼使張任向南而行。張飛、劉備、嚴顏也各自埋伏，伺機而動。

孔明擬定此戰的方針：「先捉張任，後取雒城。」

為了讓張任中計，孔明親自領一支軍伍不齊的部隊，來到金雁橋，與張任對陣——其實是誘敵。

用兵如神

但見孔明乘四輪車，披綸巾揮羽扇而來，從容不迫，遙指張任開罵：「曹操以百萬之眾，聞我之名，只能望風而逃；你是何人，膽敢不降？」

張任在馬上冷笑回應：「人說諸葛亮用兵如神，卻見你軍紀渙散，統御無方。原來有名無實！」

張任長槍一招，大小軍校一齊衝殺過來。孔明詐敗，棄了四輪車，上馬退走，狼狽過橋。張任從背後趕來，一過金雁橋，忽見劉備軍在左，嚴顏軍在右。啊！原來是計！想要撤軍，橋已拆斷；欲往北去，只見趙雲一軍隔岸排開……

怎麼辦？往南繞河而走。但走不到幾里路，蘆葦叢雜處，魏延的伏兵殺來，長槍戳甲冑；黃忠的埋伏也竄出，亂刀剁馬蹄。張任的馬軍悉數倒地被縛。步兵哪裡敢來？張任只好率領數十騎兵逃往山路，要死不死，與張飛撞個正著：「燕人張翼德在此——」

慘！丈八蛇矛逼面而來，眾軍齊上。張任進退不得，被張飛大喝一聲，當場活捉。

成全名節

張飛將張任押解到孔明、劉備面前，張任也是不肯跪下。

劉備說：「蜀中諸將，望風而降，你為何不降？」

張任瞬目怒罵：「忠臣豈肯事二主？」

劉備又勸張任：「你真是不識天時啊！只要投降，可免一死。」

張任繼續怒吼：「就算今日降了，以後也會反你！你殺了我吧！」

劉備終究不忍動手，任由張任厲聲高罵。

好吧！壞人我來做。孔明說：「就讓我來成全你張任的名節吧！」下令將他斬了。

聯合張魯

劉備大軍拿下雒城後，為避兵災，法正寫了封信給劉璋，勸他投降。劉璋大怒：「這法正，賣主求榮、忘恩背義之賊！」撕了書信，趕走信使，派妻弟費觀去守衛成都的最後防線：綿竹，又聽從益州太守董和之議，派遣黃權到漢中，向張魯借兵攻打劉備。

「這……張魯與我有仇，怎麼肯援救？」劉璋對「聯合張魯」一事，曾抱持疑問。董和認為：「勢在危急，脣亡則齒寒，若以利害遊說，必然肯從。」

與此同時，馬超在隴西連破數城，只有冀城久攻不下。刺史韋康見援軍不到，便想開城投降，被參軍楊阜流淚勸阻。

韋康還是抗不住大軍壓境，開門投降了。馬超入城後，卻認為韋康不是「真心歸順」，將他一家四十餘口全殺了。倒是「大義不降」的楊阜，被馬超任命為參軍。

楊阜藉口去歷城看姑母，其實是請姑母說服表兄姜敘，做什麼？出兵收復冀城。姜敘不敢違抗母命，整頓軍馬，準備一戰馬超。

馬超收到消息，領兵來攻打歷城。這時，曹操出手了，派夏侯淵支援姜敘。兩軍夾擊，馬超抵擋不住，與龐德、馬岱逃往漢中，投效張魯。

急於建功

張魯喜出望外，以為得馬超，西可以吞益州，東可以拒曹操。甚至想把女兒嫁給馬超。大將楊柏勸阻，馬超於是萌生殺楊柏之心；楊柏好對付嗎？他立刻與兄楊松商議，如何除掉馬超？

先前，劉璋遣使向張魯求救，張魯不予理會。這時劉璋又派黃權前來送信，黃權先找楊松，極力遊說：「東西兩川，唇齒相依；西川若破，東川難保。若肯相救，西川願以二十州為酬謝。」

楊松鼓動如簧之舌，向張魯「分說利害」，果然打動張魯，暫棄前嫌，同意借兵。由誰領軍？急於建功的馬超自告奮勇，表明願意去攻打葭萌關，活捉劉備，「務要劉璋割二十州奉還主公。」

張魯欣然同意，點兵二萬給馬超，令楊柏監軍，教馬超與弟馬岱即日起程。

智取綿竹

劉備的軍隊來到綿竹。守將費觀、李嚴很善於用兵，黃忠出馬，與李嚴鏖戰四、五十回合，不分勝負。孔明急忙鳴金收軍。

黃忠回陣，問道：「末將正待要擒下李嚴，軍師何故收兵？」

孔明說：「我見識到李嚴的武藝不差，不可力取。來日再戰，你可詐敗，引入山峪，我自有奇兵以對付他。」

翌日，黃忠詐敗而走。李嚴緊追而來，不知不覺進入山峪。咦？不對！李嚴猛然驚覺此地必有埋伏，想要回頭——來不及了！魏延率兵堵住退路。孔明站在山頂，高聲呼喚：「公如不降，兩側山壁盡是強弩，看來，龐士元的萬箭穿心之仇，有望得報了。」

李嚴走投無路，慌忙下馬，卸甲投降。隨後又回到綿竹，說服了費觀開城投降。綿竹於是為劉備所占。

葭萌關之役

拿下前哨要寨，劉備正準備起兵攻取成都，流星馬急報，馬超來攻葭萌關，孟達、霍峻快要守不住了。

劉備知道馬超神勇，十分著急。孔明卻當著張飛的面，對劉備說只有關羽可與馬超一戰。此一激將法馬上令張飛寫下軍令狀，魏延亦表明願同去守關。孔明知道張飛急躁魯莽，令魏延帶五百哨馬先行，張飛第二，自己和劉備居後，往葭萌關進發。

魏延的哨馬先到關下，遇上楊柏，展開交戰，不出十回合，楊柏敗走。魏延要搶頭功，乘勢趕去，又遇上馬岱。魏延以為是馬超，舞刀躍馬迎戰，又擊退馬岱，卻在得意追趕時，被馬岱回身一箭，射中左臂。

這下輪到魏延敗走。馬岱急追，來到關前，忽聞喊聲如雷，驚動四野：「燕人張翼德在此——」原來是張飛來到葭萌關，聽見廝殺聲，又看到魏延中箭，立刻策馬下關，救了魏延。

張飛的丈八蛇矛直指馬岱，「你是何人？先報姓名，再獻首級！」

馬岱說：「我乃西涼馬岱。」

張飛瞠大了牛眼，怒道：「原來你不是馬超！快回去！叫馬超滾出來！說燕人張飛在此！」

馬岱也大怒回罵：「你竟敢小覷我！」挺槍躍馬，直攻張飛。但他哪裡是張飛對手？戰不到十回合，馬岱不支敗走。張飛正要追進，被及時趕到的劉備喝止。

「幹嘛喊停，不讓我宰了馬岱？」一回營，張飛就大聲抱怨。

「三弟休急！既然勝了馬岱，歇息一宵，來日再戰馬超。」劉備其實是擔心張飛性躁壞事。

銀甲白袍

翌日天明，關下鼓聲大震，馬超威風凜凜殺到。劉備站在關上遠觀，一將縱騎提槍而出，獅盔獸帶，銀甲白袍。

劉備嘖嘖稱奇：「人言『錦馬超』，名不虛傳！」

張飛正要下關出戰。劉備立刻阻止：「等等！先避其銳氣。」

馬超開始叫陣，點名張飛「單挑」，張飛心癢難耐，恨不得吞掉馬超，卻被劉備再三阻擋。

午後，劉備發現馬超面有倦容，選了五百名騎兵，跟著張飛，衝下關來，人喊：「馬兒！認得燕人張翼德嗎？」

馬超見張飛殺到，把槍往後一招，下巴朝天，大聲說：「我家歷代公侯，豈識村野匹夫？」

張飛大怒，與馬超展開驚天動地的大戰。二人戰了兩百回合，不分勝敗，便換馬再戰。天黑後，點上火把再戰；張飛大叫：「我捉你不得，誓不上關！」馬超回罵：「我勝你不得，誓不回寨！」兩人又戰了百餘回合，誰也沒有占到半點便宜。劉備唯恐張飛有失，急忙鳴金收軍。

直到張飛氣沖沖回來找劉備吵架，直到銀甲白袍的背影遠去，劉備仍對馬超讚不絕口：「真乃一員虎將啊！」

計收馬超

第二天，孔明來到軍中，發現劉備對馬超的「迷戀」，便設下一計：命孫乾帶金銀珠寶去打通張魯的謀士楊松。

楊松引孫乾見張魯，孫乾說劉備希望兩軍止戰，可保他為漢寧王。張魯喜出望外，派人令馬超停戰。

馬超不聽，揚言：「此戰未竟全功，不可退兵。」楊松便開始散布馬超的謠言：「此人素無信行，不肯罷兵，意在謀反。」又說：「馬超企圖奪取西川，自為蜀主，為父報仇，不肯屈就於漢中。」

種種蜚短流長，讓馬超進不能進，退不能退。

孔明再派馬超的故人李恢前往勸降。李恢動用三寸不爛之舌，說得馬超心一橫，斬了監軍楊柏，提著楊柏的腦袋，前來投降劉備。

進入成都

收服了馬超，擊退了張魯，劉備軍威赫赫，兵臨成都。劉璋見大勢已去，開門投降。劉備率領軍紀嚴明的「劉家軍」進入成都，百姓香花燈燭，迎門而接，夾道歡迎。就這樣，劉備自領益州牧。

向壁之三

「劉備入成都，那『直取荊、益』的計劃可算達成？」吟誦聲提問。

「有得有失。得的是總算搶到開基立業之地，形塑了三分天下的局勢；失的是……」

冷笑聲仍是一貫的明嘲暗諷。

「鳳雛殞落？」吟誦聲再問。

「正確說，得的是飛龍在天，失的是鳳落九泉。」冷笑聲話鋒一轉，變成危言聳聽：「一在天上，一在地下；天地失衡，龍鳳不全，也就注定日後蜀漢的格局：難竟全功。」

「古峴相連紫翠堆，士元有宅傍山隈。兒童慣識呼鳩曲，閭巷曾聞展驥才。預計三分平刻削，長驅萬里獨徘徊。誰知天狗流星墜，不使將軍衣錦回。」吟誦聲裡，帶著一腔像懷古也似傷逝的感嘆。

「喔？兄臺是在惋惜龐士元的……死不逢時？」冷笑聲問。

「龐統急進，諸葛穩重；士元好攻，孔明擅守。孰優孰劣？難以遽斷。」吟誦聲又溢滿了哀痛，「若是龍飛搭配鳳舞，順應情勢，因時制宜，何愁大業不成？」

「問題是，龐統一死，孔明恐將獨木難支。」冷笑聲突出驚人之語。

「怎麼說？」吟誦聲透著不解。

「豈不聞，東南方流傳一則童謠：『風送雨，雨送風，隆漢興時蜀道通，蜀道通時只有龍。』我偏要說：『飛龍在天通蜀道』。」冷笑聲又轉趨尖銳。

「何解？」吟誦聲更不解了。

「諸葛孔明再怎麼神通廣大，也就只能『通蜀道』，以便日後『六出祁山』。而天下亂局依舊難解。」

「這……又要怎麼說？」吟誦聲不是不解，而是不服。

那冷笑聲，一逕語不驚人死不休：「至少，在劉備率七十萬大軍東征時，有一位深諳兵法的軍師在旁，或者說，在『龐』，就不會犯下『火燒連營』的錯誤了。」

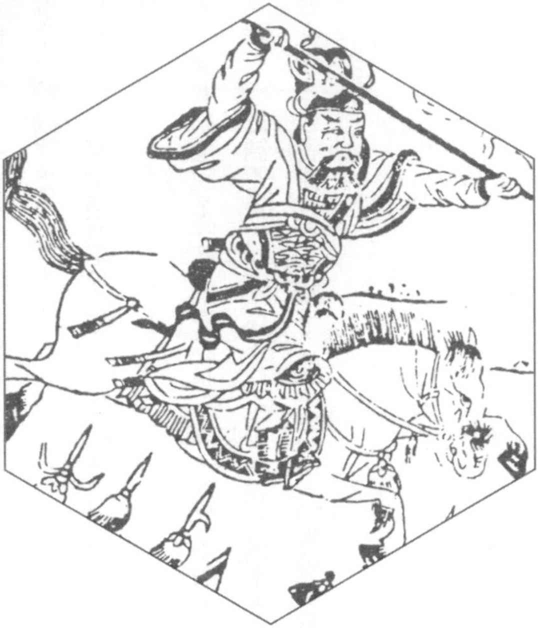

按依本色，旗幡甲馬，

行伍光燦，軍容壯盛。

第四章

漢中稱王

五虎上將

得到西川的劉備，勵精圖治，深獲民心；並由軍師孔明擬定治國條例，嚴刑峻罰，一改劉璋時代「闇弱不振，德政不舉，威刑不肅」的腐敗形象。

蜀漢成形，劉備冊封五虎上將：關雲長為盪寇將軍漢壽亭侯，張飛為征遠將軍新亭侯，趙雲為鎮遠將軍，黃忠為征西將軍，馬超為平西將軍。

此外，魏延亦封為揚武將軍，嚴顏為前將軍，法正為蜀郡太守；孫乾、簡雍、糜竺、糜芳、劉封、關平、周倉、廖化、馬良、馬謖、蔣琬、伊籍，及舊日荊襄一班文武官員，都有升賞。

至於劉璋，佩領振威將軍印綬，收拾財物，帶領一家老小，前去荊州「安養天年」了。

一較高下

遠在荊州的關羽，聽說馬超勇不可當，叫關平送信給劉備，他要入川與馬超一較高下。

劉備慌了，一個是兄弟，一個是愛將，誰傷了誰都不好。

他找孔明商量：「如果雲長入蜀，真的找孟起比試，搞到勢不兩立，要如何是好？」

孔明笑說：「無妨。我寫封信，自可化解此爭。」

孔明怎麼寫？

亮聞將軍欲與孟起分個高下。以亮度之，孟起雖勇猛過人，不過是黥布、彭越之徒；當與翼德並驅爭先，但遠遠不及美髯公之絕倫超群。而今公受任守荊州，實乃重責大任；萬一入川，而使荊州有失，罪莫大焉。惟冀明照。

關羽收到信，摸髯拈鬚，哈哈大笑說：「還是孔明知道我的心事。」將書信攤在賓客面前炫耀，再不提入川之事。

全家囚禁

孫權見劉備取得西川，又開始打「奪回荊州」的主意。

張昭立馬獻計：「劉備最倚重的人是誰？諸葛亮。其兄諸葛瑾仕官於吳，正是絕佳棋子。」

「要怎麼做？」孫權一時間沒能會意過來。

「很簡單！將諸葛瑾一家老小拿下，再派他入川向諸葛亮懇求，勸劉備交還荊州。諸葛亮念同胞之情，必然應允。」

孫權語帶遲疑：「這……諸葛瑾乃正人君子，好端端的，怎麼忍心拘禁他們一家人？」

張昭說：「哎喲！此乃虛監，並非實禁，這只是計策啊！」

諸葛瑾來到西川，一見到弟弟諸葛亮，便放聲大哭：「二弟救我！否則，我一家老小性命休矣！」

跪地哭求

孔明一臉驚訝地說：「因弟之故，害兄長一家老小，弟心何安？兄長且莫憂慮，待我去向主公求情。」

孔明帶諸葛瑾一同見劉備，懇求劉備「歸還荊州」。劉備不肯，大罵：「想那孫權既然將妹妹嫁我，卻乘我不在荊州，將妹子拐回江東，此乃不仁不義、情理難容之舉啊！我正要發起川兵，殺下江南，報『奪妻』之恨，他還想來索討荊州？」

孔明跪地，哭求不止：「倘若不還荊州，吾兄將全家被戮。兄死，亮豈能獨生？」

劉備禁不起哀求，只好說：「看在軍師面上，先將長沙、零陵、桂陽三郡還給東吳，怎麼樣？」

諸葛瑾如願以償，當然是十分高興；他哪裡知道，這一切，從張昭獻計、假拘虛禁到孔明自己的一場哭戲，全都在孔明的盤算中。劉備的扮黑臉，也只是配合演出。

君命有所不受

諸葛瑾拿著劉備的書信，找關羽交割長沙等三郡之地。

關羽早已接到孔明「如此如此，這般這般」的密函，看了諸葛瑾拿來的文書，大怒說：「我們兄弟三人桃園結義，誓言共同匡扶漢室。三郡都是大漢疆土，為什麼要給東吳？何況，『將在外，君命有所不受。』我兄雖然應允，我萬萬不能答應。」

諸葛瑾無奈，只好再次入川找孔明。不料，孔明出巡去了，歸期不定。

劉備勸諸葛瑾先行回去。諸葛瑾摸摸鼻子回到江東，向孫權報告經過。

孫權聽了，覺得不可思議，急問：「子瑜此去，反覆奔走，莫非是中了諸葛亮之計？」

諸葛瑾傻乎乎地說：「應該不是吧！二弟孔明也哭求，才得到『三郡先還』的承諾，無奈雲長恃頑不肯。」

孫權說：「既然劉備有言在先，咱們就差官前去三郡赴任，看關羽如何反應？」

結果呢？派去的人都被逐回。

孫權大怒，問魯肅該怎麼辦。魯肅便設下一計：請關羽至陸口赴宴，如不答應歸還荊州，便當場殺了他。

「萬一他不來呢？」孫權問。

「如果關羽不肯來，咱們就順勢進兵，與他一決勝負，奪回荊州。」

「好！」孫權點頭，命魯肅速行此計。

會無好會

於是，江東使者入荊州，叩見關羽，呈上邀請書。

關羽慨然應允：「既然是子敬相請，我明日便來赴會。」

但關平、馬良都認為：「會無好會，將軍不可輕往。」

關羽表現得毫不在乎：「你們還記得戰國時的『澠池之會』？趙人藺相如，手無縛雞之力，卻將秦國君臣視如無物；何況，我擁有萬夫莫敵的武功？既已許諾，不可失信。」

魯肅如何布計？

關羽若帶軍馬而來，便派呂蒙、甘寧各領一支軍馬，埋伏江邊，放炮為號，伺機廝殺。

若單槍匹馬而來呢？安排五十名刀斧手，直接在筵席間行刺。

單刀赴會

翌日，晌午時分，關羽真的單「刀」匹馬——身邊只有一名周倉，幫忙捧著青龍偃月刀——過江赴宴。看得魯肅頭皮發麻，膽戰心驚：關雲長啊！你是胸有成竹？還是膽大包天？

兩人喝得酒酣耳熱時，魯肅再提「歸還荊州」之事；關羽以「今天純喝酒，不談國家大事」虛應。魯肅進一步以劉備允諾「三郡先還」，關羽卻耍賴不還，責備關羽無信。

這時，站在階下的周倉厲聲怒罵：「天下之大，惟有德者居之。哪裡是你們東吳的私有領地？」

關羽變色起身，順勢奪下周倉手中大刀，立於庭中，怒瞪周倉，破口大罵：「國家之事，不准多言！還不給我滾！」

周倉會意，快跑到岸口，把紅旗一招——行動訊號。關平預先備好的船隊頓時如箭齊發，疾駛而來。

挾持魯肅

罵完周倉，關羽右手提刀，左手伸出……一把抓住魯肅，假裝酒醉，大笑說道：「哎呀！子敬你今天請我喝酒，何必提傷感情的事？我醉了，萬一弄不好……傷了彼此情面或你的身體，多麼掃興啊！改日請你到荊州來，再作商議，如何？」邊說邊扯著魂不附體的魯肅，往江邊走去。

呂蒙、甘寧想要出兵攔截，又怕傷了魯肅，只好眼睜睜看著關羽登船，回荊州去了。

曹操南下

此計失敗，孫權氣得想發動傾國之兵，攻打荊州。

沒想到，曹操偏偏選在此時，又派三十萬大軍，準備南下打東吳。孫權自知首尾不能兼顧，只好先放下荊州的事，調兵去抵抗曹操。

休養生息

所以，「赤壁之戰2」轟轟烈烈展開？

參軍傅幹上書勸諫：吳有長江之險，蜀有崇山之阻，一時之間，難以撼動。不如增修文德，按甲寢兵，息軍養士，待時而動。

曹操覺得有理，暫時取消攻打東吳的計劃，轉而興辦學校，教化民眾。

飽受兵燹的中原大地，終於得以休養生息，止痛療傷。

進陞魏王

這時，侍中王粲、杜襲、衛凱、和洽等人，直誇曹操「功在社稷」云云，議欲尊曹操為魏王。

中書令荀攸反對：「不可。丞相官至魏公，榮加九錫，已是位極人臣；若進陞王者，於理不容。」

曹操聽了，怒罵：「怎麼？荀攸也想『效法』荀彧？讓我也賞他一個『空盒子』？」

荀攸知道曹操的反應，憂憤成疾，臥病十數日而亡，得年五十八歲。曹操厚葬了荀攸，不再提「進陞魏王」一事。

通風報信

皇帝見曹操的權勢越來越大，左右侍從又不時耳語：「聽說魏公欲自立為王，不久必將篡位。」讓皇帝非常害怕，便與伏皇后密謀，要皇后的父親伏完設法除掉曹操。

此一「密謀」，必須仰賴一名值得信任的人，往來穿梭，通風報信；宦官穆順表態：「願冒死送信。」

於是，伏皇后修書一封，交付穆順。穆順將信藏在髮中，趁著夜深人靜，潛出禁宮，前往伏完宅邸，呈上密信。

伏完看了皇后的密函，當下擬定計劃：「操賊心腹甚眾，不可急圖。除非江東孫權，西川劉備，同時起兵——這一點，可以請皇上下密詔，命劉備、孫權相約發兵，討賊救主——讓操賊不得不親自率軍迎戰。而我們利用此時號召在朝忠義之臣，一同策反，內外夾攻，才能成功。」

好一招「內外夾攻」，能夠成功嗎？

密謀失敗

可惜，曹操耳目眾多，密謀的消息不脛而走。曹操在營門口截住了穆順，見穆順慌慌張張將帽子戴反，肯定對方有鬼，便從穆順頭髮中搜出了伏完寫給皇后的回信。

忠心的穆順當然是寧死不招。但曹操還是將伏完一家老小逮捕、處死；又收去伏皇后的璽綬，將披髮跣足的皇后拖到堂前亂棒打死。伏皇后所生的兩個兒子，也都被「下毒賜死」。

建安二十年正月，曹操請皇帝將女兒曹貴人扶為皇后。皇帝哪裡敢反對？曹貴人便成為正宮皇后。

起兵西征

曹操趁著勢力愈來愈壯大，會召大臣，商議收吳滅蜀之事。

夏侯惇建議：「吳、蜀各據天險，未可急攻；應該先拿下漢中，再以得勝之兵取蜀，此謂『一鼓而下』。」

曹操點頭：「正合我意。」

浩浩蕩蕩的大軍，兵分三隊：前部先鋒夏侯淵、張郃；曹操親自率領諸將居中；曹仁、夏侯惇，押運糧草殿後。自許都出發，攻打漢中。

曹操一到陽平關，見山勢險峻，地形複雜，不敢輕易進軍，便與張魯部下守將楊昂、楊任、張衛相持五十餘日，久攻不下。

忽然間，曹操傳令退軍。諸將不解，詢問何故？

曹操撫鬚笑道：「我料賊兵每日提防，急難取勝。故以退軍為名，使賊鬆懈，疏於防備，然後派出輕騎，從背後包抄……」

偷襲取勝

於是，夏侯淵、張郃兵分兩路，率領輕騎，取小路繞到陽平關後。

與此同時，曹操的大軍拔寨退兵。

楊昂聽說曹兵急退，和楊任商議，乘勢追擊。楊任說：「曹操詭計極多，未知真偽，不可追趕。」

楊昂不顧楊任反對，帶著五寨軍馬前進，只留下少數兵士守寨。

夏侯淵的輕騎繞過山後，見重霧垂空，又聞人語馬嘶，恐有伏兵，急催人馬行動。大霧中不小心來到楊昂寨前。守寨軍士聽到馬蹄響，以為是楊昂兵回，大開寨門。曹軍一擁而入，發現是空營，直接放火燒寨。殘存的守軍當然都棄寨而逃。等到楊任收獲消息，趕來救寨時，正好與夏侯淵迎面撞上，戰不到數回合，背後張郃又殺到。楊任好不容易殺出血路，奔回南鄭。

前方的楊昂追不到曹軍，正要回營，老巢已被攻占。背後曹操大隊軍馬趕來，兩面夾攻，四方無路。楊昂力戰之後，被張郃一刀砍死。

敗兵回到陽平關，發現另一名守將張衛已半夜棄關，逃回南鄭。

就這樣，曹操攻下陽平關，準備再向南鄭進兵。

西涼勇將

大軍壓境，該當如何？

張魯趕緊起用馬超的舊將龐德，戍守南鄭。

早在和馬超對戰時，曹操便知龐德英勇，如今再戰，曹操滿腦子想著：「如何讓此人投降？」

臨陣時，張郃先出馬，戰了數回合便退。夏侯淵也是虛應兩下就退。徐晃又是「小戰」三五回合，也退。許褚比較認真，打了五十餘回合才退。重點是，龐德連戰四將，並無怯意。這四將都在曹操面前誇讚龐德好武藝。

「嗯，有好武藝，才能做真英雄。」曹操頻頻點頭，唯有一念：想方設法要收降龐德。

他命人賄賂楊松，讓楊松在張魯面前說龐德受了曹操賄賂，應勝不勝，使張魯不信任龐德。

張魯果然上當，對龐德說：「你來日出戰，不勝必斬！」

另一方面，曹操故意立馬山頭，引誘龐德上山。

龐德看見曹操，二話不說，縱馬上山，卻中了陷阱，跌入地坑，被曹操活捉了。

曹操如何對待這名敗將？親自下馬，叱退軍士，幫龐德鬆綁。而後一番好言相勸，軟化了龐德，便降了曹操。

賣主求榮身受戮

取得南鄭後，曹操大軍便直逼巴中。張魯在戰、和、逃、降間舉棋不定，最後被逼得走投無路，只好投降。

曹操封張魯為鎮南將軍，其他降將也一一封官列侯，只有賣主求榮的楊松被斬。

從此，漢中盡歸曹操。

得隴望蜀

這時，主簿司馬懿建議乘勝進擊：「劉備使詐，奪取西川，很難教蜀人歸心。如今主公得到漢中，益州必然震驚、惶恐。何不把握這難得時機，再攻西川，蜀兵勢必瓦解。」

劉曄也進言：「司馬仲達之言有理。所謂『天時不待』，一旦遲疑不進，讓諸葛亮從容治理益州，關、張、趙等天下勇將率領三軍。等到民心已定，關隘嚴守，那時的西川，將難以侵犯。」

曹操卻嘆口氣說：「人哪！就怕不知足啊！既然得了隴，還望得蜀嗎？」決定體恤士卒，按兵不動。

歸還三郡

孔明為防曹操攻西川，為劉備獻上一計：結好東吳，共抗曹操。

怎麼做？先將江夏、長沙、桂陽三郡還東吳，待取了漢中後，再還荊州全土；而東吳須以起兵攻打合肥為報。

劉備聽了，深為讚許，便派伊籍前往東吳。

伊籍見了孫權，呈上書信禮物，鼓動如簧之舌，闡述聯合抗曹的好處。

孫權也以為，曹操在漢中，此時正是奪取合肥的良機。於是允諾與劉備結盟，即日發兵攻打合肥。

東吳大軍銳不可當，一舉攻下皖城。並決定三軍盡發，繼續朝合肥前進。

大敗逍遙津

合肥守將張遼面臨不能輸的壓力，奮勇率領全城兵士，與樂進、李典三面夾攻吳軍，在逍遙津大敗對手；甚至逼得主帥孫權縱轡加鞭，策馬跳過斷橋，方才脫險。

不過，孫權雖然過橋，吳兵已折損大半，手下大將凌統、呂蒙、甘寧都是拚死逃到南岸。有人說，這一陣，殺得江南人人驚怕；聽到張遼的大名，連小兒也不敢夜啼。

逍遙津之戰，樹立了張遼的威名，也奠定了北方曹操依舊雄霸大半天下的優勢。

百人劫營

但孫權仍不死心，收拾殘兵，回到濡須，立刻整頓兵馬、戰船，準備再攻合肥。張遼心知合肥兵少，若是久戰，難以抗敵，便星夜派人，到漢中搬救兵。曹操見西川一時還無法攻下，決定拔寨南下，解合肥之困。

東吳大將甘寧見曹軍初到，想要先「挫其銳氣」，便自動請命，帶一百人前往劫營。一百人夠嗎？甘寧說：「將士用命，有何不可？」

這位甘將軍先以酒肉款待士兵，表明身先士卒，激勵大家誓死拼命。當晚二更，取一百根白鵝翎，插在頭盔上當記號；全軍披甲上馬，殺入曹營，在營內縱橫馳騁，左衝右突，見人就殺。各營鼓譟，舉火如星，喊聲大震。甘寧又從寨營南門殺出，依舊無人敢當——因為，曹軍早已嚇破了膽。

翌日，張遼率領大軍向吳營挑戰。雙方大戰於江岸。孫權衝入敵陣，被張遼、徐晃兩支軍馬困在垓心。曹操站在高阜，看見孫權被圍，立刻下令許褚縱馬持刀殺入戰圈，把孫權軍隊衝散，彼此不能支援搭救。

捨命救主

正危急時，吳將周泰三次殺入重圍，身中數槍，箭透重鎧，好不容易救出了孫權。

孫權為感謝周泰捨身相救，便設宴款待，親自為他斟酒，邊流淚邊說：「卿幾番相救，不惜性命，身遭槍刺，膚如刻畫，孤如何不感念卿報效之恩？卿既為孤之功臣，孤當與卿共榮辱同休戚。」

說完，又讓周泰解開衣服，給將士們看他身上的新傷舊痕；每數一處傷口，便敬周泰一杯酒，將士們看了，無不動容。

就這樣，孫權與曹操打了一個月，仍是互有勝負。為免損失將士兵力，孫權主動向曹操求和，並答應納稅進貢。

曹操見江東水軍厲害，一時間無法打過江去，也就順水推舟，應允了孫權的要求，領軍回許都去了。

冊封魏王

建安二十一年五月，群臣表奏，歌頌魏公曹操功德，極天際地，伊周莫及，宜進爵為王。皇帝立即下令，由鍾繇草詔，冊立曹操為魏王。曹操假意上書三辭，都被皇帝擋回。於是，曹操不再「謙辭」，拜命受魏王之爵，冕十二旒，乘金根車，駕六馬，用天子車服鑾儀，出警入蹕，在鄴郡蓋魏王宮，還可以議立世子。

才華與誠心

曹操的二子曹丕，見父親想立才華過人的弟弟曹植為接班人，便問計於賈詡。過往，曹操每次出征時，曹植總會賦詩讚揚父親；賈詡獻計，讓曹丕爬在地上痛哭拜別。時間一久，曹操漸漸認為曹植乖巧，但誠心不及曹丕，便決定立曹丕為王世子。

不久，消息傳來：東吳魯肅病死，張飛、馬超領兵攻打漢中。

曹操便派曹洪領兵五萬，前往漢中，協助夏侯淵、張郃同守東川。

曹洪領兵到漢中，見馬超緊守寨中，堅不出戰，怕有陰謀，也不敢長驅直入，反而引軍退回南鄭。

大將張郃請命，要到巴西攻打張飛。

曹洪說：「巴西守將張飛，非比等閒，不可輕敵。」

張郃卻是毫無畏色，大聲說：「人皆怕張飛，我卻視之如草芥！讓我出戰，必定將那廝擒回！」

曹洪問：「倘有疏失，該當如何？」

張郃拍拍胸脯：「甘當軍令。」

於是，曹洪便讓張郃立了軍令狀，放他去挑戰張飛。

張飛使計

張飛得知張郃率兵殺來，命部將雷同領軍，埋伏在閬中山裡，伺機偷襲；自己則帶兵迎戰。結果，張郃在閬中腹背受敵，便逃進山上宕渠寨，堆放擂木炮石，堅守不戰。

張飛在山前紮寨，每日找張郃挑戰，張郃不但相應不理，甚至堅守不出。張飛便終日在帳中飲酒，喝了酒就罵陣，罵完了繼續喝。張郃也在山上對罵，但自始至終，就是只出一張嘴。

劉備聽說張飛天天飲酒，怕張飛醉酒誤事。唯獨孔明知道張飛用意，派人將五十甕好酒分作三車裝，送給張將軍享用。

劉備滿臉疑問：「三弟自來貪杯，軍師何故反而送酒給他？」

孔明微笑點破關竅：「主公啊！這是張飛鬆懈張郃心防的破敵之計啊！」

劉備恍然大悟，便令魏延領軍，將好酒送往前線。

張飛如何使計？

他讓魏延、雷同領兵埋伏於帳外，自己嘛！坐在帳下飲酒，並讓兩個兵士在帳前對打助興。

張郃從山頂觀望，見到張飛陣營的「散漫」，不禁大罵：「這張飛，不把我放在眼裡，真是欺人太甚！」當下傳令士兵：準備夜晚劫寨。

草包中計

當天夜裡，張郃引兵殺入張飛營寨，見張飛正在燈下讀書，舉槍便刺——不料刺中一堆稻草。

「啊！竟是個草人！」張郃發現不對，正要勒馬返回時，帳後連珠炮起，兵馬竄動，一將當先，攔住去路。

「不是草人！是你這個草包中計！」那人睜圓環眼，聲如巨雷，不是征遠將軍張飛是誰？

「哎呀！不妙！」張郃與挺矛躍馬的張飛，在火光中，大戰三、五十合。忽見山上寨子起火，心知反被張飛劫了寨。張郃拚死殺出重圍，率領殘兵，狼狽逃往瓦口關。

張飛與魏延分兵襲取瓦口關，張郃幾番用計詐敗，殺了蜀將雷同，但依舊把守不住關隘，只好逃回去見曹洪。

曹洪見張郃帶走三萬大軍，卻只帶回十餘人，氣得大罵：「我教你不要去，你偏要立下軍令狀；搞到兵馬死傷殆盡。你怎麼還不死？跑回來做甚？」說著說著，便要按軍法斬張郃。

將功贖罪

「『三軍易得，一將難求』。張郃雖然有罪，仍是魏王的愛將啊！」

眾將苦苦求情，請求曹洪，讓張郃戴罪立功。

「好吧！給你個將功贖罪的機會；若不成功，二罪並罰。」便令張郃領兵去攻打葭萌關，以便牽制蜀軍。

葭萌關守將孟達、霍峻打不過張郃，急忙向成都求救。

孔明得報，和劉備商議，要調派誰去迎敵？

「張郃乃魏之名將，非等閒可及。除非翼德，無人可當。」孔明的說法。

劉備點頭同意。

薑是老的辣？

這時，忽見一人，自帳下厲聲而出：「軍師何以輕視眾人？我雖不才，願斬張郃首級，獻於麾下。」

這人是誰？哈！不服老的老將黃忠。

孔明面有難色：「這……漢升雖勇，奈何年邁，恐非張郃對手。」

黃忠聽了，白鬚倒豎，怒然而道：「我雖年近七十，兩臂尚開三石之弓，渾身還有千斤之力；豈會不敵那張郃匹夫？」

說著說著，邁步下堂，拿起架上大刀，轉動如飛；又接連拽折壁上硬弓，展現不世身手。

孔明問：「將軍要去，誰堪為副將？」

黃忠說：「老將嚴顏，可同我去。若有疏失，可取我項上白頭。」

計奪天蕩山

就這樣，兩個加起來快要一百五十歲的搭檔，利用敵人欺他們年老的心理，連番詐敗，反而大勝張郃，奪了天蕩山的糧草。

劉備得報，也乘勢率領大軍，逼臨漢中。黃忠又自告奮勇，要去定軍山戰夏侯淵。這一回，孔明又反對了，他很婉轉地說：「老將軍雖然英勇，然而夏侯淵非張郃所能比。此人深通韜略，善曉兵機，正是曹操倚重的大將。」

但黃忠說死說活，就是要去。孔明無法可阻，只好派監軍法正同行，又命趙雲從小路出奇兵接應黃忠。

御駕親征

曹操得知劉備兵進漢中，大吃一驚，急忙召集文武百官商議，如何發兵幫漢中解圍？

長史劉曄進言：「漢中若失，中原震動。大王休辭勞苦，您必須親自征討。」

於是，曹操騎白馬金鞍，披玉帶錦衣。武士手執大紅羅銷金傘蓋。左右金瓜銀鉞，鐙棒戈矛。護駕龍虎官軍，分為五隊，打著日月龍鳳旌旗，按依本色，旗幡甲馬，行伍光燦，軍容壯盛。

大軍出潼關，來到藍田。曹操看見名士蔡邕的莊園，想起往事，感傷之心油然而生。

當年蔡邕在被曹操殺死前，曾是朝廷重臣。女兒蔡琰為衛道玠之妻；不幸被北方蠻族擄去，在北地生下二子。蔡琰頗具音樂天分，作「胡笳十八拍」樂曲傳入中原。後來曹操派人，用重金將蔡琰從塞外贖回來，讓董祀與她結婚，從此蔡琰長住在藍田。

絕妙好辭

曹操停馬進莊，蔡琰連忙出迎，侍立於側。曹操見牆壁上掛了一幅碑文圖軸，便詢問來歷。蔡琰說那是十三歲的邯鄲淳所作的〈曹娥碑〉。背後八字題詞是他父親所寫：「黃絹幼婦，外孫虀臼。」

曹操問其含意，蔡琰回答：「雖為先人遺筆，妾實不解其意。」再問手下謀士，眾人也連連搖頭。

這時，主簿楊修笑說：「某已解其意。」

曹操要楊修先別說，讓自己再想想。上馬行約三十里，忽然醒悟，讓楊修說出解答。

楊修好整以暇，淡淡分說：「此乃隱語。黃絹為顏色之絲，色旁加絲，是『絕』字。幼婦，是指少女。女傍少字，是『妙』字。外孫乃女兒之子，女傍子字，是『好』字。齏臼乃受辛之器，受傍辛字，是『辭』字。總而言之，是『絕妙好辭』四字。」

曹操大吃一驚，沒想到楊修和我想的一模一樣；不一樣的是，他比我快多了。不由得長嘆一聲：「啊！我才不及卿，乃覺三十里。」

眾將也都覺得楊修才識敏捷，無人能及。

定軍山之戰

黃忠屯兵定軍山，與夏侯淵對峙。夏侯淵因山路險阻，難以料敵，一直堅守不出。曹操來後，下令出戰；甫一交戰，曹將夏侯尚便被黃忠活捉。夏侯淵衝入陣中，也捉拿了蜀將陳式。

第二天，雙方協議交換俘虜。從此，夏侯淵只守不戰。

監軍法正設計奪下定軍山對面的西山。夏侯淵心知，從西山可窺測曹營的虛實，便不顧一切想奪回西山。結果中了法正的計，讓黃忠以逸待勞，等到夏侯淵軍隊疲倦時才猛衝下山，大喝一聲，手起刀落，連頭帶肩，將措手不及的夏侯淵砍為兩段。

夏侯淵一死，曹兵大潰，各自逃生。黃忠乘勢進攻定軍山，張郃領兵迎戰。黃忠與陳式兩面夾攻，一陣混殺，張郃敗走。

這時，山後閃出一彪人馬，擋住去路；為首一員將軍，大叫：「常山趙子龍在此！」張郃大驚之下，率領敗軍奪路，往定軍山奔逃。卻見前面另一支敗兵迎面而來，原來是部將杜襲。

杜襲一臉悲痛地說：「定軍山已被蜀將劉封、孟達奪了。」

復仇之役

那還得了！張郃讓飛馬急報曹操。曹操聽到夏侯淵戰死的消息，不由得放聲大哭。

「我恨不得剝黃忠皮，吃黃忠骨。」曹操二話不說，親率二十萬人軍，殺向定軍山，要為夏侯淵報仇。

兵至漢水，張郃、杜襲建議曹操：「如今定軍山已失，可將米倉山的糧草移到北山寨中屯積，然後進兵。」

孔明得到消息，命黃忠、趙雲燒掉曹軍糧草，挫其銳氣。黃忠、趙雲爭著先發，相持不下，兩人便抽籤來決定。最後被黃忠抽中，趙雲依舊擔任「接應」的工作。

當晚，黃忠與副將張著領兵到漢水北面山下，不料曹軍早有防備，將黃忠團團包圍。趙雲等到翌日中午，仍不見黃忠回來，便發兵救援，殺進曹營，連斬魏將慕容烈、焦炳等人，殺得曹兵心驚膽戰，四下逃竄，連張郃、徐晃也不敢迎敵，這才救回黃忠與張著。

曹操看見趙雲東衝西突，所向無敵，勃然大怒，親自領軍追趕趙雲。

一夫當關

趙雲回營，部將張翼打算關上寨門，上樓禦敵。沒想到趙雲瀟灑喝阻：「不要關門！你難道不知昔日在當陽長坂，我單槍匹馬，視八十三萬曹兵如草芥！而今有軍有將，有何懼哉？」

就這樣，趙雲讓弓弩手在寨外壕裡埋伏，將營內槍旗一律放倒，大開門寨。自己單槍匹馬，立於營門之外。

此所謂「一夫當關，萬夫莫敵」。

張郃、徐晃領兵追至蜀寨，見趙雲昂然挺立的模樣，不敢輕進。曹操大軍來到，催促將士直衝蜀營——這時，趙雲把槍一招，弓弩齊射，喊聲大震，鼓角齊鳴。趙雲領兵殺出，黃忠、張著也各自率兵追擊。曹軍大敗，糧草盡丟，軍器全失，狼狽逃回南鄭。

一身是膽

劉備收到捷報，忙問：「子龍如何廝殺？」軍士將趙雲救黃忠、拒漢水之事，細述一遍。劉備聽了，喜不自勝，對孔明說：「子龍一身都是膽啊！」

曹操想出其不意，來個突襲反攻，又派徐晃為先鋒，蜀人王平為副將，從斜谷小路進攻漢水。

徐晃不聽王平之言，命令前軍渡漢水紮營，還說：「昔日韓信背水為陣，所謂『置之死地而後生』。」

結果呢？黃忠和趙雲先是按兵不動，等到日暮，曹軍兵疲，突然發動攻勢，分兵兩路夾擊徐晃，導致曹軍大敗。而王平為了保命，夜裡放火，燒得曹營大亂，他便趁機離開，投降趙雲。

孔明的詭計

曹操怒不可遏，又統率大軍來爭漢水，與蜀軍隔水紮寨。孔明讓趙雲率領五百名軍士，埋伏在漢水上游的土山上。不出戰，不應敵，每夜擊鼓鳴炮，弄得曹操整夜不能睡覺，疑心孔明又在使什麼計，只好先撤軍三十里，在空曠處紮營。

此時，孔明要劉備領兵過江，背江紮寨。劉備心中不明白，向孔明問清原由。孔明淡淡一笑，說：「曹操雖知兵法，但不懂詭計。」

翌日，曹操見劉備背水紮寨，便領軍挑釁，向劉備叫陣。兩人一番脣槍舌劍後，各自率軍激烈廝殺。

蜀軍不敵，劉備沿江敗逃。軍器馬匹，丟了一地。曹軍見了，忙著撿拾。曹操卻懷疑另有陰謀，急令退軍。

眾將問：「我等正待活捉劉備，大王何故收軍？」

曹操一臉不信邪地說：「我見蜀兵背水紮營，有違常理，此可疑之一也；打到一半，丟棄馬匹軍器，此可疑之二也。連番違常，必有詭計，不如先行退軍，千萬不要拿取孔明丟下的『誘餌』。」

當然是「詭計」！問題是，曹操可是算出，孔明在計算什麼？

疑兵之計

曹軍剛回頭退去，孔明便揮旗追擊；頓時，劉備率領中軍殺出，黃忠從左邊，趙雲自右路，幾路大軍一齊殺來。曹兵大潰而逃。孔明連夜追趕。曹操一路逃到南鄭，赫見五路火起，遍地竄燒。原來魏延、張飛得嚴顏代守閬中，分兵殺來，已先攻下南鄭。

曹操大驚失色，只好往陽平關撤退。

劉備問孔明：「曹操此來，軍威赫赫，為什麼敗得如此之快？」

孔明說：「曹操生性多疑，雖能用兵，但多疑者打仗必敗，所以呢……呵呵！我以疑兵之計勝他。」

孔明算準曹操的去向，又派張飛、魏延分兩路截曹操糧道，張飛還刺傷大將許褚；命黃忠、趙雲各領精兵放火燒山，將曹操弄得頭昏腦脹，搞不清楚「蜀軍究竟在何處」？

驚弓之鳥

曹操雖然逃到陽平關，蜀軍也毫不客氣追到關下，東門放火，西門吶喊；南門放火，北門擂鼓。曹操驚慌不已，棄關逃走；但前有張飛，後有趙雲，黃忠亦緊緊追擊，不肯輕放。

驚弓之鳥的曹操被追到斜谷界口，前方風起塵揚——「哎呀！此軍若是伏兵，吾命休矣！」曹操驚叫一聲。還好，是次子曹彰領兵前來相救。曹操總算暫脫險境，紮營斜谷界口。

雞肋

接下來的沙盤推演，讓曹操傷透腦筋：進兵？退兵？打？不打？真要硬攻，打不贏怎麼辦？若是收兵回許都，又恐被蜀兵恥笑……

曹操正在猶豫不決時，侍從送上雞湯，碗中有雞肋。這時，夏侯惇來問夜間口令，曹操隨口回答：「雞肋！雞肋！」

主簿楊修得知口令為雞肋，便叫軍士收拾行裝，準備撤退。夏侯惇問為什麼，楊修說：「雞肋這玩意兒啊！要食無肉，棄之又可惜。如今我軍在此，進不能勝，退遭人笑，久留無益，不如早歸。所以我斷言：魏王必會撤兵。」

夏侯惇一臉敬佩：「楊公真乃魏王之肺腑！」

話一傳出，曹營軍士紛紛收拾行囊。

曹操心亂睡不著，出帳見軍士都在打包整理衣物，問夏侯惇是何原因。

夏侯惇告知楊修所言，曹操聽了，又驚又怒，大罵楊修：「你竟敢妄造謠言，惑亂軍心！」喝令刀斧手將楊修推出去斬了，首級掛在轅門外。

楊修說錯話？當然沒有！他就是太聰明，常常以才冒犯曹操，才引起曹操的殺機。

一合酥

曹操曾命人造一所花園。完工後，曹操前往巡視，不置褒貶，只取筆於門上寫個「活」字而去。

眾人不解。楊修卻笑著說：「丞相嫌園門太寬了。」

「何以見得？」眾人還是不解。

「『門』內添『活』字，不就是『闊』嗎？」楊修大笑離開。

還有一回，塞北送來一盒酥餅。曹操在盒上寫著「一合酥」三字，放在案頭。楊修見了，拿起湯匙就要與眾人分食。曹操知情後，故意問：「我沒下令，你膽敢動酥餅？」楊修又在笑：「丞相明明在盒上寫著『一人一口酥』，不吃，才是違抗丞相之命吧？」

所有的心思都被屬下抓中，曹操開心得起來？

夢中殺人

但真正讓曹操容不下楊修的原因，在於四個字：夢中殺人。

多疑的曹操最怕什麼？遭人暗算。他常吩咐左右：「我會在夢中殺人。切記！只要我睡著，汝等千萬不要靠近床前。」

某日，曹操晝寢帳中，被子掉落地上。一名近侍慌忙取被覆蓋。沒想到曹操突然躍起，拔劍斬了那人，又上床呼呼大睡。半晌後起來，假裝驚問：「何人殺我近侍？」眾人據實以告。曹操立刻痛哭失聲，命人將近侍厚葬。

從那時起，人人都以為曹操會在夢中殺人。

只有楊修知道曹操的心思，臨葬時，指墓而嘆：「丞相其實不在夢中，是你在夢中；

你才是一直都在丞相的夢裡啊！」
一語道破，那倒楣的近侍，不是死得不明不白，而是死得明明白白。至於恃才傲物的楊修，也為自己預埋了殺身之禍。

漢中王

曹操殺了楊修，再次進兵，對上蜀將魏延。曹營由龐德出戰，和魏延打得火熱時，曹寨內竟也起火——馬超特意選在此時劫了曹營。曹操拔劍站在高處督軍，被魏延一箭射掉兩顆門牙；所幸龐德豁命搭救，才逃回營寨。

曹操左思右想，「雞肋」之說確有其深意；再也不敢戀戰，急急班師，星夜撤兵回許都。

劉備得了漢中，文武官員皆懇請劉備登基稱帝。但劉備一番推辭：「劉備雖為漢室之後，仍為人臣；若自行稱帝，豈不形同篡漢？」

孔明說：「主公以仁義為本，不願登基稱帝，號令四方來歸。這樣吧！如今我方握有荊、襄、兩川之地，主公可暫時為漢中王；日後視情勢發展，再作定奪，如何？」

劉備再三推辭不過，只得依允。

建安二十四年秋七月，劉備在沔陽登壇受拜為漢中王。兒子劉禪立為王世子，封許靖為太傅，法正為尚書令。諸葛亮為軍師，總理軍國要事。關羽、張飛、趙雲、馬超、黃忠，並為五虎大將；魏延任漢中太守。其餘各擬功勛定爵。

然後，修表一道，派人送往許都，上奏天子，表明「應天順時，以寧社稷」之志。

分進合擊

天子怎麼反應？當然是喜出望外，敢「樂」而不敢言；曹操呢？氣得吹鬍子瞪眼，準備傾全國之力，前去討伐「織蓆小兒」。

「大王不可因一時之怒，親勞車駕遠征。臣有一計，可收奇效。」

關鍵人物出場了。是誰？敢在曹操氣頭上勸諫？原來是韜光養晦已久的司馬懿。

曹操問：「喔？仲達有何高見？」

「挑撥離間，分進合擊。」司馬懿勸曹操，先派人去東吳，遊說孫權打荊州；等到劉備去救荊州時，王再發兵取漢中。

曹操認為可行，便派滿寵前往東吳，提出「孫權攻取荊州，魏王兵臨漢川，首尾夾擊，消滅劉備。破蜀之後，共分疆土，誓不相侵」的和議。

孫權躊躇不決，與謀士商量對策。

有人主張和曹，有人主張親劉；諸葛瑾說：「聽說關羽有一名女兒，待字閨中；我去為主公的兒子求婚。他若答應，就與他合力破曹；他若不接受，咱們就與曹合力取荊州。」

孫權點頭同意。先送滿寵回許都，同時遣諸葛瑾為使，前往荊州，談兩家結親之事。

虎女焉能嫁犬子

沒想到，心高氣傲的關羽，向來瞧不起孫權。當諸葛瑾笑呵呵提親，馬上變臉狂罵：「住嘴！我的虎女焉能嫁給犬子？若非看在軍師的份上，早就斬了你！」說完便讓人把諸葛瑾趕出門。

碰一鼻子灰的諸葛瑾，回見吳侯；不敢隱匿，據實以告。

孫權大怒，決定聯合曹操，攻取荊州。謀臣步騭建議：「先讓曹操派曹仁從旱路奪荊州，咱們東吳再從水路順勢而上……」

孫權問：「是何道理？」

步騭說：「曹仁屯兵於襄陽、樊城，又無長江之險，早就可以由旱路取荊州，為何不取？是在等主公動兵，好收漁翁之利。若教曹仁先起兵，關羽必拿荊州軍力攻取樊城。關羽一動，主公可遣一將，暗襲荊州，一舉可得。」

更快一步

劉備得知曹、孫聯合，攻打荊州，問計於孔明。

孔明說：「我已料到曹操必有此謀。只是，吳中謀士極多，一定會教曹操先讓曹仁興兵。」

劉備問：「那要怎麼辦？」

孔明答：「我們更快一步，令雲長先起兵拿下樊城，使敵軍膽寒，他們的盤算自然瓦解。」

於是，劉備令前部司馬費詩為使，攜帶詔命到荊州見關羽。

關羽出郭，迎接費詩入城，開口便問：「漢中王封我何爵？」

費詩恭謹地說：「『五虎大將』之首。」

關羽又問：「哪五虎將？」

費詩答：「關、張、趙、馬、黃是也。」

關羽突然發飆：「翼德吾弟也；孟起出自世代名家；子龍久隨吾兄，也算是我的小老弟：與我並列五虎，尚可接受。那黃忠是何許人？竟敢與我齊名？大丈夫終不與老卒為伍！」說著說著，居然不肯受印。

休戚與共

費詩笑著勸導關羽：「將軍此言差矣。昔日蕭何、曹參與高祖共舉大事，最為親近，而韓信只是楚之亡將；後來立韓信為王，居蕭、曹之上，未聞蕭、曹以此為怨。漢中王雖有『五虎將』之封，而與將軍有兄弟之義，視同一體。將軍即漢中王，漢中王即將軍。怎會與他人『齊名』？將軍受漢中王厚恩，當休戚與共，不宜計較官號之高下。」

關羽恍然大悟，自覺魯莽，隨即拜受印綬。

誰當先鋒？

費詩出示王旨，命關羽起兵攻打樊城。關羽令傅士仁、糜芳為先鋒，先行領軍屯紮於荊州城外。不料二人飲酒作樂，導致軍營失火，將兵器、糧食全都燒燬。關羽氣得要斬二人，被費詩勸住，便各打四十棍，撤去先鋒職位。

這一撤，陣中無大將，怎麼辦？那就只好廖化為先鋒，關平為副將；關羽親自統領中軍，馬良、伊籍為參軍，一同征進。

關羽先是用廖化詐敗之計奪了襄陽，逼曹軍退守樊城。隨軍司馬王甫擔心孫權趁機攻打荊州，要關羽用為人忠誠廉直的軍前都督糧料官趙累守荊州。關羽明知王甫有理，但仍用了好利而多忌的潘濬前去駐守。

曹操得知襄陽已失，樊城告急，便派于禁前去解圍。這時，龐德自告奮勇要當先鋒；曹操原本大喜望外，但有人參上一本：「龐德原係馬超副將，不得已而降魏；而今降劉的馬超位居『五虎上將』之一，這……以他二人的私情故交，若是派他為先鋒，豈不是潑油救火？」

弄得曹操想要收回成命，另派他人擔綱先鋒重任。

為了表明心跡，龐德趴在地上叩頭，血流滿臉泣訴：「龐某自漢中投降大王以來，每感厚恩；只想肝腦塗地以報。大王為何對我猜疑？故主馬超，有勇無謀，兵敗地亡，孤身入川，如今與德各事其主，舊義已絕。德感念大王恩遇，怎敢萌生異心？」

一番話，讓曹操動容，總算同意讓龐德出征。

抬棺決死戰

龐德回家後，讓人做了一口棺材，帶在身邊，揚言要與關羽決一死戰。

親友驚問：「將軍出師，為何帶此不祥之物？」

龐德說得慷慨激昂：「我受魏王重恩，誓以死報。如今去樊城，與關羽決戰，我若不能殺他，必為他所殺；即使不被他殺，我也會自殺。所以先備棺材，表示：可以雙死，絕不雙生。」

就這樣，耀武揚威，鳴鑼擊鼓往樊城去了。

拖刀之計

關羽聽說龐德抬棺前來挑戰，怒氣沖沖，一定要上陣殺了龐德不可。第一天，兩人力戰百餘回合不分高下。關羽向義子關平承認：「這個龐德，刀法嫻熟，可為我的對手。」

翌日，龐德用拖刀計誘騙關羽。關羽不以為意，窮追猛趕；卻中了龐德的一記暗箭，傷了左臂。

龐德見關羽受傷，便請于禁乘勝進軍。于禁怕龐德搶了功勞，反將大軍撤離樊城十里外，依山駐紮；更將龐德的軍營駐紮在山谷後方，多處掣肘，讓龐德無法出兵。

關羽的箭傷痊癒後，帶領數騎登上高阜，察看于禁的陣營：旗號不整，兵慌馬亂；又在城北十里山谷之內，一處名為罾口川的地方紮營，而滾滾襄江水勢甚急……

水淹七軍

關羽靈機一動，定下了水淹七軍之計。

天公不作美，但作了大好機會給關羽。接連下了幾天大雨，關羽下令將荊州兵馬移往高地，趁著暴雨之夜掘襄江之堤放水。

那夜，龐德坐在帳中，忽然聽見萬馬爭奔，征鼙震地。龐德出帳一看，四面八方，洪荒一片；七軍亂竄，隨波逐浪，不計其數的曹軍淹沒在水中。

于禁不敵投降。龐德奮勇抵抗，殺掉蜀軍十餘人；登上小船，向樊城而逃。不料被深諳水性的周倉撐著大筏，撞翻小船，龐德落水，當場被生擒活捉。

向壁之四

『『絕妙好辭』、活門、一合酥、夢中殺人到食之無味棄之可惜的雞肋，想那聰明楊德祖，真乃龍非池中物啊！』吟誦聲將話題轉向楊修。

「閣下是在哀嘆？還是惋惜？」冷笑聲問。

「開談驚四座，捷對冠群英。如此英才，先生不覺得可惜？」吟誦聲不服氣反問，

「唉！怪只怪，身死因才誤，此生跟錯主。」

「是嗎？」冷笑聲益發尖銳，「我看是『才死因身誤』吧！他的才名中斷，不就是因為驕矜自大，恃才傲物，以至於自尋死路？」

「看來，先生對『筆下龍蛇走，胸中錦繡成』的文曲星之流，不以為然。那麼，即使『才高八斗』的曹子建，也不入先生之眼？」吟誦聲也夾帶著譏諷之意。

「哈！我對吃喝玩樂的曹植沒興趣，倒是對另一位蓋世英雄很有意見。」冷笑聲乾笑回答。

「難道是『天日心如鏡，春秋義薄雲』的關雲長？」吟誦聲恭謹一問。

「可不就是……心高氣傲目中無人終致一敗塗地的關羽。」冷笑聲輕蔑而答。

玉可碎而不可改其白，
竹可焚而不可毀其節。
我身雖死，卻可名垂丹青。

第五章

關雲長敗走麥城

怒斬龐德

關羽大敗曹軍，好不威風！高坐軍帳內，冷覷降將于禁拜伏於地，乞哀請命：「將軍饒命！我完全是聽命行事，身不由己啊！」

關羽撫髯冷笑：「殺你？有如殺豬宰狗，髒了我的大刀！」命人將于禁送回荊州大牢監禁。

這時，周倉又將龐德押到關羽面前。關羽重英雄惜英雄，勸他投降。不料龐德睜眉怒目，立而不跪；不但誓死不降，還罵不絕口。惹得關羽大怒，下令斬了龐德。

右臂中箭

關羽趁水勢尚未退去，率領大小將校，再上戰船，向樊城大舉進攻。

此時的樊城，水勢洶湧，白浪滔天，曹軍眾將，無不喪膽。

守將曹仁原本想趁夜撤軍，滿寵力諫：「將軍不可！水勢再猛，數日後即當消退。我們如果棄城而去，黃河以南，再沒有朝廷之地了。希望將軍固守此城，作為魏王的屏障。」

一語驚醒夢中人。曹仁拱手稱謝：「若非伯寧提點，幾誤大事。」

於是發動全城軍民護城堵水，堅守不出。曹仁在敵樓上看見關羽身上只披掩心甲，斜袒著綠袍，立刻命令五百名弓弩手一齊放箭。結果，漫天箭矢疾飛，關羽右臂中了一箭，翻身落馬。

曹軍見狀大喜，殺出城來；要活捉關羽。關平也策馬衝進戰圈，救關羽歸寨，拔出臂箭。

刮骨療毒

箭頭有毒，關羽右臂青腫，不能活動。眾將勸關羽先回荊州療傷，關羽大發雷霆，堅持要「攻下樊城，長驅許都，剿滅操賊，以安漢室」。

只是，毒瘡難癒，眾人只得四方尋訪醫者，為關羽療傷，但效果不彰。名醫華佗得知關羽受傷，專程上門，要為關羽治病。

當時的關羽，正帶傷與馬良下棋，藉以安頓軍心。

但華佗的作法十分嚇人：將關羽胳臂綁在鐵環內固定，然後蒙面，用尖刀割開皮肉，直至筋骨，再刮去骨上箭毒，用藥敷裹，以線縫合。

沒想到關羽哈哈大笑：「如此容易，何用鐵環？」

說著說著，直接將胳臂伸給華佗。一邊與馬良下棋，一邊讓華佗「割開皮肉，直至筋骨，再刮去骨上箭毒」。在這過程中，血流盈盆，悉悉有聲；帳上帳下見此情景之人，無不掩面失色。唯有關羽照常飲酒食肉，談笑弈棋，全無痛苦之貌。

敷上藥，縫好線，關羽大笑而起，伸展筋骨，嘖嘖稱奇：「此臂伸舒如故，完好如初。先生真乃神醫也！」

華佗驚訝地說：「我做了一輩子的醫生，什麼樣的病人都診過，還沒有見過像將軍這樣的神人。」

關羽設席款待華佗，酬謝黃金百兩。華佗堅辭不受，只說：「我是仰望君侯高義，特來醫治，豈是求什麼報酬？」說完，留藥一帖，讓關羽敷瘡口用，拜別而去。

聯吳滅關

關羽斬龐德、捉于禁的功績，震動華夏；消息傳到許都，曹操大驚失色，聚集文武百官，商議「遷都」事宜。

這時，司馬懿又出主意了。他怎麼說？「大王！萬萬不可！于禁等人是被水所敗，非戰之罪。遷都茲事體大，不宜貿然行之。要解眼下之危很簡單：聯吳滅關，只要派人去東吳陳說利害，讓東吳派兵攻打荊州，這樣一來，樊城之圍便自然解了。」

曹操依計派徐晃領兵前往陽陵坡駐紮，觀看情勢，伺機與東吳相互呼應。

嚴守難攻

孫權接獲曹操書信，欣然答應攻打荊州。徵詢百官意見後，便將取荊州的任務交給大將呂蒙。

呂蒙來到陸口，探子回報：「沿江上下，或二十里，或三十里，高阜處都設有烽火臺。」再觀荊州軍馬，整齊嚴肅，早有準備。

呂蒙暗想：這樣的荊州，要怎麼打？我要如何完成主公的託付？只好寫信給關羽，相約「共誅操賊」；但心裡悶悶不樂，索性躺下，稱病不出。

孫權聽到呂蒙生病，怏怏不快，卻被陸遜一語道破：「呂子明之病，乃詐病也，並非真的有恙。」

孫權便派陸遜去「探視」呂蒙。兩人相見，呂蒙果然面無病色。

陸遜說：「我奉了吳侯之命，敬探子明貴恙。」

呂蒙有氣無力地說：「賤軀之病，何勞探問？」

治病良方

陸遜又說：「我有藥方，能治將軍之疾，要不要聽聽？」

呂蒙立刻屏退左右，小聲問：「有何良方？」

陸遜笑說：「子明之疾，難道不是因荊州難取？我有一計，可教沿江守吏，不能舉火；荊州之兵，束手歸降。」

呂蒙喜出望外：「快快！請伯言賜教。」

陸遜說：「關羽心高氣傲，自信天下無敵，唯一顧慮的人，就是將軍。將軍不如乘此機會，託疾請辭，將陸口之任讓給他人——關羽瞧不起的人。再派人卑辭讚美關羽，讓他驕傲輕敵。如此一來，他必然撤出荊州之兵，轉向樊城；屆時荊州無備，我們一舉襲擊荊州……」

呂蒙聽了，一拍掌：「真是良策啊！」

於是呂蒙託病不起，上書辭職。孫權依計召呂蒙往建業養病，同時拜陸遜為偏將軍右都督，接替呂蒙鎮守陸口，攻打荊州。

攻心為上

陸遜一上任，即刻修書一封，對關羽大肆吹捧；又準備名馬、異錦、美酒等禮物，派遣使者前往樊城，拜見關羽，重申「願結同盟，共抗曹操」。

關羽見了來使，狂妄發言：「哈！孫仲謀的見識何其短淺，竟敢用一介孺子為將！」關將軍如果耳聰目明，他的眼前、耳畔和心裡，應會迴盪著窸窸窣窣如蚊鳴的聲音：孺子為將？這叫做「攻心為上」，等他滅了你又險些燒死你大哥，再輕言「短淺」不遲。

果然，關羽從此鬆懈了對荊州的防備，並將荊州的主要兵力調往樊城；只待箭瘡痊癒，便要揮師北伐。

計奪荊州

孫權得知荊州防務空虛，立即拜呂蒙為大都督，總領江東諸路軍馬，起兵進攻荊州。呂蒙將戰船偽裝成商船，精兵扮成商人，騙過烽火臺的守兵。當夜二更，船內精兵殺上岸來，占了烽火臺，拿下了荊州。

公安守將傅士仁見荊州已失，原打算閉城堅守，但在東吳謀士虞翻不斷標榜「吳侯寬宏大度，禮賢下士」，且極力勸降下，又對關羽懷有舊怨……心一橫，便到荊州投降了。

孫權知道傅士仁和糜芳私交甚篤，要他去南郡勸降糜芳。

二人見面，糜芳本不忍背棄劉備。這時，偏偏關羽的使者來到大廳，開口便說：「關將軍營中缺糧，特來南郡、公安二處取白米十萬石，急令二位星夜押送，軍前交割。如有遲辦，立斬！」

束手受死？

糜芳心想：「天哪！如今的荊州已被東吳統治，這糧……怎麼運得過去？」

正遲疑間，卻見傅士仁拔劍斬了來使。

糜芳嚇得大叫：「這……這……要如何交代？」

傅士仁說：「交什麼代？你看不出來，關雲長此舉，正是要巧立名目，斬我二人？我等豈可束手受死？倒不如早降東吳。」

沒辦法，糜芳也只好開城投降。

屯兵於陽陵坡的曹將徐晃，得知東吳已拿下荊州，也出奇兵攻下了偃城、四塚。關平兵敗，逃回大寨告訴關羽，荊州已失，前線又告急，但剛愎自用的關羽卻不相信，且怒喝關平：「此為敵人訛言，企圖亂我軍心！東吳呂蒙病危，孺子陸遜代理都督，不足為慮！」

兩方夾擊

話沒說完，徐晃大軍來到關羽寨前挑戰。關羽箭傷未好，仍親自出陣，與徐晃大戰八十餘回合。曹仁也因曹操領兵前來相助，便殺出樊城，徐、曹兩方夾擊下，關羽不敵敗走。關羽引兵渡過襄江，探馬報說：「荊州已被呂蒙所奪，家眷被陷。」關羽大驚，不敢奔襄陽，提兵往公安。探馬又報：「公安傅士仁已降東吳了。」關羽大怒，不知如何是好？探馬又來報說：「公安傅士仁往南郡，殺了催糧使者，招糜芳一起降東吳去了。」

關羽聽了，怒氣沖塞，瘡口迸裂，昏絕於地。醒來後，只好依趙累之見，一面派人往成都求救，一面設法奪回荊州，作為安身之地。

隔岸觀火

曹操見樊城已脫逃險境，便不再追擊關羽，採取「隔岸觀火」的策略：觀看東吳與關羽交戰。此時，徐晃領兵來見，曹操因他殺退關羽，親自出寨迎接，並封他為平南將軍，和夏侯尚一起駐守襄陽。

關羽在前往荊州的路上，深知前有吳兵，後有魏軍，進退無路；便聽從趙累之議，差遣使者進荊州城，探問呂蒙為何違反「共誅操賊」的盟約？

呂蒙怎麼反應？親自出城迎接使者，賓禮相待，場面話說盡，又裝出「上命差遣，不得自主」的委屈。

收服民心

另一方面，呂蒙用計來征服荊州民心，進而影響關羽的軍心：凡荊州諸郡，有隨關羽出征的將士之家，不許吳兵攪擾，按月給與糧米；如有人患病，立刻遣醫治療。這些將士的家人，無不感其恩德。消息傳到關羽軍中，許多將士因「想家」，半路而逃；導致士氣渙散，幾無反攻之力。

關羽得知呂蒙的計策後，憤恨地說：「此奸賊之計啊！我生不能殺呂蒙，死了也要殺了他！」

關羽率軍繼續向荊州前進，一路與吳軍纏鬥：吳將蔣欽、韓當、周泰不斷進行騷擾性的突襲；而在戰場外圍，滿山遍野盡是荊州人民，呼兄喚弟，覓子尋爺，喊聲不停。就這樣，關營的軍心瓦解，殘兵敗卒應聲而去。關羽喝阻不住，部從只剩下三百餘人。

後來，他們逃到一個山谷，被吳軍四面包圍。關平見勢不可為，勸關羽先到麥城駐紮，讓廖化去上庸，向守將劉封、孟達求援。

挑撥離間

廖化來到上庸，一番「情況危急」、「壽亭侯陷危」的哭訴，竟求不到援兵，是何緣故？原來孟達也對關羽不以為然，並極力挑撥劉封和關羽這位叔父的感情。

劉備登位漢中王後，欲立後嗣，曾遣人至荊州問關羽。關羽認為，劉封乃螟蛉子，不可僭立；所以劉備立了劉禪為世子。

這番話本無不妥，但在關鍵時刻被有心人加以操作，情況自然對一心為兄著想的一代將軍不利。

劉封被孟達說動，以「一杯之水，豈能救一車薪之火」為由，堅持不願出兵。廖化見哭訴無用，便急急往成都搬救兵去了。

竹可焚而不可毀其節

關羽身陷絕境，東吳便差諸葛瑾前來勸降。

諸葛瑾說：「今奉吳侯命，特來勸諭將軍。自古道：『識時務者為俊傑。』將軍所統漢上九郡，皆已歸於他人；只剩這座孤城，內無糧草，外無救兵，危在旦夕。將軍何不從瑾之言，歸順吳侯，可以保家眷，亦可鎮荊襄。」

但關羽卻不為所動，豪氣陳詞：「若是城破，最多一死而已。玉可碎而不可改其白，竹可焚而不可毀其節。我身雖死，卻可名垂丹青。先生不必多說，我要與孫權決一死戰！」

諸葛瑾再勸：「吳侯欲與君侯結秦晉之好，同力破曹，共扶漢室，別無他意。君侯何必如此執迷？」

沒有用，關羽決定「一死報效大哥」，諸葛瑾仍是無功而還。

擒捉關羽

諸葛瑾將實情回報孫權，孫權若有所思，喟然而嘆：「真是一名忠臣、一條好漢啊！」

呂蒙說他已有計策擒拿關羽，便派朱然埋伏在麥城以北，潘璋引兵埋伏在臨沮；又令將士三面攻打麥城，只空北門，讓關羽出走。

糧草將盡，只剩三百餘名傷兵的關羽，等不到援軍，心裡愈來愈著急。

趙累建議：「上庸救兵不至，在此無異等死。何不棄此孤城，奔入西川，整頓兵馬，再圖荊州？」

關羽覺得有理，登城一觀，發現北門外敵軍不多，便打算出北門，沿小路而走。

王甫感到不對，勸諫關羽：「將軍不可！小路定有埋伏，不如走大路。」

關羽卻說：「就算有埋伏，我也不怕。」

王甫看著關羽，看著這名徒有忠心卻不聽忠言的一代猛將，即將走上末路的萬民英雄；心一酸，便哭著與關羽告別。

關羽率關平等二百餘騎兵，從麥城北門衝出。走沒多遠，遇上朱然的伏兵，一陣衝殺後，關羽逃往臨沮。行到決石一帶，又見潘璋率伏兵截路圍戰，長鉤套索齊出，將關羽等人用絆馬索絆倒，關羽被潘璋的部將馬忠活捉。關平知道父親被擒，火速來救；可惜孤身獨戰，力盡被執。

寧死不降

孫權愛關羽之勇，苦口婆心勸他投降。不料關羽兩眼圓睜，厲聲大罵：「碧眼小兒，紫髯鼠輩！我與劉皇叔桃園結義，誓扶漢室，怎會與你這叛漢之賊為伍？我今誤中奸計，唯死而已，何必多言！」

孫權詢問左右：「雲長乃當世豪傑，孤深愛之。想要以禮相待，勸他歸降，如何？」主簿左咸反對：「不可！昔日曹操如何對待此人？封侯賜爵，三日一小宴，五日一大宴；上馬一提金，下馬一提銀：如此恩禮，畢竟留之不住，任其過五關斬六將而去。時至今日，又被逼到想要遷都以避其鋒。如今主公既已擒之，若不殺他，後患無窮啊！」

孫權沉吟半晌，輕嘆一聲，手一揮，命人將關羽父子推出去斬首。

這一年，關羽五十八歲。

忠馬殉主

孫權又將關羽的坐騎赤兔馬，賜給馬忠；沒想到，這匹馬數日不食不飲，竟而活活餓死。

死守麥城的王甫、周倉，驚見吳軍在城外將關羽父子的首級高懸示眾，王甫大叫一聲，墮城而死。周倉自刎而亡。於是麥城被東吳兵不血刃地攻占。

關公顯靈

反倒是設計殺害關羽的呂蒙，一直心神不寧。

某日，孫權為呂蒙慶功，親自為他倒酒。呂蒙接酒，正要喝下，忽然神情一變，將酒杯丟在地上，一手揪住孫權，厲聲大罵：「碧眼小兒！紫髯鼠輩！還認得我嗎？」

眾將大驚失色，趨前救主。但見呂蒙推倒孫權，大步前進，坐上孫權的位子，兩眉倒豎，雙眼圓睜，喝道：「我自破黃巾以來，縱橫天下三十餘年，如今被你們奸計陷害，死不瞑目。我生不能吃你的肉，死當追呂賊之魂！我是誰？我乃漢壽亭侯關雲長是也。」

孫權手忙腳亂，立刻率大小將士，叩頭跪拜。這時，呂蒙猝然倒地，七竅流血而死。

移禍之計

從那時起，關羽的屍體和陰靈，成為讓孫權頭痛萬分的事。

張昭獻上一道移禍之計：將關羽的首級送給曹操，讓劉備與曹操結怨，興兵找曹操「報仇」。

東吳之計，立刻被司馬懿識破。他建議曹操：將關羽的首級配上沉香木身軀，再以王侯之禮安葬。

有何作用？司馬懿說：「劉備知道大王厚葬關羽，必然痛恨『元凶』孫權，而傾盡全力東征。我方嘛！隔岸觀火；蜀勝則擊吳，吳勝則擊蜀。二處若得一處，另一處亦將難以久存。」

曹操聽從司馬懿之議，將關羽葬於洛陽南門外，令大小官員送殯，親自拜祭，並差遣專人守墓。

報仇雪恨

回到成都的劉備，日日掛念遠在荊州的關羽。某日，忽然感到渾身顫麻，坐立不安；夜晚不能安睡，於是起坐案前，秉燭看書。

一陣神魂暈迷，劉備伏几而臥；室內颳起一陣冷風，燈火明明滅滅，搖曳不定。猛抬頭，但見一人立於燈下。

劉備問：「你是何人，在這裡做什麼？」

那人不答。劉備覺得奇怪，起身一看，原來是他日思夜想的二弟關羽，在燈影下往來躲避。

劉備問：「賢弟別來無恙？夜深至此，必有隱情。我與你情同骨肉，因何迴避？」

關羽幽幽開口，泣不成聲：「願兄起兵，以雪弟恨！」說罷，冷風驟起，關羽消失不見。

劉備驚夢而起。

「難道二弟有難？」滿腔忐忑，劉備更難入眠了。

誓不同日月

關羽父子遇害的消息傳回成都，劉備大叫一聲，昏倒在地。

文武百官一陣急救後，過了好半晌，劉備才哭著醒來。

孔明擔心劉備的身體，上前勸諫：「主上少憂。自古道：『死生有命。』雲長平日剛而自矜，才有今日之禍。主上且宜保養尊體，徐圖報仇。」

劉備說：「我與關、張二弟桃園結義時，誓同生死。如今雲長已亡，我又怎能獨活呢？」

從那天起，劉備平均一日哭倒三五次，連續三天水漿不進，只是痛哭；淚溼衣襟，斑斑成血。孔明與眾官再三勸解。劉備只有一句話：「我與東吳，誓不同日月！」

伐兵、問罪、雪恨、慘敗，就是「發誓要為關羽報仇」的劉備，即將面對的四部曲。

利斧開腦

曹操葬了關羽後，每夜闔眼便看見這位漢壽亭侯。曹操驚嚇恐懼，頭風發作，整日頭痛難忍。

華歆請來神醫華佗，為曹操診治，但方法很嚇人。

華佗說：「大王頭腦疼痛，因患風而起。病根在腦袋中，風涎不能出。枉服湯藥，難以治癒。我有一法：先飲痲沸湯，然後用利斧砍開腦袋，取出風涎，方可除根。」

曹操大罵：「你要殺我嗎？」下令把華佗關進監獄，問罪待斬。

曹操不知道，「利斧開腦」是中國古代聞所未聞的外科手術；殺害華佗，也就是阻斷了華夏醫學的腳步。

神醫身死

華佗入獄後，有一吳姓獄卒，人稱「吳押獄」，每天用酒食照顧華佗。華佗知道自己命在旦夕，便把他寫的《青囊書》送給吳押獄，以免自己一生的心血就此失傳。

吳押獄拜謝說：「我若得此書，就辭了獄卒工作，專研先生著作，醫治天下病人，以傳先生之德。」

沒多久，華佗死在獄中，吳押獄買了口棺材埋葬華佗。

但沒想到，吳押獄的妻子不識天下至寶，竟將《青囊書》當柴燒。緊要關頭，吳押獄也只能搶出兩頁尚未燒盡的書稿。華佗的醫術從此失傳。

三馬同槽

曹操殺了華佗後，頭痛不止，又因煩憂吳、蜀之事，病情日益嚴重。

這時，孫權上書勸他做皇帝。曹操說：「這是包藏禍心的提議，孫權小兒想把我擺在火爐上烤呢！」

某夜，曹操夢見「三馬同槽」，感到不祥，便問賈詡：「昨夜一夢，孤懷疑是馬騰父子為禍；但馬騰已死，此夢何解？」

賈詡說：「祿馬是吉兆。祿馬歸於曹，意味天下歸曹？」

他說得對嗎？但曹操還真的相信了。

梟雄命終

某夜，曹操睡到三更，忽覺頭目昏眩，只好起床，伏几而臥。卻聽見殿中傳來怪聲如裂帛，曹操睜眼一看，啊！伏皇后、董貴人、二皇子和伏完、董承等二十餘道陰魂，渾身血汙，索命而來……

曹操自知來日不多，便召集曹洪、司馬懿到榻前，交待後事：「我的四個兒子中，次子曹彰有勇無謀，三子曹植華而不實，幼子曹熊體弱多病，只有長子曹丕可以繼承大業，你們定要好好輔佐他。」

曹操又將平日所藏名香，分送給自己的姬妾，要她們今後勤習針線，多作繡鞋，賣了錢還可養活自己。

曹操擔心被人挖墳盜墓，又命人在彰德府講武城外造了七十二座「疑塚」，掩飾真正的葬身之處。

建安二十五年春正月，在親信、機要的圍繞下，曹操長嘆一聲，淚如雨下，氣絕身亡。享年六十六歲。

文武百官用金棺銀槨將曹操葬於鄴郡，大小官員出城十里相迎；繼位的曹丕，當然，跪地痛哭不已。

爭位？奔喪？

曹操屍骨未寒，一齣「兄弟鬩牆」的大戲，已迫不及待上檔。

「有勇無謀」的曹彰，率領十萬大軍，來到許都，要和繼位魏王的曹丕爭王位。

曹丕深知曹彰性情剛烈，又精通武藝，心中非常驚慌。諫議大夫賈逵自告奮勇，前去說服曹彰罷兵。

賈逵見到曹彰便問：「君侯此來，是要奔喪？還是要爭位？」

曹彰該怎麼答？才剛辦了父親的喪事……他只好說：「我……當然是來奔喪，別無異心。」

賈逵又問：「既無異心，何故帶兵入城？」

曹彰即時叱退左右將士，隻身入內，拜見曹丕。兄弟二人，抱頭痛哭。曹彰將本部軍馬悉數交給曹丕。曹丕則讓曹彰回鄢陵自守，曹彰拜謝而去。

兄弟相殘

曹丕總算穩居王位，改建安二十五年為延康元年。封賈詡為太尉，華歆為相國，王朗為御史大夫。大小官僚，都有陞賞。諡曹操為武王，葬於鄴郡高陵。

這時，華歆又奏上一本：「鄢陵侯曹彰已交出軍馬，後患既除。只是，臨淄侯曹植，蕭懷侯曹熊，竟都不來奔喪，理當問罪。」

不勞曹丕動手，「體弱多病」的曹熊畏罪——或者該說，無罪自殺，竟然自己上吊身亡了。

曹植呢？這位臨淄侯不只是「華而不實」，還膽大包天。

曹丕的問罪使者來到臨淄，曹植正與丁儀、丁廙兄弟飲酒。丁氏兄弟數說曹丕的是非，又為曹植「聰明冠世，未能承嗣大位」叫屈，說得曹植氣憤至極，命武士將曹丕的使臣亂棒打出。

使者回報，曹丕大怒，令許褚率領三千名虎衛軍，火速至臨淄，捉拿曹植與丁氏兄弟。曹丕二話不說，將丁氏兄弟斬首，曹植則關進了監獄。

才高八斗

曹丕的母親卞氏，正為曹熊上吊自殺的事傷心，又聽說曹丕將曹植關在獄中，趕忙從後宮走出，替曹植說情：「你的植弟平生嗜酒疏狂，自恃胸中之才，行為難免放縱。你可念同胞之情，留他一命？我這老媽到了九泉也可瞑目了。」

曹丕雖然面有難色，一番沉吟後，語氣漸漸和緩：「母親勿憂！我只是要教育教育曹植，不會殺害他。」

問題是，死罪可免，「詩」罪難饒。你曹植「才高八斗」是不是？那就用你的才華來救命唄！

華歆再進讒言：「人皆言子建出口成章，臣深感懷疑。主上可以測試測試曹子建的才學。若是虛有其名，就殺了他；如果是真才實學，就將他貶到偏遠之地，以絕天下文人之口。」

七步成詩

於是，曹丕讓曹植在七步之內吟出一首詩，不成便要殺了他。結果，曹植不滿七步，成詩一首，眾人都驚嘆曹植的才華。

這樣都宰不了你？不行！重來。曹丕又以兄弟為題，逼曹植「應聲而作」。哈哈！這樣你還不死？

誰知道，曹植隨口吟出：「煮豆燃豆萁，豆在釜中泣，本是同根生，相煎何太急！」

曹丕聽了，咬牙切齒，腸翻胃攪，頭痛萬分，潸然淚下；一時間不知該如何因應？

母親卞氏也從殿後跑出來說：「是啊！兄弟本該情深，為何如此相逼？」

唉！沒辦法！曹丕暗嘆一口氣，正色說：「植弟之才的確冠絕天下，但你有罪在身，國法不可廢！」

曹丕雖然不殺曹植，還是將他貶為安鄉侯。

報仇的順序

憤恨難平的劉備，決心伐吳，替關羽報仇。

這時，廖化哭拜在地，大聲疾呼，請劉備先殺劉封和孟達——這二人是害死關羽的幫凶。

孔明建議，先將二人分開，然後再一一捉拿。

劉備遣使傳令，調劉封去守綿竹。孟達知道劉備要殺他，便連夜投靠魏王曹丕去了。

劉備知道孟達叛變，氣得要立刻派軍前去剿滅叛徒。

孔明說：「不妨遣派劉封進兵，造成二虎相爭；劉封或有功，或敗北，等他回成都時，一併剷除，可絕兩害。」

劉備覺得有理，命令劉封領兵五萬去擒捉孟達。孟達在魏將徐晃、夏侯尚的幫助下，擊敗劉封。潰不成軍的劉封逃回成都，卻被劉備問罪：「你這辱子，害死叔父，有何面目來見我？」

劉封跪地哭訴：「叔父之難，非兒不救，是因為孟達的阻撓。」

劉備愈聽愈氣：「你每天吃人的食物，穿人的衣服，難道是個木偶土人？賊子的一番讒言，就能阻止你救叔父的命？」

說完，大手一揮，命令左右將劉封推出去斬首。

殺了劉封後，劉備心中有些懊悔；又因為哀痛關羽，染病臥床，「報仇」之事，只好先按兵不動了。

改朝之兆

曹丕擺平曹彰、曹植後，氣焰高漲，作威作福，比起老爸曹操，有過之而無不及。他仿照漢高祖劉邦富貴還鄉之舉，率統三十萬大軍，巡幸故鄉譙縣。鄉中父老迫於曹丕威勢，不得不全鄉出動迎接，獻酒進貢。

八月間，地方報稱：石邑縣鳳凰來儀，臨淄城麒麟現蹤，鄴郡則有黃龍出沒。中郎將李伏、太史丞許芝商議：種種瑞徵，乃魏當代漢之兆，可安排受禪之禮，請漢獻帝讓位於魏王。

於是，華歆、王朗、辛毗、賈詡、劉曄、劉廙、陳矯、陳群、桓楷等一班文武官僚，共四十餘人，踏入內殿，面奏聖上，直言禪位之事。

獻帝大驚失色，半晌無言，隨即望著百官哭訴：「朕想高祖提三尺劍，斬蛇起義，平秦滅楚，創造基業，世統相傳，四百年矣。朕雖不才，初無過惡，怎能將祖宗大業，等閒棄之？請你們……你們再行計議，如何？」

許芝進一步上奏：「臣等職掌司天，夜觀乾象，見炎漢氣數已終，陛下帝星隱匿不明；兼以上應圖讖：『鬼在邊，委相連；當代漢，無可言。言在東，午在西；兩日並光上下移。』以此論之，『鬼在邊，委相連』，是『魏』字；『言在東，午在西』，乃『許』字；『兩日並光上下移』，即『昌』字：此是魏在許昌應受漢禪也。願陛下察之。」

獻帝左顧右盼，倉皇失措，哭著往後殿去了。

曹丕篡漢

翌日，大臣們敦請獻帝前往大殿，再議讓位一事。獻帝不敢去。曹洪、曹休帶劍來請。曹皇后大怒，大罵哥哥曹丕亂逆不忠。

獻帝來到殿上，華歆等一再相逼，獻帝要退入後殿。華歆竟扯住龍袍大聲恫嚇。獻帝見魏兵挺槍舞刀，為保性命，只好答應退位。

於是，這位可憐的皇帝命令陳群起草禪國詔書，派華歆送詔璽到魏王府。曹丕喜出望外，正要風光登基——

司馬懿出面諫阻：「主公！不可。雖然詔璽已至，殿下仍須上表謙辭，以絕天下人之議論。」

曹丕聽從司馬懿的建言，一次、兩次上表謙辭，弄得獻帝驚疑不安，不知如何是好？為杜絕悠悠眾口，賈詡接著出招：教獻帝建一座「受禪臺」；擇吉日良辰，集大小公卿，齊聚臺下觀禮。再由天子親奉璽綬，禪位給曹丕。

怎麼辦？獻帝只能一一照辦。讓位那天，獻帝親手將玉璽交給曹丕。

曹丕改年號為黃初元年，大赦天下，諡父親曹操為太祖武皇帝；讓獻帝跪於臺下聽旨：曹丕封獻帝為山陽公。

只不過，當天便將獻帝趕出了都城。不久，又派人毒殺了這位雙手獻出天下的前朝皇帝。

劉備稱帝

曹丕稱帝的事傳到了成都，劉備得知漢獻帝遇害，痛哭不已，下令百官掛孝祭奠。而且，由於傷心過度，劉備病倒床上，政務全交給孔明一人處理。

孔明與太傅許靖、光祿大夫譙周商議：天下不可一日無君，他們打算推漢中王為帝。譙周上奏：「近日出現祥鳳慶雲之兆。成都西北角湧起數十丈黃氣；帝星綻芒於畢、胃、昴之分，煌煌如月。此象何解？正是應合漢中王當即帝位，以繼漢統。」

但劉備認為自行稱帝是「逆賊篡竊」之事，遲遲不肯點頭。孔明苦勸無效後便託病不出。劉備去探望孔明時，孔明為劉備分析不肯為帝的後果：「天與弗取，反受其咎。」

劉備聽了，才「勉為其難」地說：「那就等軍師痊癒……」

話沒說完，孔明一躍而起，敲擊屏風，偷偷守在外面文武百官一湧而入，拜伏在地，齊聲歡呼：「主上既然同意為帝，便請擇日行登基大禮。」

建安二十六年四月，孔明命人在成都築壇，劉備登壇祭天。孔明率百官呈上玉璽，齊呼萬歲。

劉備改年號為章武元年，立妃吳氏為皇后，長子劉禪為太子。封次子劉永為魯王，劉理為梁王。封諸葛亮為丞相，許靖為司徒。大小官僚，一一陞賞。兩川軍民，無不欣躍。

只是，當了皇帝的劉備，所圖何事？滅魏扶漢？匡正天下？

不！興傾國之兵，攻伐東吳。

向壁之五

「『夜半征鼙響震天，襄樊平地作深淵。關公神算誰能及，華夏威名萬古傳。』這段話，還不足以形容關羽的英勇？」吟誦聲的反駁。

「或許有勇，卻是少謀；要知道，生逢亂世，能活到最後的人，才叫做『英雄』啊！」冷笑聲依舊冷嘲以對。

「先生以為，關羽之敗，敗在缺智少謀？」吟誦聲再次提問。

「嚴格說，那叫做『不智』。關羽不是敗給任何人，而是敗在自己手上。唉！」冷笑聲居然也在嘆氣。

「願聞其詳。」

「驕矜自大，目中無人；意氣用事，枉顧大局。」冷笑聲愈罵愈帶勁，「也許是風光太久，可能是備受推崇，使他的『感覺』，凌駕在『現實』之上，以為天下英雄誰堪我敵？如此一來，焉能不敗？」

「舉例來說？」吟誦聲的語調裡，滿溢著不服氣。

「『虎女焉能嫁犬子？』是滿盤皆輸的錯誤的第一步，不但阻斷孫、劉聯手，共討曹操；還招來魏、吳合謀，夾攻荊州。從一舉二得變成兩面作戰，是智也？不智也？或者，失智也？」

「也許，他打從心裡……」吟誦聲欲言又止。

「瞧不起孫權？哈！」冷笑聲變成哈哈大笑，「他若是不急著羞辱孫權，捎封信，去問問劉備和孔明的意見，我是說，就算是拒絕，也得想個漂亮說詞，局勢的發展，也許就不一樣了。」

「呃……也許，關羽以為，不必借助東吳之力，也可以協助劉備，匡復漢室。」

「是嗎？那就犯了錯誤的第二步：瞧不起陸遜。」

「畢竟，那陸遜年紀尚輕，資歷短淺，又是書生帶兵……」

「你道是『孺子為將』？這叫做『攻心為上』，等那孺子將滅了你又險些燒死你大哥，再輕言『短淺』不遲。」

初更時分，東南風大起，
蜀營到處起火，延燒七百里，
軍士自相踐踏，死傷無數。

第六章

火燒連營

公仇？私怨？

劉備東征，是明智之舉？

大將趙雲第一個跳出來諫阻：「國賊乃曹操，而非孫權。如今曹丕篡漢，神人共憤。陛下何不圖取關中，屯兵渭河上流，討凶逆，除漢賊；如此一來，關東義士必將裹糧策馬迎接王師。反之，若是捨魏伐吳，戰事一起，遍地烽煙，豈能驟解？願陛下察之。」

可惜劉備不聽，只想滅吳報「兄弟之仇」。

趙雲再勸：「漢賊之仇，是公仇；兄弟之仇，屬私怨。陛下啊！百姓深陷水火，請以天下為重。」

誰知劉備這麼回：「朕與兄弟義結金蘭，若不能為弟報仇，縱有萬里江山，又有什麼了不起？」

大軍東征

隨即下令，大軍整備，即日伐吳。派遣使者前往五谿，借了五萬名番兵，共襄「盛舉」；與此同時，又將張飛升格為車騎將軍，領司隸校尉，西鄉侯，兼閬中牧。

直到孔明率著百官苦苦相勸，劉備的「復仇意志」才有所動搖。不巧的是，張飛偏偏在這時從閬中趕來，哭著要劉備為關羽報仇。劉備聽了張飛的話，仇心再起，答應和張飛「共伐東吳，以雪此恨」。

大軍出動前夕，學士秦宓冒死勸諫劉備：「捨萬乘之軀，而徇小義，古人所不取。」險些被斬。

孔明也上表苦勸：「遷漢鼎者，罪由曹操；移劉祚者，過非孫權。魏賊若除，則吳自賓服。」

沒想到，一向對孔明言聽計從的劉備將奏表摔在地上，怒道：「朕意已決，不准再諫！」

就這樣，劉備命丞相諸葛亮保太子守兩川；驃騎將軍馬超，協助鎮北將軍魏延守漢中，以防魏兵來襲。虎威將軍趙雲為後應，兼督糧草；黃權、程畿為參謀；馬良、陳震掌理文書；黃忠為前部先鋒；馮習、張南為副將；傅彤、張翼為中軍護尉。再加上數百員川將、五萬名番兵，合計七十五萬大軍，浩浩蕩蕩，於章武元年七月丙寅日出師。

張飛遇刺

張飛回到閬中，限定三日內全軍白旗白甲，掛孝伐吳。負責籌備的部將范疆、張達無法如期完成，請求寬限時間。張飛不聽，下令鞭打兩人，並嚴厲斥責：若是再超過期限，便要兩人「提頭來見」。

兩人遍體鱗傷，回到營中商議後續。

范疆說：「今日受刑責事小，想那張飛性烈如火。期限一到，萬一我們做不完，豈不是要被殺頭？」

張達忿忿地說：「與其他殺我，不如我殺他。」

當晚，張飛酒醉未醒，二人偷偷進入帳內，赫見張飛鬚豎目張，死瞪著他們，頓時嚇得氣虛腿軟，不敢動手；躡手躡腳想要逃離現場。

「咦？他好像睡死了！」忽聞鼻息如雷，兩人互看一眼，緩緩上前，舉起短刀，刺入肚腹——

張飛大叫一聲而亡。得年五十五歲。

殺了張飛後，兩人提著張飛的腦袋，連夜投奔東吳去了。

殞星惡兆

那夜的劉備心驚肉顫，寢臥不安。走出營帳，仰觀天文，但見西北天空一枚如斗之星，忽然墜地。

劉備連夜派人求問孔明。孔明回奏：「我軍……恐怕將損失一名上將。三日之內，必有警報。」

為此，劉備暫且按兵不動，只盼惡事遠離。

翌日，一隊軍馬揚塵而至，如驟雨急風。劉備出帳一看，一員白袍銀鎧的小將，滾鞍下馬，伏地而哭。那人是誰？張飛的兒子張苞。

張苞邊哭邊說：「范疆、張達殺了臣父，提著首級，往東吳去了！」

劉備聽了，當場昏倒。

大哭特哭

又過一天，關羽的兒子關興也來見劉備，劉備抱住兩個姪子痛哭，或者該說，伏地而哭，放聲大哭，終日號哭；哭得昏迷不醒，醒來後以頭頓地繼續哭……弄得眾官諸將不知如何是好？

馬良說：「主上親統大兵伐吳，終日號泣，於軍不利。」

陳震提議：「聽說成都青城山的西邊，有一位隱者，姓李，名意。世人傳說此老已三百餘歲，能知人的生死吉凶，乃當世神仙。我們何不去向這位『李神仙』問吉凶？」

結果呢，李意畫了四十餘張兵器圖，畫完後立即撕碎，又畫一人仰臥地上，旁邊有人正在掘土，準備將他埋葬。畫的旁邊，寫了一個「白」字。

畫完後，李意告別而去。

不足為信

劉備看了，極為不悅，破口大罵：「狂叟之言，不足為信！」同時命人將畫燒了，繼續領軍前進。

孫權聽到劉備親率七十萬水陸大軍，前來報仇，急忙召集眾將商量對策。

諸葛瑾自願前去，找劉備談和停戰。兩人見面，諸葛瑾表明吳侯願歸荊州，並送還孫夫人；並曉以「天下皆知陛下即位，必興漢室，恢復山河。如今陛下置魏不問，反欲伐吳」、「是棄重而取輕」的大義。

劉備怎麼說，還是不願就此罷休，破口大罵：「殺吾弟之仇，不共戴天！要朕罷兵，至死方休！不看丞相之面，先斬你的腦袋！暫且放你回去，告訴孫權，洗頸就戮！」

對答如流

事情大條了！劉備不肯退兵，要怎麼辦？聯曹抗劉。

孫權又派趙咨去見曹丕，表達「臣服」之意，懇請曹丕出兵攻打漢中，幫助東吳解圍。

曹丕當然知道東吳傾危，故意考趙咨：「吳侯是何種主上？」

趙咨答：「聰明、仁智、雄略之主。」

曹丕笑問：「你把孫權說得太好了吧？」

趙咨恭謹回話：「臣非過譽，分說其實：吳侯納魯肅於凡品，是其聰；拔呂蒙於行陣，是其明。獲于禁而不殺，是其仁；取荊州兵不血刃，是其智。據三江虎視天下，是其雄；願屈身於陛下，是其略。合而觀之，豈不是聰明、仁智、雄略之主？」

曹丕又問：「吳主好學嗎？」

趙咨答：「吳主浮江萬艘，帶甲百萬，任賢使能，志存經略。從少年開始，便博覽書傳，歷觀史籍；而且採其大旨，不像一般書生，只是尋章摘句、望文生義而已。」

曹丕說：「朕欲伐吳，妥當嗎？」

趙咨面不改色回答：「大國有征伐之兵，小國有禦備之策。」

曹丕再問：「東吳畏懼我大魏嗎？」

趙咨慷慨陳詞：「帶甲百萬，江漢為池，何畏之有？」

曹丕嘆了口氣：「東吳如大夫者有幾人？」

趙咨答：「聰明通達者，不下八九十人；如臣這般魯鈍之輩，車載斗量，不可勝數。」

曹丕終於點頭：「古人說：『使於四方，不辱君命』，這一點，卿可說是當之無愧啊！」

坐收漁利

於是，曹丕封孫權為吳王，加九錫。但既不出兵幫助吳，也不協助西蜀；而是聽任兩家交兵。

曹丕的盤算：等一方被滅後，再出兵除掉另一方，以坐收漁翁之利。

曹丕使節邢貞到東吳。顧雍勸孫權不要接受曹丕的封賜，不如自立門戶：自封上將軍、九州伯，雄霸一方。

可惜，這番建言，孫權不聽。

連戰皆捷

劉備起兵，率先攻打宜都。兩名小將屢建奇功：張苞刺殺吳將謝旌，又活捉崔禹；關興則是刀劈李異，活捉譚雄。

關興、張苞又趁夜偷襲吳營。宜都守將孫桓大敗，逃往彝陵城。水軍將領朱然亦後退六十里。

孫權收到兵敗消息，命韓當等老將領兵十萬去迎戰蜀軍。這時，劉備已抵達彝陵，紮寨四十座，連營七百餘里，聲勢頗為浩大。

老將無用？

這時，武威後將軍黃忠聽到劉備一句無心之言：「老將無用。」氣得提刀上馬，親率隨從五六人，來到彝陵營中，挑戰吳軍。

這位「食肉十斤，臂開二石之弓，能乘千里之馬」的老將軍不簡單，勒馬橫刀，單挑吳軍先鋒潘璋。潘璋教部將史跡出馬應戰。史跡看不起「老黃忠」，挺槍出戰；鬥不到三回合，被黃忠一刀斬於馬下。

潘璋大怒，揮動關羽的青龍刀，迎戰黃忠。交馬數回合，不分勝負。黃忠奮力惡戰，潘璋漸居下風，撥馬便走。黃忠乘勢追殺，全勝而回；半路上遇到關興、張苞。

關興說：「我等奉聖旨來助老將軍；既已立了功，請速回營。」

可惜，黃忠不聽。第二天又去挑戰吳營，卻中了吳兵埋伏，被周泰、韓當、潘璋和凌統團團圍住；又遭吳將馬忠一箭射中肩窩，險些兒落馬。幸好關興、張苞及時來援，勉強拖命回到蜀營。

傷重不治

只可惜，黃忠年老氣衰，承受不住箭瘡的痛苦，以七十有五的高齡，傷重不治而死。

劉備眼見黃忠氣絕，哀傷不已，準備棺槨，將黃忠送回成都安葬。

同時，不勝唏噓，仰天而嘆：「五虎大將，已亡三人，朕尚且不能復仇，深深教人痛心啊！」

劉備愈想愈氣，親自率領御林軍，直奔猇亭，大會諸將，分軍八路，水陸並進，想要一舉消滅東吳。

蜀軍一路勢如破竹：張苞刺死夏恂，關興刀劈周平。吳軍潰不成軍。

此時的老將甘寧正在船中養病，聽說蜀兵追來，上馬迎戰；被番王沙摩柯一箭射中頭顱，死於樹下。

關興在陣中尋見了殺父仇人潘璋，氣急敗壞，一路追到一山谷中。當時天色已晚，不見潘璋蹤影，關興便投宿在一村莊。沒想到了三更時分，潘璋竟也到同一個地方投宿。關興見了，二話不說，大刀一劈，將潘璋活活斬殺，報了殺父之仇。

窩裡反

傅士仁、糜芳見劉備勢不可擋，私下商議，來個窩裡反：殺了馬忠，投奔劉備。

劉備領情嗎？他將馬忠的頭祭在關羽靈位前，又將傅士仁、糜芳二人剮刑伺候，祭拜結義兄弟的亡靈。

孫權見蜀軍銳不可擋，便將張飛首級和范疆、張達送還劉備，請求劉備停戰。

怎麼停？還是戰？

劉備令張苞設立張飛靈位，見張飛首級在匣中面不改色，放聲大哭。張苞立刻高舉利刃，將范疆、張達萬剮凌遲，祭父之靈。

毀吳滅魏

殺光了仇人，劉備還是怒氣不息。馬良建議和東吳「永結盟好，共圖滅魏」。但劉備聽不下去，堅持「先滅吳，次滅魏」，差點要怒斬東吳來使；在眾將百般勸諫下才罷手，卻已嚇得東吳使者程秉抱頭鼠竄。

接下來的發展：東吳接連戰敗，蜀軍一路挺進。

孫權大驚失色，召開緊急會議。大將闞澤向孫權推薦「雄才大略」的陸遜掛帥領兵。但張昭、顧雍、步騭等老臣，見陸遜只是一名弱冠書生，「料非劉備敵手」，而堅決反對。為此，闞澤以全家性命作保，力薦陸遜。孫權也下定決心，起用陸遜，對抗劉備的七十萬大軍。

先斬後奏

為表重視，孫權命人連夜築壇，大會百官；請陸遜登壇，拜為大都督、右護軍鎮西將軍，進封婁侯，賜以寶劍印綬，令掌六郡八十一州兼荊楚諸路軍馬。再附加一條：「遇事可先斬後奏。」

陸遜領兵到綵亭前線。老將周泰、韓當不服，請陸遜發兵，先救孫桓。

陸遜輕描淡寫回答：「破蜀之後，孫桓之圍自然解除。」並下令各將堅守不戰。

但東吳眾將情願決一死戰，不願死守。陸遜厲聲丟下一句：「誰敢不聽，定斬不饒！」

劉備聽說陸遜就是定計取荊州的人，也就是殺害關羽的罪魁禍首，又要全軍出動去「報仇」。

黃口孺子？

馬良苦口婆心勸諫：「陸遜之才，不亞於周郎，不可輕敵。」

劉備怒罵：「朕用兵老矣，反而不如一名黃口孺子？」擺明了小看陸遜，親自領兵，攻打吳軍各處關口。

蜀軍天天叫罵，吳軍堅守不戰。劉備見吳軍不肯出陣，心中焦躁不耐。天氣漸漸炎熱，先鋒馮習奏稟：「天氣由春轉夏，大軍有如駐紮在赤火之中，取水深為不便。」

劉備便令人將營寨移入林中陰涼處，近溪傍澗；準備熬過夏季，來到秋天，再大舉進兵。

偏聽則蔽

馬良對移兵樹林一事頗有疑慮，便向劉備建議：「丞相已到東川，何不將移營的地方，畫成圖本，請丞相過目？」

劉備想到孔明阻撓他東征就有氣，悻悻然說：「朕亦頗知兵法，何必又問丞相？」

馬良說：「古人說：『兼聽則明，偏聽則蔽。』望陛下察之。」

劉備大袖一揮：「你那麼信他？那你就畫了圖本去問問丞相吧！」

馬良領命，即刻趕往東川。

誘敵之計

劉備派先鋒吳班引兵到關前叫戰，耀武揚威，辱罵不絕；士兵則多半解衣卸甲，赤身裸體，或睡或坐。

徐盛、丁奉看不下去，入帳向陸遜請求出戰：「蜀兵欺我太甚！我等願出擊蜀軍，報效吳王。」

陸遜笑說：「你們頗有血氣之勇，但不知孫吳兵法。此乃誘敵之計。三日後，可見分曉。」

徐盛問：「三日後，蜀軍可能已經移營，要怎麼打擊他們？」

陸遜笑得更神祕：「我就是要他們轉移陣地。」

果然，三日後，陸遜領眾將到關上觀望，見吳班的部隊正陸續撤退，劉備的伏兵也跟著走出谷口。

伏兵已出

陸遜說：「看見沒？你們打吳班，就中了劉備的計。如今伏兵已出，十日之內，必定破蜀。」

眾將無不心服口服。

劉備又讓水軍順江而下，在東吳境內沿江紮寨。黃權認為不妥，便向劉備進諫：「水軍沿江而下，進則易，退則難。臣願為前驅。陛下適合在後陣；如此一來，方能萬無一失。」

但劉備不以為然，傲然而道：「想那吳賊早已膽戰心驚，朕長驅直進，直取江南，有什麼問題嗎？」

趁虛而入

魏國探子將劉備屯兵陣圖回報曹丕：「蜀兵伐吳，樹柵連營，縱橫七百餘里，都是傍山依林下寨；黃權則在江北岸督軍，每日出哨百餘里，不知何意。」

曹丕聽完，大笑說：「劉備必將大敗！」又說陸遜必定領兵取西川，魏國可趁東吳國中空虛時襲擊東吳。

事不宜遲，曹丕立刻下令：曹仁領一軍去濡須，曹休往洞口，曹真赴南郡，做什麼？伺機進攻東吳。

兵家大忌

馬良將圖本交給孔明，孔明看後，拍案叫苦，問馬良：「這是誰的主意？可先斬此人的頭。」

馬良苦著臉說：「是主公自己的主意。」

孔明喟嘆連連：「唉！漢朝氣數休矣！」

馬良驚問：「何故？」

孔明說：「在山林茂密的地方紮營，是兵家之大忌。倘若東吳用火攻，如何解救？再者，豈有連營七百里而能拒敵的『布陣』？我軍就要大禍臨頭了！陸遜堅守不出，正是等皇上掉進圈套。你趕快回去見天子，請他另移營地。」

馬良問：「如果……如果已經來不及了呢？」

孔明說：「放心！陸遜不敢追來，成都可保無虞。」

馬良不解：「為什麼？」

孔明說：「別忘了，北方還有個虎視眈眈的曹丕。主上若是兵敗，可去白帝城躲避。我入川時，已經在魚腹浦設下十萬名伏兵。」

點將出兵

陸遜見時機成熟，便點將出兵。韓當、周泰、淩統等老將，陸遜都不用，反而讓末將淳于丹領軍，並教徐盛、丁奉率兵在寨外五里處救援。

淳于丹攻打蜀軍第四營，大敗而回。陸遜並不怪罪，又令朱然用船裝茅草，從水路進攻蜀軍。

周泰、韓當做什麼呢？各領一軍去蜀營放火。陸遜鄭重交代：等到蜀營大火一起，其他眾將不分晝夜追擊蜀軍，一直到活捉劉備才准回營。

營燒七百里

初更時分，東南風大起，蜀營到處起火，延燒七百里，軍士自相踐踏，死傷無數。

劉備見吳軍殺來，慌忙上馬。丁奉、徐盛領軍兩路夾擊劉備，萬分危急之刻，張苞的援軍來到，保護劉備逃往馬鞍山。

劉備逃得險象環生，陸遜率領大軍緊緊追趕。朱然又從江岸出奇兵，截住去路。關興、張苞縱馬衝殺，想要護駕，被亂箭射回，各負重傷。背後喊聲又起，陸遜率大軍從山谷中殺來，劉備大叫：「我就要死於此地了！」

這時，天色微明，忽聞前面喊聲震天，朱然軍士紛紛落澗，滾滾投巖，一彪生力軍殺入戰場，前來救駕。

是誰呢？赫！原來是常山趙子龍，一槍刺死了朱然，保護劉備及剩下的百餘將士，奔往白帝城。

巧布八陣圖

大獲全勝的陸遜，率領東吳之兵，往西追擊。追到夔關附近，見地形複雜，亂石作堆，石堆中有殺氣沖起；陸遜懷疑有伏兵，忙叫三軍暫退。

陸遜找人一問，才知此地叫做魚腹浦。聽說在諸葛亮入川時，曾在此地的沙灘上布下石排陣，可抵十萬雄兵。

陸遜半信半疑，領了十餘名騎兵去探看石陣。剛走入陣中，突然狂風大作，飛沙走石，遮天蓋地。又見怪巖嵯峨，槎枒似劍；橫沙立土，重疊如山，江聲浪湧，有如劍鼓之聲。陸遜大驚失色，叫道：「哎呀！我中了諸葛之計！」想要回馬出陣，卻困在其中，無路可出。

陸遜正愁找不到出口，忽然看見一名老者走來，將他引出石陣。

陸遜忙問：「請問長者何人？」

老者說：「老夫是諸葛孔明的岳父黃承彥。昔日小婿入川，於此布下石陣，名為『八陣圖』。反復八門，按照奇門遁甲休、生、傷、杜、景、死、驚、開排列。每日每時，變化無窮。小婿臨去之時，曾吩咐老夫：『日後若有東吳大將迷於陣中，千萬不要引他出來。』老夫剛才在山巖上，見將軍從死門入，料想不識此陣，必為所迷。唉！誰教老夫平生好善，不忍將軍『埋沒』於此，故而特地從生門引將軍出陣。」

功蓋三分國

八陣圖？也就是唐代杜工部的知名詩篇：「功蓋三分國，名成八陣圖。江流石不轉，遺恨失吞吳。」

陸遜千謝萬謝，拜別老者而回。

同時宣稱：「孔明真是料事如神的『臥龍』啊！我不能及！」下令班師，不再追殺劉備。

部將們問：「為何不趁勝消滅蜀國？」

陸遜搖頭：「魏主曹丕，奸詐的程度不輸他老爸。知道我追趕蜀兵，一定乘虛偷襲東吳。」

退兵沒多久，三處傳來飛報：「魏兵曹仁出濡須，曹休至洞口，曹真赴南郡：三路兵馬共計數十萬，星夜至境，不明何意。」

陸遜笑說：「果然不出我所料。我已下令兵馬嚴防魏軍來攻。」

這一戰，曹丕御駕親征，可惜不是陸遜對手：曹仁被朱桓打敗，曹真被陸遜的伏兵擊潰，曹休被呂範痛宰，魏軍大挫，再加上江南正流行瘟疫，兵士、馬匹病死者，不計其數。為了怕再損失將士，曹丕便撤兵回洛陽去了。

白帝城託孤

劉備兵敗之後，憂鬱成疾，悔不當初：「唉！朕早聽丞相之言，不致有今日之敗！如今有何面目回成都見群臣？」

他自知不久於人世，便下令駐紮在白帝城，將館驛改為永安宮。並召丞相孔明、尚書令李嚴來到身邊，託付身後之事。

孔明星夜從成都趕到白帝城，劉備讓孔明坐在身邊，見馬良的弟弟馬謖在旁，便先叫他出去，再問孔明：「丞相觀馬謖之才如何？」

孔明說：「此人知書達禮，通曉兵書，堪稱當世之英才。」

劉備說：「不然。朕觀此人，言過其實，生性浮誇，不可大用。這一點，丞相要切記。」

劉備傳旨，召諸臣入殿，取紙筆寫了遺詔，交給孔明，痛哭流涕：「朕不讀書，粗知大略。聖人云：『鳥之將死，其鳴也哀；人之將死，其言也善。』朕本想與卿等同滅曹賊，共扶漢室；不幸中道而別。煩請丞相將詔書交付太子禪，凡事還望丞相教導他。」

收買人心

孔明泣拜於地，表明忠心：「願陛下休養龍體！臣等願盡犬馬之勞，以報陛下知遇之恩。」

劉備命內侍扶起孔明，一手掩淚，一手緊握孔明之手，邊哭邊說出中國歷史無人能及的超級話術：「朕就要死了！有心腹之言相告！」

孔明說：「陛下有何聖諭？」

劉備又開始泣訴：「君才十倍於曹丕，必能安邦定國，成就大事。若嗣子可輔，則輔之；如其不才，君可取而代之。」

孔明聽了，汗流遍體，手足失措，泣拜於地：「臣豈敢不竭股肱之力，盡忠貞之節，繼之以死！」說完，叩頭叩到頭破血流。

這段對話，就是諸葛亮〈後出師表〉裡的千古名言「鞠躬盡瘁，死而後已」的由來，也是中國儒家極度忠貞與絕對厚黑完美結合的最佳範例。

劉備又對兒子劉永、劉理說：「我死了以後，你們兄弟三人，對丞相要像父親一樣，不可怠慢。」命二子同拜孔明。

章武三年，夏四月二十四日，劉備這位善於操弄人心，卻不懂控制自己情緒的蜀漢第一任皇帝，瞇著眼，微張嘴，心滿意足和二位弟弟相會去了。享年六十三歲。

諸葛亮率眾官將劉備的靈柩運回成都，宣讀遺詔。太子劉禪即位，封諸葛亮為武鄉侯，領益州牧。將劉備葬在惠陵，諡號昭烈皇帝。尊皇后吳氏為皇太后。諡甘夫人為昭烈皇后，糜夫人亦追諡為皇后。陞賞群臣，大赦天下。同時，改年號為建興。

天賜良機

曹丕得知劉備已死，心喜之餘，蠢蠢欲動：「劉備既亡，朕已無憂。何不乘其國中無主，起兵討伐？」

賈詡反對：「劉備雖亡，必託孤於諸葛亮。孔明感念劉備知遇之恩，必定傾心竭力，扶持劉禪。那諸葛孔明……不好對付啊！陛下不可——」

「不可什麼？」話沒說完，就被司馬懿打斷：「天賜良機！不乘此時進兵，更待何時？」

曹丕於是向司馬懿問計：「如何進兵？」

司馬懿撇撇嘴，傲然回答：「若只起中國之兵，急難取勝。須動用五路大兵，四面夾攻，教諸葛亮首尾不能救應，還怕滅不了西蜀？」

五路進兵

問題是，哪五路兵？

聯絡遼東的鮮卑國王軻比能，起遼西羌兵十萬人，由旱路取西平關。此為第一路軍。

修書遣使，深入南蠻，請蠻王孟獲發動十萬大兵攻打益州、永昌、牂牁、越雋四郡，擊取西川之南。此為第二路軍。

與孫權修好，許以割地，令東吳起兵十萬，攻兩川峽口，直取涪城。此為第三路軍。

派人到降將孟達的屯駐之地，命他發動上庸兵十萬員，進占漢中。此為第四路軍。

「那……第五路軍呢？」曹丕愈聽愈興奮，搓著手問。

「命大將軍曹真為大都督，提兵十萬，由京兆出陽平關，殺進西川，剿滅蜀漢。此五路大軍，共計五十萬將士，五路並進，遍地烽火。諸葛亮即使有呂望之才，又豈能擋住如此猛烈的圍攻？」

「好！好計！」曹丕便用了司馬懿的計謀。

孔明安居平五路

劉禪得知「五路兵伐蜀」的戰報，驚慌不已，急忙召孔明議事。丞相府的人說，孔明有病無法出門。劉禪又令大臣董允、杜瓊到丞相府「探視」，也被擋在門外。

孔明連日不出，大臣們都覺得事態嚴重。杜瓊奏請劉禪親自前往丞相府問計。

翌日，劉禪的車駕來到相府，步行三重院，總算見到獨倚竹杖、在小池邊觀魚的孔明。

「我說相父啊！那個曹丕……」話沒說完，孔明勸劉禪不必過憂，他正在家中策劃退敵的計策。

「喔？有何妙計？」劉禪的一顆忐忑的心，總算定了下來。

孔明說：「現已退去四路兵了，只有孫權這一路，需要一名能言善道之人，臣還沒有想到合適的人選。」

誰來退吳？

孔明送劉禪出府，眾官見劉禪面有喜色，上御車回朝，個個摸不著頭緒。孔明發現眾官之中，有一人仰天而笑，面亦有喜色。

那人是誰？戶部尚書鄧芝。

孔明請鄧芝到書院中，問他：「當今天下，蜀、魏、吳鼎分三國，若要討伐二國，中興一統，該先伐何國？」

鄧芝回答：「以愚意論之，魏雖漢賊，勢力甚大，急難搖動，只能徐圖漸進。而主上初登寶位，民心未安，應當與東吳連合，結為脣齒，一洗先帝舊怨，方為長久之計。」「尚書先生所言極是！」孔明認為鄧芝口才、見解皆屬一等，便奏報劉禪，派鄧芝去東吳退兵。

四路戰況

孫權接獲曹丕要他出兵的信，向陸遜求計。陸遜建議先視其他幾路兵馬的情況再定。

「如何『視』之？」孫權問。

「若四路兵勝，川中危急，諸葛亮首尾不能兼顧；主上不妨發兵配合，而且要先取成都，方為上策。反過來說，如果四路兵敗，那就要……虛與委蛇，別作商議了。」陸遜答。

果然，東吳探子回報：西番兵出西平關，見了馬超，不戰自退。南蠻孟獲起兵攻四郡，都被魏延用疑兵計殺退回洞去了。上庸孟達兵至半路，忽然染病不能行；曹真兵出陽平關，趙子龍拒住各處險道；果然是一將守關，萬夫莫開。曹真屯兵斜谷道，不能取勝，也只好摸摸鼻子，打道回府。

孫權吐出一口大氣，告訴文武百官：「陸伯言真是神算哪！孤若妄動，又要和西蜀結怨了。」

油鼎伺候

這時，軍士傳報，西蜀使者鄧芝來到。張昭提議，架一口大油鼎嚇嚇對方，看那鄧芝如何應對？

沒想到，鄧芝毫無懼色，昂然而行；近臣將他帶到簾前，只見他雙手抱拳，長揖不拜。

孫權怒喝：「大膽來使，見孤為何不拜？」

鄧芝昂首回答：「上國天使，不拜小邦之主。」

孫權大罵：「你這不自量力的儒生，想憑三寸不爛之舌，仿效酈生遊說齊王？不怕孤將你丟入油鼎？」

鄧芝反而大笑：「哈！人皆言東吳賢士多如過江之鯽，誰想到竟會懼怕一儒生！」

孫權罵得更大聲：「孤為何懼你一介匹夫？你不過是為諸葛亮作說客，來遊說孤絕魏向蜀，不是嗎？」

鄧芝的氣態飽滿，姿態卻是不卑不亢：「我乃蜀中區區一名儒生，不求戰不求和，特為吳國利害而來。怎想得到，堂堂吳王設兵陳鼎，拒絕來使，如此器量，要如何安邦定國，扶濟天下？」

與蜀和？與魏和？

孫權覺得鄧芝之言有理，便叱退武士，讓鄧芝上殿，賜坐而問：「吳魏之利害如何？請先生賜教。」

鄧芝問：「大王欲與蜀和，還是欲與魏和？」

孫權說：「孤想要與蜀主講和；但恐蜀主年輕識淺，不能全始全終。」

鄧芝慨然而道：「大王乃為命世之英豪，諸葛亮也是一時之俊傑。蜀有山川之險，吳有三江之固；若二國聯和，共為脣齒，進可以兼吞天下，退可以鼎足而立。而今大王若是委屈卑躬，稱臣於魏，那曹丕必然要大王朝覲，求太子以為內侍；如果不從，就有了名義興兵夾攻，蜀也將順流而進取，如此一來，江南之地，還能為大王所有？大王要如何面對九泉之下的父兄？如果大王認為愚言不值一哂，我就死在大王面前，以絕說客之名。」

說著說著，忽然撩衣下殿，就要跳入油鼎。

孫權趕忙喚人阻止鄧芝的舉動，大聲呼叫：「先生之言，正合孤意。切莫衝動！」隨即請鄧芝入後殿，以上賓之禮相待。

吳蜀通盟

孫權被鄧芝說服，派中郎將張溫入川，與蜀國和好。孔明則建議劉禪：「以禮對待吳使。務使孫、劉兩家盟好。吳蜀通和，曹丕就不敢加兵於蜀，天下三分的局勢將更為明確。」

孔明真正的盤算：東、北兩方平靖，即可率軍南征，平定蠻方，然後討伐篡逆的魏賊。魏賊一旦消滅，東吳也不可能久存，如此一來，先帝心心念念「匡復漢室」的大業方可實現。

劉禪依從孔明的意見，對張溫真心相待。

心生傲慢

沒想到，一番禮遇，反而讓張溫心生傲慢，瞧不起蜀國眾人；或者說，以為蜀國無人。

蜀國名士秦宓看不慣張溫的態度，便乘酒裝醉闖席，與張溫比書袋、拚學問。

那是一段有趣的對話：

無所不通

張溫問秦宓：「你所學為何？」

秦宓臉不紅氣不喘回答：「上至天文，下至地理，三教九流，諸子百家，無所不通；古今興廢，聖賢經傳，無所不覽。」

張溫笑問：「公既出大言，請即以天為問。天有頭嗎？」

秦宓說：「有頭。」

張溫接著問：「頭在何方？」
秦宓說：「在西方。詩云：『乃眷西顧。』以此推之，頭在西方。」
張溫又問：「天有耳嗎？」
秦宓答：「天處高而聽卑。詩云：『鶴鳴九皋，聲聞於天。』無耳要怎麼聽？」
張溫再問：「天有足嗎？」
秦宓說：「當然有足。詩云：『天步艱難。』無足要怎麼走？」
張溫的額頭冒出了汗，追加一問：「天有姓嗎？」
秦宓抱拳而答：「怎可能沒姓？上天姓劉。」
張溫一下子沒聽懂：「你怎麼知道姓劉？」
秦宓淡淡回答：「因為當今的天子姓劉。」
「……」
張溫目瞪口呆，啞口無言。
輪到秦宓問：「先生是東吳名士，既以天事下問，必能深明天理。昔日混沌初開，陰陽二分；輕清者上浮而為天，重濁者下凝而為地。直到共工氏戰敗，頭觸不周山，天柱折，地維缺：天傾西北，地陷東南。我要問的是：天既輕清而上浮，何以往西北傾倒？敢問除『輕清』之外，還有什麼原因？」

嗯，啊，呃……張溫無言可對，只好避席拜謝：「沒想到蜀中多俊傑！聽先生講論，在下真是茅塞頓開啊！」

回到東吳後，張溫當然是力勸孫權與蜀國聯合抗曹。

先下手為強

曹丕眼見吳、蜀聯合，震怒不已，想要先下手為強。立刻召集文武，商議伐吳大計。侍中辛毗持反對意見：「不如養兵屯田十年，待糧食豐足，兵強馬壯，然後破吳滅蜀不遲。」

曹丕拍案大罵：「此乃迂儒之論！吳蜀已經聯和，早晚必來侵境，哪有工夫等待十年？」隨即傳旨，命人打造十座長二十餘丈、可容納二千多人的巨型龍舟，各式戰船三千餘艘。選在魏黃初五年秋八月，會聚水陸軍馬三十餘萬人，起兵伐吳。

孫權一面派人將緊急情況告知孔明，請蜀國發兵相助；一面令徐盛率大軍迎敵。

東吳敵北魏

三十萬魏兵直抵長江。五色旌旗、鑾儀簇擁、光耀射目的巨型龍舟，也泊於江岸。

曹丕坐在龍舟之上，遙望江南，竟然不見一人，心裡大感疑惑。

左思右想，曹丕舉棋不定，只好轉頭，詢問身邊的劉曄、蔣濟：「對岸無人，我軍可否渡江？」

劉曄說：「兵法實實虛虛。東吳見我大軍壓境，怎能不作準備？陛下未可造次。先等三五日，觀其動靜，然後派先鋒渡江一探。」

不必等到三五日，隔天清晨再看——赫！江南岸邊，營寨密密層層，刀槍耀日，盡插旌旗號帶，一連幾百里。

曹丕不知這是徐盛設下的假城、疑樓、蘆葦人，以為東吳軍容壯盛至此，不免為之膽怯。

火攻破曹艦

這時探馬來報：西蜀趙雲出兵陽平關，直取長安。

曹丕大驚失色，急忙傳令回軍。背後東吳兵急追而來，徐盛令軍士將江邊蘆葦灌油點火，火乘風勢，烈焰漫空，將曹軍船艦全部燒燬。

曹丕慌忙下船登岸，又遇丁奉領兵殺來。魏兵大敗，退回許都。名將張遼被丁奉一箭射中腰部，回許都後箭瘡迸裂而亡。

這一戰，嚇得曹丕不得不記取吳王句踐的「十年生聚教訓」，重新思索「養兵屯田十年」的政策。

西蜀戰南蠻

率兵直取長安的趙雲，忽然接到丞相的文書，內容為：益州太守雍闓勾結蠻王孟獲，發起十萬名蠻兵，侵略四郡。因此急召趙雲回軍，而由馬超負責鎮守陽平關。

趙雲趕回成都要做什麼？此時的孔明，正在成都整飭軍馬，準備率領趙雲、魏延等大將，親自南征。

向壁之六

「『五虎大將，已亡三人，朕尚且不能復仇，深深教人痛心啊！』劉備痛徹心扉之言，先生有感？」話題轉到「劉備伐吳」。

「閣下可知，劉備這一生，和『火』脫不了關係？」冷笑聲突來一問。

「赤壁之戰，孫、劉聯軍不就是採取火攻，燒掉曹操的八十萬大軍？」吟誦聲附和一問。

「不只如此，劉備和曹操的雙雄初會，也是在一片火光之中。」冷笑聲說，「閣下可還記得，早在打黃巾賊時，劉備驚見一彪打著紅旗的軍馬，一名細眼長髯、面白如霜的書生武將……」

「那人正是曹操！」吟誦聲一拍掌，咦？聲音化出人形，不正是年輕書生的模樣？

「火攻，是一枚關鍵詞。不知那時的劉皇叔是否窺透關竅？」冷笑聲也在化形，化出青衣文士。「多年後，劉備竟在山林茂密的地方紮營，殊不知，此乃兵家之大忌。」

「陸遜火攻，營燒七百里；劉備的復國大業，險些付之一炬。」吟誦聲語帶感傷，搖扇喟嘆：「水能載舟，也能覆舟；火可成事，也會敗事。怒火燒盡九重天，更將燒燬辛苦創建的一切。」

「所以我說，劉備一生成敗，關鍵在『火』。」冷笑聲撚鬚輕笑，「非關戰火、天火，而是滿腔子燒不盡的恨火，敗盡一切。」

「喔？」

「關羽輕慢在先，兵敗身死；張飛仇令智昏，魯莽遇害。閣下不以為，這是一連串的錯誤與偏執？」冷笑聲揮動衣袖，作出結語：「這三兄弟不但一鼻孔出氣，還三腦袋一起冒煙……」

「先生若是劉備，該當如何？」吟誦聲忍不住打斷對方的冷嘲熱諷。

「我會這麼說：『五虎大將，已亡三人，朕尚且不能痛定思痛，深深教國人痛心啊！』」

頭戴綸巾，身披鶴氅，
手執羽扇，乘駟馬車。

第七章

七擒七縱

勤政愛民

建興三年，建寧太守雍闓勾結孟獲造反。牂牁郡太守朱褒、越雋郡太守高定，相繼獻城投降。只有永昌太守王伉不肯叛主，會集忠心百姓，死守永昌城池；但情勢十分危急。

而在後主劉禪繼位，諸葛亮受命主政以來，勤政愛民，事必躬親，奉公守法，慎謀果斷；兩川之民，可說是忻樂太平，夜不閉戶，路不拾遺。軍需器械應用之物，更是無不完備。

人人皆說那天府之國米滿倉廒，財盈府庫。

國家大患

既有實力當後盾，孔明上朝奏議：「臣觀南蠻不服，實為國家大患。臣當自領大軍，前去征討。」

劉禪面有憂色地問：「東有孫權，北有曹丕，如今相父棄朕而去，萬一吳魏來攻，要如何是好？」

孔明要劉禪放心：「東吳剛剛與我國講和，應無異心；若有異心，有李嚴在白帝城，此人之才，不亞於陸遜。而曹丕新敗，銳氣已喪，短期之內，料他不敢輕舉妄動。」

此外，孔明已安排馬超把守漢中重要關口，又留下關興、張苞，分兩軍作為救應。結論是：「保陛下萬無一失。」

於是，以趙雲、魏延為大將，王平、張翼為副將，共計五十餘萬名川兵，在孔明親自領軍下，浩浩蕩蕩，往益州進發。

離間之計

蜀軍和叛軍交鋒後，孔明用計挑撥離間，使高定殺了雍闓、朱褒，提著兩人首級來降，永昌之危迎刃而解。

太守王伉迎接孔明入城，守將呂凱獻上「平蠻指掌圖」，裡面詳細記載深入南蠻後，可以屯兵交戰之處。孔明喜出望外，用呂凱為行軍教授，兼嚮導官，提兵挺進，深入南蠻之境。

正要出兵時，忽報天子差使者前來犒軍，乃為馬謖。

馬謖的哥哥馬良剛過世，馬謖一身素袍白衣，神情肅穆。孔明向來欣賞馬謖之才，特地留馬謖在營帳談話。

攻心為上

孔明問：「我奉天子詔，平定蠻方，久聞幼常高見，望乞賜教。」

馬謖答：「在下有片言，供丞相參考。南蠻憑恃著地遠山險，一直不服天朝統治。今日破他，明日又反；反反覆覆，何時算數？丞相大軍要攻城掠地不難，讓他們表面歸順，也不難；若想使其真心誠意俯首稱臣，還得費一番功夫。想那用兵之道，『攻心為上，攻城為下；心戰為上，兵戰為下』。但願丞相能征服他們的『心』。」

孔明喟然而嘆：「幼常完全知道我在操慮什麼啊！」

深受孔明激賞的馬謖被拜為參軍，隨即跟著蜀兵前進南蠻。

蠻王孟獲

孔明先用激將法，讓趙雲、魏延大敗南蠻的三洞元帥；又布下伏兵，讓王平、關索誘敵，引出南蠻王孟獲。

兩軍對陣，王平橫刀出馬。只見門旗開處，數百名南蠻騎將兩勢擺開。中間的大個子孟獲，頭頂嵌寶紫金冠，身披纓絡紅錦袍，腰繫碾玉獅子帶，腳穿鷹嘴抹綠靴，騎一匹捲毛赤兔馬，懸兩口松紋鑲寶劍，昂然四顧，對左右蠻將說：「人皆說諸葛亮善於用兵。如今觀此陣，旌旗雜亂，隊伍交錯；刀槍器械，無一可能勝過我，才知道全是江湖謠傳。早知如此，我多年前就該造反。誰敢去擒下蜀將，以振我軍威？」

話未說完，孟獲部將忙牙長拎一口截頭大刀出場，直挑王平；王平假裝戰敗，引南蠻王孟獲深入峽谷，再由張嶷、張翼兩路追趕，王平、關索回馬夾攻。孟獲抵擋不住，最後被「伏將」魏延生擒活捉。

心中不服

武士將孟獲前推後擁，押至帳前跪下。

孔明問：「先帝待你不薄，何故背反？」

孟獲大聲說：「我世居此處，是你們無禮，侵犯我的土地，怎麼可以說是我反叛？」

孔明又問：「如今你被我所擒，心服否？」

孟獲答：「山僻路狹，誤遭你的算計，如何肯服？」

孔明說：「你既然不服，我就放你走，怎麼樣？」

孟獲說：「好啊！有種你放我回去，重整軍馬，再決雌雄。你若能再度擒我，我就心服。」

「好！」孔明微笑，點頭，就這樣放了孟獲。

此所謂「一擒孟獲」。

瀘水對峙

重獲自由的孟獲，在瀘水紮寨，請兩洞元帥相助。他怕又中了孔明計謀，只守不戰，要等天熱後讓蜀軍自行退兵。

孔明令軍士在樹林中紮寨，以避暑熱。參將蔣琬看了，向孔明勸諫：「在林中紮寨……不好吧！豈不重蹈昔日先帝敗於東吳的覆轍？倘若蠻兵偷渡瀘水，前來劫寨，且用火攻，如何解救？」

孔明笑答：「公勿多疑。我自有妙算。」

孔明又派馬岱率領三千兵馬從沙河口渡河，繞到蠻兵後方，斷蠻兵糧草，還招降了董荼那、阿會喃等兩洞元帥作為內應。

孟獲堅守瀘江天險，以為萬無一失，每天飲酒取樂。蜀將馬岱半夜偷渡瀘水，奪走元帥董荼那的糧草，絕斷了夾山糧道。孟獲得到消息，怒不可遏，令武士重打董荼那一百大棍，免其一死。

二度被擒

董荼那挨打後，心懷不滿，怨恨難消。這時，好幾位酋長跑來告訴董荼那：「我等雖居蠻方，未嘗敢犯中國；中國亦不曾侵我。如今因孟獲勢力相逼，不得已而造反，想那孔明神機莫測，曹操、孫權都不是他的對手，何況我們這些蠻人？再者，我們都受過孔明的活命之恩，無可為報。不如捨一死命，殺孟獲去投效孔明，如何？」

董荼那問其他也被孔明放回的人：「你們決定如何？」

沒想到眾人齊聲響應：「願往！」

於是董荼那手執鋼刀，帶了一百餘人，直奔大寨而來。正巧孟獲喝得爛醉，董荼那立刻將孟獲綁了去見孔明。

孟獲「心服」了嗎？被手下叛變遭擒，當然不服。孔明帶孟獲參觀蜀營的精兵猛將、糧草器械後，孟獲還是死鴨子嘴硬。

孔明說：「好吧！下回再擒，如又不服，必不輕饒。」居然又大大方方將孟獲釋回。

假獻寶，真刺殺

回寨後，孟獲先清理門戶：在帳下埋伏刀斧手，差心腹之人到董荼那、阿會喃等「叛將」營中，推說孔明有使命傳達，將二人騙到大寨，亂刀殺死，棄屍於溪澗。

緊接著，孟獲敲破腦袋，想出一招「假獻寶，真刺殺」的毒計：讓弟弟孟優率領百餘名蠻兵，帶著金珠、美玉、象牙、犀角等寶貝，前來獻給諸葛丞相；真正的目的：伺機殺了孔明。

別看「搬運寶貝」的蠻兵只有一百多人，個個是青眼黑面、黃髮紫鬚、耳戴金環、髯頭跣足、身長八尺的大力士。

孔明在帳中收到消息，問馬謖是否知道孟優的「來意」？

馬謖笑著回答：「不敢明言。容在下將陰謀寫在紙上，請丞相過目，看看是否合於鈞意？」

孔明看後，哈哈大笑：「擒孟獲之計，我早已差遣完畢。」先後傳喚趙雲、魏延、王平和馬忠入帳，低聲吩咐，切切交代……

同時命人在酒內下藥，讓馬謖、呂凱款待孟優等人，讓蠻子們盡情吃喝，醉到不省人事。

三擒孟獲

盼望佳音的孟獲，等到探子回報：「二大王派我回來密報大王，今夜二更，裡應外合，以成大事。」

當夜，孟獲帶領三萬蠻兵，衝入軍中要捉孔明。進帳後一看，怎麼不見孔明和蜀兵，倒是孟優等蠻兵全部爛醉如泥，躺在地上。

「哎呀！中計！」孟獲趕快救醒孟優等人，想退，來不及了。前方喊聲大震，火光驟起，魏延、王平、趙雲分兵三路殺來，蠻兵大敗。孟獲一人逃往瀘水，卻被馬岱派去假扮蠻兵的士兵截獲，押見孔明。

孔明邊搖羽扇邊問：「你的詐降之計，如何瞞得過我？這一回，你是服？還是不服？」

「不服！當然不服！」孟獲說，「這次是我弟弟孟優貪圖口腹之欲，飲酒誤事，教我怎麼服氣？」

「好吧！我就放你回去，整軍再戰。你可要小心在意，勤攻韜略之書，善使親信之士，早用良策，勿生後悔。」

於是，孔明第三次放了他。

牌刀獠丁軍

孟獲忿忿回到銀坑洞中，差遣心腹帶著金珠寶貝，前往八番九十三甸等蠻方部落，借了數十萬牌刀獠丁軍，來戰蜀兵。

孔明如何因應？頭戴綸巾，身披鶴氅，手執羽扇，乘駟馬車，左右眾將簇擁而出。只見那孟獲穿犀皮甲，騎赤毛牛。牌丁兵個個赤身裸體，披頭散髮，畫著鬼臉，像野人般朝蜀營衝殺而來。孔明反而下令全軍撤退，關閉寨門不戰，等待時機。

數日後，蠻兵威勢已減，孔明出奇兵夾擊，孟獲大敗，逃到一棵樹下，見孔明坐在車上，呵呵大笑：「蠻王孟獲大敗至此，我已等候多時了！」

孟獲氣不過，帶著數騎蠻兵，衝過去要將孔明「碎屍萬段」，不料掉入陷坑，反被擒獲。

這一回如何呢？

死不瞑目

孔明又問：「你四度被我擒捉，有何話說？」

孟獲別開臉，怒道：「我是誤中詭計，死不瞑目！」

「想死？我成全你。」孔明命武士將孟獲推出去斬首。沒想到孟獲全無懼色，回瞪孔明，撂下狠話：「若敢再放我回去，我一定報四度被你擒捉之恨。」

孔明聽了大笑，令左右為孟獲鬆綁，賜酒壓驚，好奇地問：「我四度以禮相待，你為何依然不服？」

孟獲說：「我雖是化外之人，直來直往慣了，喜歡正面對決，不似丞相專施詭計，教我如何肯服？」

孔明笑著說：「好吧！我再放你一次，等你準備好了，再來一戰。若又被我擒住……」

「保證心服口服！」孟獲答得爽快。

五度五關

孟獲拜謝離去，和弟弟孟優會合，一起去向禿龍洞洞主朵思大王求援。

朵思慷慨應允，正要和孟獲率兵直衝蜀寨，探子來報：銀冶洞二十一洞主楊鋒率領三萬精兵前來助戰。

「太好了！鄰兵助我，我軍必勝！」孟獲大喜，設酒宴招待楊鋒，不料酒至半酣，楊鋒的部下突然將孟獲擒住。

孟獲大驚失色：「所謂『兔死狐悲，物傷其類』。我與你皆是各洞之主，往日無冤，何故害我？」

楊鋒說：「你錯了！我一門兄弟子姪都受過諸葛丞相活命之恩，無以為報。只好抓你獻給丞相。」

孟獲心服了嗎？

他照樣嘴硬：「不是你厲害，是我洞中之人，自相殘害，以致如此。要殺便殺，我就是不服！」

見孔明微笑不語，厚臉皮的孟獲再加碼：「在我的地盤贏我才算贏。有種，你我在銀坑洞決一死戰。」

都已經五度五關……沒關係！諸葛亮還是放他回去。

代夫出戰

孟獲回到銀坑洞，召集宗黨千餘人，又叫妻弟「帶來洞主」去請能驅趕毒蛇猛獸的木鹿大王助戰。正在安排要與蜀軍決戰之時，蜀軍已到洞前。

孟獲慌張不已，善使飛刀的妻子祝融氏不讓鬚眉，自請領兵：「既為男子，有什麼好怕？我雖是一婦人，願代夫出戰。」

這位祝融氏不簡單：用飛刀傷了蜀將張嶷，將其活捉；又用絆馬索絆倒馬忠，再擒一將。祝融氏本要斬了張嶷、馬忠，被孟獲阻止：「諸葛亮放過我五次，我們現在斬他愛將，是不義之行。姑且囚在洞中，等到擒住諸葛亮，再一起殺了未遲。」

以計還計

翌日，孔明先後派出趙雲、魏延挑戰祝融氏，戰不到數回合，詐敗而逃。祝融氏也非省油的燈，不趕不追，正要收兵回洞時，魏延又跑來率領全軍齊聲辱罵——所有男人辱罵女性的字眼都用上了。祝融氏氣得策馬急追魏延，剛奔入山僻小路，忽聞一聲爆響，祝融氏仰鞍落馬，當場被擒。

原來是孔明以計還計，也用絆馬索，捉了祝融氏，再拿她換回了張嶷、馬忠二將。

木鹿大王

這時，八納洞主木鹿大王駕到：騎著白象，身穿金珠瓔絡，腰懸兩口大刀，好不威風！

翌日出戰，木鹿大王口唸咒語，手搖鈴鐺，忽然狂風大作，飛砂走石，急如驟雨；一聲畫角響，虎豹豺狼，猛獸毒蛇，乘風而出，張牙舞爪，向蜀軍衝殺而來……

這要如何抵擋？蜀軍急忙喊退，蠻兵隨後追殺，一直趕到三江界路。趙雲、魏延收聚敗兵，來孔明帳前請罪，細說此事。

有法有破

孔明笑說：「我在未出茅廬之前，即聽說南蠻有『驅虎豹』之法。你們放心，有法有破。」

翌日再戰，孔明綸巾羽扇，身衣道袍，端坐孔明車上。孟獲指著孔明大叫：「車上坐的便是諸葛亮！快！若能擒住此人，這一戰咱們就贏了！」木鹿大王口中唸咒，手搖鈴鐺。頃刻之間，又是狂風大作，猛獸竄出……但見孔明羽扇一搖，狂風全吹回蠻兵陣中，木鹿大王的「法術」登時破解。

更厲害的在後頭。孔明也有「猛獸」：木製的巨獸，口中噴火，鼻裡冒煙，嚇退了蠻兵的怪獸；孔明驅兵前進，鼓角齊鳴，殺死木鹿大王，迅速占領孟獲的銀坑洞。

詐降之計

翌日，孔明正要分兵緝擒孟獲。忽然得報，孟獲的妻弟擒住孟獲、祝融氏，帶往孔明寨中投降。孔明一聽就知道是「詐降計」，假意應允，安排二千名精壯兵，埋伏在兩廊。等到孟獲一干人等入營，一聲令下，全部捉拿，並搜出這些人身上的兵器。

「你說在你的地盤贏你才算贏，現在如何？你可心服？」孔明還是面帶微笑地問。

「當然不服！這次是我等自己跑來送死，不算你厲害。」孟獲依舊擺出找死的嘴臉。

「喔？」孔明開始沉思，而且，目露凶光。

孟獲趕緊說：「再給我一次機會！你若能第七次擒住我，我就傾心歸服，永不言反。」

「好！你說的喔！如果再食言反覆，定斬不饒！」於是，孔明第六度縱放孟獲。

最後一戰

孟獲的巢穴被孔明攻占，要往何處安身？

帶來洞主建議：「此去東南七百里，有一個烏戈國。國王叫做『兀突骨』，身長二丈，不食五穀，以生蛇惡獸為飯；身有鱗甲，刀槍不入，箭矢不能侵。手下軍士，都穿特殊藤製的鎧甲；這種鎧甲穿在身上，渡江不沉，經水不溼，刀箭皆不能傷。因此稱為『藤甲軍』。大王可前往烏戈國求助。若能得到兀突骨相助，擒諸葛亮勢如利刀破竹。」

果然，孟獲得到烏戈國三萬藤甲軍力挺，得意洋洋來與孔明決戰。刀槍不入要怎麼辦？經水不溼要怎麼解？沒關係！「利於水者必不利於火。」藤甲之所以刀箭不能入，因為是油浸之物，見火必著。孔明因此決定火攻：用油車火藥燒死藤甲軍。

可憐那無數的蠻兵，被火燒得伸拳舒腿，被鐵炮打得頭臉粉碎，橫屍谷中，臭不可聞。

烏戈國大敗，反賊孟獲當然是手到擒來。

七擒孟獲

第七次被擒，孟獲心服了嗎？

只見他率領兄弟妻子宗黨人等，匍匐地上，跪於帳前，肉袒謝罪，垂淚稱臣：「七擒七縱，自古以來不曾有。我孟獲雖是化外之人，也知道禮義，萬萬不是厚顏無恥之徒？」

南蠻既平，孔明班師回國。行至瀘水，忽然狂風大作，暴雨不止，兵馬不能過河。

當地土人告說：「自丞相經過之後，夜夜聽聞鬼哭神號。自黃昏直至天曉，哭聲不絕。瘴煙之內，陰鬼無數。因此為禍，無人敢渡。」

饅頭

孔明說：「這都是我的罪愆。先前馬岱率領千餘名蜀兵，死於水中；後來又殺死南蠻之人，棄屍此處。狂魂怨鬼，不能消釋，以致如此。我今天晚上會親自前往弔祭。」

土人提醒孔明：「必須依循舊例，斬下四十九顆人頭為祭，則怨靈鬼氣自當消散。」

孔明說：「本為人慘死而成怨鬼，豈可又殺生人來祭鬼？我自有主意。」

孔明的「主意」是什麼？命令廚房宰殺牛馬，和麵為劑，塑成人頭，裡面用牛羊肉代替，名為「饅頭」。

當夜在瀘水岸邊，設香案，鋪祭物，列燈四十九盞，揚幡招魂；將饅頭等物，陳設於地。三更時分，孔明金冠鶴氅，親自臨祭，放聲大哭，聲痛言切，情動三軍，眾人皆淚。只見愁雲慘霧之中，隱隱有數千縷鬼魂，隨風而散。孔明立即命令左右，將祭物丟進瀘水之中，水面漸漸回復平靜，大軍方能安然渡河。

凱旋而回

正所謂「鞭敲金鐙響，人唱凱歌還」。蜀軍返回成都，後主劉禪出城三十里迎接，下輦立於道旁，等候孔明。

孔明見主上在路邊「罰站」，慌忙下車，伏道請罪：「臣不能速平南方，使主上懷憂，是臣之罪。」

劉禪扶起孔明，與孔明並車而回，設太平筵，重賞三軍。從此每年有三百多個鄰邦向蜀國進貢。

宮廷鬥爭

這時，北方魏國正在上演「宮廷鬥爭戲」：曹丕從袁紹次子袁熙那裡搶來的甄氏，因為郭貴妃爭寵，漸漸遭到冷落。郭貴妃的野心極大，想要害死甄氏，讓曹丕立自己為后。她與幸臣張韜議出一條毒計：利用曹丕有疾，詐稱在甄夫人宮中掘出一具桐木偶人，上面寫著天子的生辰——什麼意思？詛咒皇帝。

「膽敢詛咒寡人？罪該萬死！」曹丕信以為真，將甄夫人賜死，立郭貴妃為后。

曹丕病薨

殺了甄氏，曹丕的病情有沒有好轉？沒有！反而越來越嚴重。那年五月，曹丕召集中軍大將軍曹真、鎮軍大將軍陳群、撫軍大將軍司馬懿三人入寢宮，指著愛子曹叡，交代後事：「朕已病入膏肓，不能復生。此子年幼，卿等三人，務必要好好輔佐他，不可辜負朕的一片苦心。」

三位大將軍齊聲輸誠：「陛下何出此言？臣等願竭力事奉陛下，直到千秋萬歲。」

曹丕搖頭：「今年許昌城門無故自崩，乃不祥之兆，朕自知死期已至。卿等皆是國家的棟梁。若能同心輔佐曹叡，朕死亦瞑目矣！」

說完這段話，曹丕含淚辭世。得年僅四十歲。

懿亮相爭

曹叡即位，大赦天下；諡父親曹丕為文皇帝，母親甄氏為文昭皇后。封鍾繇為太傅，曹真為大將軍，曹休為大司馬，華歆為太尉，王朗為司徒，陳群為司空……最重要的是，封司馬懿為驃騎大將軍，鎮守雍、涼二州。

孔明得知曹丕病逝的消息，想趁機進攻中原，但顧慮司馬懿的能力，有些猶豫。他曾私下說：「此人深有謀略，如今手握雍、涼兵馬，假以時日，那些軍士訓練有成，必成蜀中大患。」

參軍馬謖獻上一計：「司馬懿雖是魏國大臣，但曹叡生性多疑。何不祕密派人前往洛陽、鄴郡等處，散布流言，說此人想造反？」

孔明接受馬謖的提議，讓人在洛陽等地瘋傳「司馬懿要造反」的流言，藉此削去司馬懿的兵權。

鷹視狼顧

曹叡知道了此事，十分擔心，急召群臣商議。

太尉華歆上奏：「司馬懿上表要求鎮守雍、涼，正是有此禍心。先時太祖武皇帝曾告訴微臣：『司馬懿有鷹視狼顧相，不可付以兵權；久而久之，必為國家大禍。』今日叛心已萌，宜速誅之。」

王朗也參上一本：「司馬懿深明韜略，善曉兵機，素有大志；若不早除，後患無窮。」

「那該怎麼辦？」曹叡拿不定主意，只好再問曹真的意見。

曹真奏請曹叡，以巡視為名，去探司馬懿的真偽。司馬懿不知內情，率領大軍迎接皇上，被視為「擁兵自重，果有反意」。曹叡使將司馬懿的官職削掉，讓曹休接替了他的職位。

出師表

孔明見司馬懿不再掌兵權，上了一道奏表，請求伐魏。

什麼表？千古奇文〈出師表〉：

臣亮言：先帝創業未半，而中道崩殂；今天下三分，益州疲敝。此誠危急存亡之秋也……臣本布衣，躬耕南陽，苟全性命於亂世，不求聞達於諸侯。先帝不以臣卑鄙，猥自枉屈，三顧臣於草廬之中，諮臣以當世之事，由是感激，遂許先帝以馳驅……

這篇「臨表涕泣，不知所云」的文章，讓劉禪有些不知所措。

他翻來覆去，再三拜讀，才說：「相父南征，遠涉艱難；方始回都，坐未安席；而今又急於北征，恐怕……這個恐怕……」

劉禪想說：勞師動眾，加上勞民傷財；就算勞苦功高，也有人因此勞燕分飛。不好吧！

孔明繼續遊說：「臣受先帝託孤之重，夙夜未曾有怠；如今南方已平，暫無後顧之憂；不就此時討賊，恢復中原，更待何日？」

太史譙周也抱持反對意見上奏劉禪：「臣夜觀天象，北方旺氣正盛，星曜倍明，難以撼動。」又看著孔明說：「丞相深明天文，何故強為？」

孔明正色回答：「天道變易不常，豈可拘執於一隅之見？我且先在漢中駐紮軍馬，觀其動靜而後行。」

大軍北伐

劉禪瞻左顧右，沒有人說得過孔明，只好勉為其難同意。

於是，孔明命令魏延、張翼、王平、李恢、馬岱、廖化、馬忠、關興、張苞……等將，跟隨「平北大都督丞相武鄉侯」諸葛亮，率軍出征。

為防東吳趁機來攻，孔明又派李嚴等人把守川口。

廉頗老矣？

建興五年春三月丙寅日，大軍正要出征，忽然衝出一名老將，自動請纓：「我雖年邁，尚有廉頗之勇，馬援之雄。此二人都不服老，丞相為何不用我？」

此人是誰？五虎將中碩果僅存的趙子龍。

「這……」孔明委婉回答：「我平定南蠻回來，驚聞馬孟起病故，心痛不已，以為是上天折我一臂。而將軍年事已高，倘若稍有差池，恐怕動搖一世英名，又減我蜀軍銳氣。」

趙雲厲聲說：「我自從追隨先帝以來，臨陣不退，遇敵則先。大丈夫得死於疆場，又有何恨？願為前部先鋒。」

孔明再三苦勸，趙雲就是不聽，加上一句：「如不教我為先鋒，就撞死於階下！」

孔明嘆口氣：「將軍既要為先鋒，必須跟一人同去。」

那人是誰？足智多謀的鄧芝。

就這樣，孔明辭別劉禪，旌旗蔽野，戈戟如林，以老將趙雲為先鋒，率軍向中原進攻。

迎戰諸葛

曹叡得報，召大臣商議，夏侯淵的兒子夏侯楙為報父仇，要求出戰。

曹叡正打算命夏侯楙為大都督，調關西諸路軍馬前去迎敵。遭司徒王朗反對：「不可。夏侯楙不曾上戰場，要立即付以大任，實非所宜。況且諸葛亮足智多謀，深通韜略，不可輕敵。」

夏侯楙氣得大罵：「司徒莫非勾結諸葛亮，要當蜀國的內應？我自幼跟從父親習學韜略，深通兵法。你百般阻撓，是欺負我年幼？我若不生擒諸葛亮，誓不回來見天子！」

夏侯楙星夜到長安，調動關西諸路軍馬共二十餘萬人，迎戰孔明。

鳳鳴山

夏侯楙陣中，有一名西涼大將韓德，據說有萬夫不當之勇。他的四個兒子，個個精通武藝，弓馬過人。夏侯楙命韓德為先鋒，與蜀軍先鋒趙雲，在鳳鳴山狹路相逢。

韓德出馬，四子列於兩邊，威風凜凜。

韓德指著趙雲大罵：「反國之賊，竟敢來犯吾界！」

趙雲大怒，挺槍縱馬，單挑韓德。韓德的長子韓瑛，躍馬來迎；但戰不到三回合，被趙雲一槍刺死。次子韓瑤見狀，縱馬揮刀殺來。趙雲寶刀未老，抖擻精神迎戰。韓瑤抵擋不住，身陷險境。三子韓瓊，急挺方天戟驟馬前來夾攻。趙雲全無懼色，以一敵二，槍法不亂。

以一敵四

四子韓琪，見二哥拿不下趙雲，揚鞭縱馬，揮舞兩口日月刀而來，圍住趙雲；變成三個打一個。老將趙雲行嗎？沒幾下子，韓琪中槍落馬，被韓德派偏將出來急救回去。

趙雲拖槍回馬。韓瓊按戟，拉弓射箭，咻！咻！咻！連放三箭，都被趙雲撥落。韓瓊大怒，抓緊方天戟，縱馬趕來；卻被趙雲一箭射中面門，落馬而死。

韓瑤怒吼一聲，飛馬舉刀要砍殺趙雲。趙雲棄槍於地，閃過寶刀，一把擒住韓瑤，連拖帶打，捉回陣中；然後傲然四顧，好像不過癮，隨即縱馬取槍，殺向韓德……

韓德眼見四名虎子都敗於趙雲之手：死了三個，活捉了一個，肝膽俱裂，趕緊開溜。西涼兵素知趙雲大名，如今見他英勇如昔，誰敢交鋒？於是趙雲槍馬到處，陣消兵退。這名老將匹馬單槍，往來衝突，如入無人之境。

鳳鳴山之役，曹軍大敗。

為子報仇

翌日，夏侯楙率軍而來，戴金盔，坐白馬，手提大砍刀，立在門旗之下。趙雲呢？躍馬挺槍，往來馳騁，不斷叫陣：「夏侯楙！出來領死！」

夏侯楙正要出戰，被韓德阻止：「此人連殺我四個兒子，如此深仇，豈可不報！」

韓德揮動開山大斧，想要砍死趙雲。趙雲奮勇挺槍迎戰；打不到三回合，槍起槍落，刺死韓德於馬下，又策馬直追夏侯楙。夏侯楙見苗頭不對，慌忙撤退。鄧芝驅兵掩殺，魏兵又敗一陣，連退十餘里下寨。

伏兵之計

夜裡，夏侯楙與眾將商議：「趙雲果真寶刀未老，教人回想起當陽長坂所向披靡的英雄傳說。此人無可匹敵，要如何是好？」

程昱之子，現任的參軍程武獻上一條「伏兵之計」：埋下伏兵，誘使趙雲出戰；趙雲自信天下無敵，一定會上當。

果然，孤軍深入敵陣的趙雲，被魏兵圍困，從辰時殺至酉時，東衝西突，無法脫身。好不容易熬到天黑，趙雲下馬卸甲，準備喘一口氣……忽見四下火光沖天，鼓聲大震，矢石如雨；四面軍馬逼近，八方弩箭交射……趙雲仰天而嘆：「我雖不服老，卻要死於此地！」

這時，東北角上喊聲大起，救星駕到：一支軍馬殺來，為首大將手持丈八點鋼矛，此人是誰？張苞是也；與此同時，另一支勁旅從外而內，衝鋒吶喊，為首大將手提偃月青龍刀，此人是誰？關興是也。兩路人馬殺得魏兵棄戈奔走，四處逃竄。

原來，孔明擔心「老將軍有失」，特地派遣張苞、關興，各領五千名精兵前來接應；此一妙算，解了趙雲「一世英名動搖」之危。

久攻不下

接連兵敗，夏侯楙躲進南安郡，緊閉城門，堅守不出。趙雲、張苞、關興等三路軍馬連番猛攻，圍城十日，還是無法攻城掠地。

孔明來到南安郡，觀察地形，發現此地壕深城峻，易守難攻。便問探子：「此處西連天水郡，北抵安定郡。二處太守，不知何人？」

探子回答：「天水太守馬遵，安定太守崔諒。」

計中有計

孔明點頭，微笑，召集麾下諸將，排布了環環相扣的奪城妙計：

先派人冒充魏將，傳達假密令；將崔諒騙出安定郡，支援南安郡。結果呢？趁機攻下安定郡，逼使郡守崔諒不得已「投降」。

孔明當然知道崔諒不是真降。便讓他去勸南安郡守楊陵來降。崔諒靈機一動，與楊陵、夏侯楙商定「將計就計」：騙蜀將和孔明入城，一舉殺除。

崔諒跑回來告訴孔明「勸降成功」，說楊陵準備半夜獻城。孔明讓崔諒帶關興、張苞入城為內應；崔諒和楊陵的劇本：在城內先斬關興、張苞，舉火為號，引孔明和蜀軍進城，一口氣殺光。

棋高一著

誰棋高一著？

三更時分，崔諒叫開南安郡城門。楊陵到門邊接應，正要進行「引君入甕」計劃——喔不！是引狼入室：刀光一閃，關興一刀斬了楊陵；張苞也一矛刺死崔諒。蜀軍從四面八方湧來，破了城門，活捉了夏侯楙。

天水太守馬遵聽說南安郡有難，正要率領兵馬前去救援時，忽然聽見有人說：「太守中了諸葛亮之計！」

這人是誰？「自幼博覽群書」、「兵法武藝，無所不通」的中郎將姜維。

借計使計

「何以見得?」馬遵不解。

姜維分析利害，借計使計：「諸葛亮的招式很簡單：埋伏兵馬於後，騙我軍出城，乘虛襲擊我方。」

「那要如何因應?」馬遵問。

「要敗諸葛不難！我願請領精兵三千，也埋伏在要路。太守隨後發兵出城，但不可遠去，只消前進三十里便速回；咱們來個『引蛇出洞』，然後起火為號，前後夾攻，可獲大勝。」

馬遵依計而行，果然騙到趙雲攻城，遭受馬遵、姜維兩面夾擊，險象環生；幸虧張翼、高翔兩路人馬及時趕到，趙雲才得以脫身。

調度得當

孔明聽說姜維智敗蜀軍，便親自領兵來到城下，看見城上旗幟整齊，軍士抖擻，不敢輕進。半夜裡忽見火光四起，城上城下喊聲震天，原來是姜維領兵殺來。關興、張苞連忙保護孔明突圍，走了六七里路，孔明回頭看姜維的軍馬在火光中像一條長蛇，不禁感慨地說：「軍不在多，全憑調度得當，方能克敵制勝。姜維真是將才啊！」

如此人才，要殺？要留？都不是，要收！

孔明想出一計：離間，讓俘虜夏侯楙去說服姜維投降，同時派蜀軍放出假消息，說姜維已投降了諸葛亮。果然，夏侯楙在回魏的途中，誤信了蜀軍散布的謠言，便轉往天水郡向馬遵告狀。

收服姜維

當天夜晚，孔明找一名兵士假扮姜維，在天水城下大罵馬遵，並派兵攻城，直到天亮才退。

孔明又派了一支軍馬包圍姜維所在的冀城。城中糧少，食物不夠；孔明算定姜維會想方設法「劫糧」，故意命軍士在城下搬運糧草，引誘姜維出城。

夜裡，姜維果然忍不住誘惑，衝出城搶奪糧車，卻被蜀將張翼、王平的伏兵圍住。兩下夾攻，姜維兵敗，逃回冀城；赫見城上插滿蜀兵旗號，魏延站在城頭，哈哈大笑。姜維奮力殺出生路，匹馬單槍，逃到天水城下叫門。城上守軍看見姜維，一話不說，亂箭射下。姜維有冤無處訴，有苦說不出；仰天長嘆，兩眼淚流，撥馬往長安而行。但走不到數里路，來到一片樹林旁，喊殺聲又起，數千名兵士蜂擁而出，為首大將正是關興。

看見關興的偃月青龍刀，姜維腿都軟了，不敢應戰；回馬想逃，又見孔明從山坡後轉出，頭戴綸巾，身披鶴氅，手搖羽扇，朝姜維一笑。

知遇之恩

怎麼辦？進退無路，姜維只好下馬投降。

孔明拉起姜維的手說：「我自出茅廬以來，遍求賢者，願將平生所學傾囊相授。今遇伯約，心願已成。」

姜維備感知遇，大喜拜謝，矢志效忠。

智取天水

收服了姜維，孔明升帳商議，如何奪取天水？

姜維獻上孔明用來對付自己的「離間計」：天水郡的尹賞、梁緒和姜維私交甚篤，由姜維寫下二封密信，內容為「梁緒、尹賞與姜維勾結，欲為內應」，拴在箭上，縱馬直至城下，射入城中。重點是要讓馬遵「拜讀」。結果如何？馬遵大怒，要殺這二人。尹賞、梁緒被逼上梁山，只好大開城門，迎接孔明入城。

夏侯楙和馬遵呢？棄城而去，投奔羌中。

渭水對峙

蜀軍連下三城，威聲大震，遠近州郡，望風歸降。孔明整頓軍馬，盡提漢中之兵，前出祁山，兵臨渭水。

曹叡命曹真為大都督，郭淮為副帥，司徒王朗為軍師，也來到渭水之西下寨，與蜀軍對峙。

曹真擔心孔明的神機妙算，與王朗、郭淮商議退敵之策。

王朗拍胸脯說：「放心！老夫出馬，只用一席話，管教諸葛亮拱手而降，蜀兵不戰自退。」

這位王軍師，已經高齡七十六歲。

翌日，兩軍對陣。王朗縱馬而出，孔明於車上拱手，王朗在馬上欠身答禮，同時開戰，唇槍舌劍之戰：「久聞先生大名，今日有幸一會。先生既知天命，識時務，何故興無名之兵？」

孔明說：「我奉詔討賊，何謂無名？」

王朗笑說：「天數有變，神器更易，歸於有德之人，此乃自然之理。桓、靈以來，黃巾造亂，天下爭橫；隨即董卓造逆，李傕、郭汜繼虐。袁術僭號在壽春，袁紹稱雄於鄴上；劉表占據荊州，呂布虎吞徐郡。誠可謂盜賊蜂起，奸雄鷹揚，社稷有累卵之危，生靈有倒懸之急。我太祖武皇帝，掃清六合，席卷八荒；萬姓傾心，四方仰德。皆非以權勢取之，正是天命所歸。世祖文帝繼位，神文聖武，以膺大統，應天合人，法堯禪舜，處中國以治萬邦，難道不合乎天心人意？先生蘊大才，抱大器，自比於管樂，為何要逆天理、背人情而行？豈不聞古人云：『順天者昌，逆天者亡』？而今我大魏帶甲百萬，良將千員；想那腐草之螢光，怎比得上天心之皓月？先生何不倒戈卸甲，以禮來降，不失封侯之位，又得國安民樂，豈不是千古佳話？」

罵死王朗

一番「佳話」，說得天昏地暗，草木不驚。

孔明在車上聽得哈哈大笑：「我以為大漢老臣，必有高論，竟然出此鄙言！我有一言，請諸位靜聽：昔日桓靈之世，漢統陵替，宦官釀禍；國亂歲凶，四方擾攘。黃巾之後，董卓、李傕、郭汜等接踵而起，遷劫漢帝，殘暴生靈。只因廟堂之上，朽木為官；殿陛之間，禽獸食祿。狼心狗行之輩，滾滾當朝；奴顏婢膝之徒，紛紛秉政。以致社稷丘墟，蒼生塗炭。我素知你王朗，世居東海之濱，初舉孝廉入仕，理應匡君輔國，安漢興劉；奈何反助逆賊，同謀篡位！罪惡深重，天地不容！天下之人，無不想喝你血，食你肉。幸好天意不絕炎漢，昭烈皇帝繼統西川。我奉嗣君之旨，興師討賊。你既為諂諛之臣，只可潛身縮首，苟圖衣食；豈敢在行伍之前，妄稱天數？皓首匹夫！蒼髯老賊！你就要歸於九泉之下，有何面目見我大漢朝二十四帝？老賊速退！叫那些反臣來與我一決勝負！」

王朗聽完，頭昏眼暗，氣滿胸膛，無話可說，羞愧難當，大叫一聲，撞死於馬下。

正所謂「輕搖三寸舌，罵死老奸臣」。

劫寨，反劫寨

曹真回營，將王朗屍首，用棺木盛貯，送回長安。副都督郭淮認為：「諸葛亮料準我軍治喪，今夜必來劫寨。咱們可分兵四路：兩路兵從山僻小路，乘虛去劫蜀寨；兩路兵伏於本寨外，將前來的蜀軍一網打盡。」

曹真深表贊同：「此計與我相合。」立即傳令喚曹遵、朱讚為先鋒，深夜趁虛劫蜀寨。

孔明怎麼安排？先派趙雲、魏延領兵去劫魏寨。

魏延不以為然：「曹真深明兵法，必定料到我軍會乘喪劫寨。他豈有不提防之理？」

孔明大笑說：「我正是要曹真認為我『必來劫寨』。他會安排伏兵在祁山之後，等我軍過去，『趁虛』來偷襲我的本寨。那麼，究竟是誰劫誰的寨？誰來劫寨？誰行反劫寨……」

孔明又交代關興、張苞、馬岱、王平、張翼、張嶷等將，如此這般，依計行事。

自亂陣腳

夜裡，曹遵、朱讚領兵向蜀營前進。二更時分，遙望山前隱隱有軍馬行動。曹遵握拳讚嘆：「郭都督真是神機妙算啊！」立刻催促魏兵急進。

到了蜀寨，約莫三更。曹遵一馬當先殺入營寨——啊！並無一人，竟是空寨。糟糕！中計！曹遵急忙撤退，朱讚的兵馬也殺到。由於黑暗中看不清楚彼此，逢人就殺，陣腳大亂。等到曹遵與朱讚對上，才知道演變成自相殘殺。

兩人合兵欲退，忽然喊聲大震，王平、馬岱、張嶷、張翼從四面殺來。魏兵潰敗，曹、朱二人帶著百餘騎心腹軍，往大路奔走。又聞鼓角齊鳴，一支軍馬截住去路；為首大將是誰？常山趙子龍！對著二人大叫：「賊將往哪裡去？早早前來受死！」

自相亂殺

曹遵和朱讚嚇得魂飛魄散，奪路而走，但走不了多遠，喊聲又起，魏延攔路，殺得曹、朱二人大敗，拚了命奔回本寨。守寨軍士，以為是蜀兵來劫寨，慌忙放起火號。於是，左邊曹真人馬殺過來，右邊郭淮兵士殺過去，又是一陣自相殘……喔不！應該叫做「自相亂殺」。

「等等！住手！」等到曹真發現情形不對，背後三路蜀兵殺到：中央魏延，左側關興，右邊張苞。手起刀落，左劈右砍，魏兵敗走十餘里。

鐵車兵

鬥不過諸葛亮，怎麼辦？郭淮又向曹真獻上一策：請羌兵助陣。

西羌和魏國淵源頗深。打從曹操時代開始，西羌國王徹里吉，便年年入貢；此番求救，西羌國二話不說，派出「鐵車兵」應戰。

這十五萬大軍，慣使弓弩刀槍蒺藜飛鎚等武器；又有戰車，用鐵葉裹釘，裝載糧食軍器等物。或用駱駝駕車，或用騾馬駕車，故而號為「鐵車兵」。

關興奉命出擊，登高一望，羌兵將鐵車首尾相連，隨處結寨；車上遍排兵器，有如城池一般，非常堅固，蜀軍一時之間難以攻破。

關興、馬岱、張苞三路兵齊進，依舊討不到便宜，敗陣而回。

天降大雪

翌日，孔明也登高觀看：鐵車連絡不絕，人馬縱橫，錚鏦徹響，往來馳驟。孔明再觀天色：彤雲密布，朔風緊急，天將降雪……忍不住呵呵一笑：「如此一來，『鐵車兵』不難破也。」

那時正值十二月，果然天降大雪。姜維率軍迎敵，見到鐵車兵殺來，隨即退走；羌兵追到蜀寨前，姜維又從寨後溜去。

此時，寨內傳出鼓琴之聲，四壁空豎旌旗，不見人影。西羌大將越吉心疑，不敢輕進。雅丹丞相卻說：「此為諸葛亮詭計，虛設疑兵，他好從容撤退。」

越吉率兵攻至寨前，忽見孔明攜琴上車，一副要開溜的模樣。羌兵搶入寨柵，追過山口，見那小車隱隱轉入林中去了。雅丹說：「瞧！就算有埋伏，也不足為懼。」

計破羌兵

於是，西羌大軍全力追趕。山路被雪漫蓋，一望平坦。急行之間，探子來報，有一小股蜀兵自山後殺出。雅丹撇嘴笑說：「縱有些小伏兵，何足懼哉！」只顧催促兵馬，往前進發。忽然一聲巨響，如山崩地陷，羌兵都落進坑塹之中；背後鐵車跟得緊溜，收止不住，一起落坑，自相踐踏。殿後的兵馬急欲回轉，右邊張苞，左邊關興，兩軍衝出，萬弩齊發。又有姜維、馬岱、張冀三路兵殺到。鐵車兵亂成一團。越吉元帥往後方山谷間奔逃，遇上關興；交戰一回合，被關興舉刀砍死於馬下。雅丹丞相也被馬岱活捉，押往孔明的中軍大寨。其餘的羌兵四散逃竄。

不過，孔明不殺雅丹，反而賜酒壓驚，好言撫慰：「我主乃大漢皇帝，如今命我討賊，你為何反助叛逆？我且放你回去，而今而後，但願你我二邦，永結盟好，勿聽反賊之言。」

雅丹深感其德，再三拜謝而去。

孔明率領的蜀軍，日夜兼程，進駐祁山大寨。

司馬復出

魏兵連敗，曹叡十分驚慌，召集文武百官商議對策。

華歆上奏：「須是陛下御駕親征，大會諸侯，將士用命，方可退敵。不然，若是長安有失，關中陷危。」

曹叡一聽，眉愈愁，臉更苦。

太傅鍾繇建言：「凡為將者，知過於人，則能制人。孫子云：『知彼知己，百戰百勝。』曹真雖然是沙場老將，終究不是諸葛亮對手。臣以全家性命保舉一人，可退蜀兵。未知聖意如何？」

曹叡忙問：「有何賢士，可退蜀兵？快說！」

鍾繇說：「諸葛孔明此生最忌憚的對手：驃騎大將軍司馬懿。」

曹叡神色一變：他沒忘記老爸曹丕臨終時的諄諄告誡：「兒啊！你祖父說，那司馬懿有翼，遲早要高飛。此人可用，但不可重用。」

只是，病急了，能不「投懿」嗎？

曹叡搖頭嘆息，哀怨一問：「仲達賢卿現在何處啊？」

於是，曹叡重新起用司馬懿，並親自到長安城坐陣督戰。

決定天下大勢的最終戰：懿亮之爭，就要轟轟烈烈展開。

向壁之七

「想那孟獲，敗而不服，一連七敗，臉皮實在是厚如城牆啊！」吟誦聲，或者說，年輕書生，談起了孔明「七擒孟獲」的事蹟。

「攘外必先安內。誰也不想前門拒虎，後院有狼，過著腹背受敵、膽戰心驚的日子。何以『五月渡瀘，深入不毛』？孔明的確有其不得不為的處境。」冷笑聲，也可說是青衣文士的注解。

「所以，先生也認為，讀〈出師表〉不哭者，其人必不忠？」年輕書生輕揮羽扇。

「哭什麼？哭『先帝』劉備意氣用事？哭『陛下』劉禪昏懦無能？哭自己肝膽愚忠？那篇〈出師表〉，不像是寫給阿斗的諫言，倒像是一封穿越時空的奏表。」冷笑聲的語氣，又變得尖銳、冷酷。

「喔？向誰表奏？」

「短短一篇文章，出現了十三次『先帝』，卻只有七個『陛下』；我想，孔明誠惶誠恐獻上〈出師表〉時，眼前所見，心中所想，恐怕不是那扶不起的阿斗，而是三顧茅廬的劉備。」青衣文士撇嘴而道。

「曾經同榻而睡，整夜長談，共同編織風雨飄搖的淑世之道，大漢天下的未來藍圖。」年輕書生說得如痴如醉，「從隆中對、新野一戰，到赤壁大勝、占荊奪蜀、漢中稱王，孔明協助劉備，一步步接近看似遙不可及的夢想……」

「咳咳！看來，那孔明『臨表涕泣』，閣下倒是『不知所云』了。」青衣文士又放出箭矢般的冷笑，「你忘了，劉備只圖私仇，不顧大局？臨死前再來一手『若嗣子可輔，則輔之；如其不才，君可取而代之。』逼孔明表態效忠，他在圖什麼？大漢天下？還是他劉家的私利？」

「這……孔明終究是一代賢臣，他的『鞠躬盡瘁，死而後已』，不足以回天興漢？」年輕書生還是想為漢家正統說兩句好話。

「你不知道，結局已定？」一盆冷水，兜頭蓋腦澆下：「蜀漢亡國，只是時間的問題。」

孔明坐在城樓上，
笑容可掬，焚香操琴。
左有一童子，手捧寶劍；
右有一童子，手執麈尾。

第八章

空城計

孟達策反

李嚴的兒子李豐來到祁山大寨，求見孔明，說孟達在關羽被害之時，投降魏國，情非得已。如今呢？孟達願與金城、新城、上庸三郡的兵馬聯合攻取洛陽，也請孔明發兵攻打長安。

孔明聽了，當然高興。就在此時，探子來報：曹叡親自出征，已駕臨長安；司馬懿更是恢復官職，加封平西都督。

孔明大驚失色，急忙修書一封，快馬交給孟達，要他行事隱密，小心提防司馬懿。

不料孟達哈哈一笑：「人言孔明多心，果不其然！」並回信說，等到司馬懿知道他造反，再報奏魏帝行動，至少需要一個多月的時間。到那時，他早已和諸葛丞相一起慶功了。

孔明看了，將信丟在地上，頓足搥胸，嘆聲連連：「唉！孟達必定會死在司馬懿的手上。」

攻其不備

馬謖問：「怎麼說呢？」

孔明：「兵法云：『攻其不備，出其不意。』誰會給你一月之期？曹叡既然委任司馬懿，逢寇即除，何待上奏？依我之見，不須十日，司馬懿的大軍就會殺到，給孟達一個措手不及。」

孔明雖然心知不妙，還是叫人再去叮嚀孟達小心行動。

這時的司馬懿剛得到皇帝宣召，正要風風火火起兵。有人密報，孟達要造反。司馬懿見事急，便下令軍隊急行軍，一天趕兩天的路，殺向新城。又派參軍梁畿先去假傳軍情，穩住孟達：「司馬都督今奉天子詔，發起諸路軍對抗蜀兵。太守可集本部軍馬聽候調遣。」

「喔？都督何日起程？」孟達喜孜孜問。

「此時已離宛城，往長安去了。」梁畿笑瞇瞇答。

好！太好了！大事成矣！孟達於是完全不防備司馬懿，與金城太守申儀、上庸太守申耽約定同時舉事。沒想到申儀、申耽另有所圖，假裝同意；而在司馬懿兵臨城下時，申儀、申耽騙開了城門，引進司馬懿的軍隊，攻下新城，孟達也被申耽刺死。

先斬後奏

立下功勞的司馬懿，進長安向曹叡報告平亂之事。只見他趴在殿前，惶恐輸誠：「臣聽聞孟達謀反，急欲表奏陛下，又怕往來費時，貽誤軍機。故不待聖旨，星夜而去。若是等待陛下宣旨，只怕又要中了諸葛亮之計。」

「又要」二字刻意拖慢拉長。

曹叡怎麼回應？當然不能，也不敢怪罪司馬懿，反而賜司馬都督金鉞斧一對，允許他以後遇急事，可先斬後奏。

司馬懿又選了右將軍張郃為前部先鋒，二十萬大軍威武出長安，要來和孔明決一死戰。

咽喉要道

孔明知司馬懿必定攻取街亭，藉以切斷蜀軍的咽喉要道，便問：「誰敢引兵去守街亭？」

馬謖自告奮勇前去。孔明看著馬謖，面有難色：「街亭雖小，關係重大。萬一失守，我大軍恐將覆沒。你雖深通謀略，但是此地沒有城郭，又無險阻，守之極難。」

馬謖傲然而道：「我自幼熟讀兵書，頗知兵法。怎可能守不住一個小小的街亭？」

孔明說：「司馬懿非等閒之輩；更有先鋒張郃助陣，此人是魏國名將，不能等閒視之。」

馬謖照樣鐵齒：「休道司馬懿、張郃，便是曹叡親自前來，有什麼可怕！此番我若有閃失，全家問斬。」

孔明說：「軍中無戲言。」

馬謖回：「願立軍令狀。」

都已賭上性命，孔明一時間也找不到反對的理由。但還是不放心，於是令王平與馬謖同去，又派高翔、魏延領一萬名兵馬隨後支援。

拒諫失街亭

馬謖、王平率軍來到街亭，看了地勢，王平堅持要照孔明的指示「當道紮寨」，馬謖卻要「山上屯軍」。兩人起了一番爭論。

王平問：「如果魏兵驟至，四面包圍，要怎麼辦？」

馬謖說：「兵法有云：『憑高視下，勢如劈竹。』要是魏兵敢來，我定殺他個片甲不留！」

王平又問：「倘若魏兵阻斷我汲水之道，又當如何？」

馬謖說：「孫子云：『置之死地而後生。』如果魏兵真的絕我汲水之道，蜀兵豈不死戰？以一可以當百。我素讀兵書，腹中韜略豈是你能窺透？丞相有事尚且問我，你憑什麼阻撓？」

屢勸不聽，王平只好自領五千兵馬，離山十里處下寨；同時將寨營分布畫成圖本，星夜差人去呈稟孔明。

司馬懿聽說馬謖屯軍山上，哈哈大笑：「這個馬謖啊！徒有虛名，其實是一介庸才！孔明重用如此人物，如何不誤事！」

司馬懿立刻發兵圍住馬謖，又派張郃包圍王平，阻斷山上水源。蜀軍亂了陣腳，街亭因此失守。

蜀軍陷危

孔明自從派任馬謖去守街亭後，一直心神不寧。左右忽然來報，王平遣人送來街亭寨營分布圖。孔明攤開一看，差點昏倒：「這馬謖……如此無知，我軍就要，不！怕是已經陷危了。」

長史楊儀說：「我雖不才，願意去接替馬幼常。」

來不及了！這時飛馬來報：街亭已失。

孔明跌足長嘆：「大事去矣！都是我的過錯啊！」急忙召喚關興、張苞，吩咐對策：「你二人各領三千精兵，往武功山小路而行。如遇魏兵，不可力敵，只消鼓譟吶喊，故布疑陣。他們會驚嚇離開，但千萬不可追。等魏軍退盡，趕快前往陽平關。知道嗎？」

又命令張翼率軍，先去修理劍閣棧道，留下一條讓蜀軍可以安然撤退的歸路。

彈琴退仲達

孔明分撥已定，先帶著五千兵馬，退去西城縣搬運糧草。忽然飛馬來報，說司馬懿率領十五萬大軍，往西城蜂擁而來。這時，孔明身邊並無大將，只有一班文官，所謂「五千兵馬」，已分了一半運糧草去了，只剩二千五百人在城中。眾官聽到這個消息，無不大驚失色。

孔明登城一望，果然，塵土沖天，魏兵分兩路喊殺而來。孔明不慌不忙傳令：掩藏旌旗，嚴守城鋪，如有妄行出入，及高聲言語的人，立斬；同時大開四門，每一門上派用二十名軍士，扮作百姓，灑掃街道。一旦魏兵來到，不可擅動，我自有妙計。

孔明有什麼計？赫赫有名的「空城計」。

只見他披鶴氅，戴綸巾，帶著二名小童，攜琴一張，在城上敵樓前，憑欄而坐，焚香操琴。

司馬懿的前軍哨來到城下，見了如此模樣，心生懷疑，不敢冒進，急忙回報司馬懿。

司馬懿笑而不信，喝令三軍停步，自己騎著飛馬，從遠處觀望。果然，那可惡的孔明坐在城樓上，笑容可掬，焚香操琴。左有一童子，手捧寶劍；右有一童子，手執麈尾。城門內外有二十餘名百姓，低頭灑掃，旁若無人。

司馬懿看了看，想了想，又閉眼聽了聽：啊！多麼悠揚淡定的曲調，彈得好！彈得好啊！咦？不對！此間有詐。司馬懿眼一睜，便來到中軍，教後軍作前軍，前軍作後軍，往北山路撤退。

次子司馬昭不解地問：「莫非諸葛亮沒有軍馬，故作此態？父親為什麼急著退兵？」

司馬懿搖頭，神情驚恐地說：「諸葛亮平生謹慎，不會弄險。如今大開城門，料有埋伏。我若輕進，必中其計。你們這些小輩哪裡知道孔明的心機？退！快退！」於是原可甕中捉鱉的兩路大軍立刻作鳥獸散。

神鬼莫測

孔明覷望魏軍遠去，撫掌而笑。那一班文官早已嚇得一身冷汗，忍不住問孔明：「司馬懿乃魏國名將，統領十五萬精兵到此，見了丞相，卻急忙退去，是何緣故？」

孔明說：「此人料我生平謹慎，不會弄險；看見我從容自得模樣，懷疑我設下伏兵，所以嚇退。我非行險，實在是不得已才玩這一手。而且，料想此人必率軍朝山北小路而去。我已令關興、張苞二人在那裡等候。」

眾官聽了，無不驚服：「丞相之機，神鬼莫測。若依我等之見，一定會棄城而走。」

孔明說：「我方只有二千五百名兵馬，即使棄城而走，能跑多遠？能不被司馬懿的大軍擒捉？」

所謂伏兵

司馬懿在往山北路的撤軍途中，忽然聽見山坡後方喊殺連天，鼓聲震地。司馬懿吐吐舌頭，對司馬昭說：「看見沒？這就是『伏兵』。我若不走，或走得太慢，就要中諸葛亮之計了。」

只見大路上一支軍馬殺來，旗上大書：「右護衛使虎翼將軍張苞」。魏兵嚇得棄甲拋戈而走。走不到一里路，山谷中喊聲震地，鼓角喧天，前方又見一杆大旗，上面寫著：「左護衛使龍驤將軍關興」。一時間，山谷迴聲不絕，教人猜不透究竟有多少蜀兵。早已膽戰心驚的魏軍，哪裡敢久停，慌忙丟下輜重器物，奪路而逃。

自嘆不如

關興、張苞有沒有乘勝追擊？沒有！他們謹遵孔明的將令，只撿了遍地的軍器糧草，凱旋——喔不！該說是豐收而歸。

後來，司馬懿知道那西城原來是一座空城，長嘆了口氣，對司馬昭說：「兒啊！為父不如孔明啊！」

揮淚斬馬謖

論功行賞，有罪呢？該不該罰？

蜀軍之敗，敗在街亭失守；而關鍵之失，便要落在馬謖頭上。

馬謖捆綁自己，跪在帳前，請求發落。

孔明氣得渾身顫抖，怒罵：「幼常啊！你自幼飽讀兵書，熟諳戰法。我一再叮嚀告誡，街亭是我軍根本，不能有失。你以全家之命，領此重任。若是早聽王平建言，豈有此禍？如今我方敗軍折將，失地陷城，都是你的過錯啊！我若不明正軍紀，何以服眾？」

馬謖哭著說：「丞相視我如子，我以丞相為父。我之死罪，實已難逃；願丞相明軍紀，用正典，馬謖死而無憾！」

孔明流著淚，命左右將馬謖推出轅門之外斬首；同時想起劉備在白帝城臨終時所說：「馬謖言過其實，不可大用。」感到自責不已。

自降三級

回成都後，孔明上表章自降三級。劉禪只好下詔，貶孔明為右將軍，代理丞相職務，仍舊統領軍馬。

曹叡想要「一舉消滅」蜀國，司馬懿卻認為暫時不宜用兵，但為防孔明反撲，向曹叡推薦大將軍郝昭鎮守陳倉道口，以防蜀軍「暗渡陳倉」。

這時，揚州大都督曹休上表，說東吳鄱陽太守周魴願獻郡投降，並且獻上了滅吳的計策。曹叡便令司馬懿、賈逵去幫助曹休，對付東吳。

曹休懷疑周魴是假降。周魴幾次拔劍，要自殺以明志，都被曹休抱住。周魴又將頭髮割下，表示忠心。曹休這才放下疑心，接納周魴，指揮大軍前進，想要「一舉消滅」東吳。

請「軍」入甕

原來周魴真的是假降。與此同時，孫權令陸遜領兵，和朱桓、全琮分三路進兵，到揚州等魏軍「入甕」。

曹休按照周魴的指點，將兵馬帶到石亭。吳將徐盛正面迎敵，陸遜、朱桓、全琮的三路軍，立即將魏軍團團圍住，連番猛攻。魏軍大敗。曹休逃出來再要找周魴「算帳」時，已不見人影。

陸遜奪了魏軍的糧草輜重，大勝而回。為了「一舉消滅」魏國，陸遜上表奏請孫權，修書給蜀國，約蜀國趁魏國大敗之時，出奇兵進中原，讓曹叡首尾不能兼顧。

「嗯，好計！」孫權同意了。

五虎殞落

孔明接獲孫權書信，十分振奮，正準備再出兵攻打魏國時，忽然吹起一陣大風，吹折了庭前一株松樹。孔明心頭一驚，占上一卦：「哎呀！不妙！卦象顯示，我軍將折損一員大將！」

這時趙雲的兒子趙統、趙廣前來求見孔明，孔明當場擲卦於地，大叫一聲：「啊！子龍休矣！」

果然，二子跪拜哭倒，報說父親趙雲昨夜病死。孔明非常傷心，哭著說：「子龍身故，國家損一棟梁，我斷去一臂啊！」

劉禪聽到趙雲去世，放聲大哭：「朕年幼時，若非子龍捨命救駕，早就死於亂軍之中！」隨即下詔，追贈趙雲為大將軍，謚順平侯，敕葬於成都錦屏山之東；建立廟堂，四時享祭。

只是，匡復漢室的五大支柱——五虎上將，先後殞落，預寫了「出師未捷身先死」的一代悲劇。

後出師表

孔明再上〈出師表〉，痛陳「漢、賊不兩立，王業不偏安」，也表明「寢不安席，食不甘味」、「鞠躬盡瘁，死而後已」，一代忠臣的志節與氣度。

劉禪看了，深受感動，下令孔明出師。孔明起兵三十萬，以魏延為先鋒，直奔陳倉道口。

魏國如何因應？大將軍曹真推薦隴西猛將王雙為先鋒。此人有多猛？據說能使六十斤大刀，騎千里征宛馬，開兩石鐵胎弓，暗藏三個流星錘——重點是，百發百中。

曹叡召王雙上殿一看——赫！身長九尺，面黑睛黃，熊腰虎背，果然有萬夫不當之勇。曹叡哈哈大笑：「朕得此大將，有何慮哉！」立刻贈王雙錦袍金甲，封為虎威將軍前部大先鋒。曹真則為領軍抗蜀大都督。

襲擊祁山

蜀軍連攻陳倉二十餘天，卻在悍將郝昭的力守之下，遲遲無法攻克。這時，王雙率兵趕來支援陳倉，連傷蜀軍幾員大將。內有悍將固若金湯之守，外有猛將無堅不摧之攻；一時之間，連孔明也感到頭痛。

姜維及時獻計：「陳倉城池堅固，郝昭守禦甚密；又得王雙相助，實不可取。不如派一員大將，依山傍水，下寨固守；再令良將把守要道，以防街亭之攻。其實呢，大軍迂迴轉進，襲擊祁山。如此如此，這般這般……或許擒賊擒王，可以捉拿曹真喔！」

孔明依計而行：命王平、李恢，引兵嚴守街亭小路；魏延率一路軍固守陳倉口。又教馬岱為先鋒，關興、張苞為前後救應，循小徑，出斜谷，神不知鬼不覺，往祁山進發。

密使傳信

與此同時，姜維派密使傳信給曹真，說他願意重回魏國，立功贖罪；唆使曹真詐敗誘敵，並約定以燒糧草為暗號，大破蜀軍。

曹真信以為真，派費耀率領五萬兵馬，前去蜀軍必經之地斜谷道，準備擒捉孔明。

費耀的軍隊進了斜谷，依循詐敗、追趕二部曲行事，追了蜀軍一天一夜，疲勞萬分，剛剛歇腳，正要埋鍋造飯，忽然聽見鼓角喧天，喊聲震地。兩軍殺出，左為關興，右有張苞。山上矢石如雨，朝魏軍射來。費耀心知中計，眼見難以脫身，便自刎而死。

曹叡得知蜀兵又出祁山、曹真損兵折將的消息，十分驚慌，急忙召來司馬懿，問如何擊退蜀兵。

退兵之計

司馬懿笑笑說：「臣已有退諸葛亮之計。不用魏軍揚武耀威，蜀兵自然會撤退。」

「喔？如何退敵？賢卿快說！」曹叡面有喜色。

「不必迎戰，只宜堅守。山路崎嶇，那蜀軍搬運糧草困難；只要我軍臨危不亂，固守城池，蜀軍糧盡自退。」司馬懿則是面露得意之色。

曹叡依照司馬懿的意見，命曹真用心防守，不要輕易進攻。郭淮則令王雙常在小路巡邏，使蜀軍不敢運糧。孫禮又獻計率軍偽裝運糧，車上裝滿乾柴、硫磺等易燃爆炸物，誘蜀軍前來劫糧，再發兵突擊，即可大獲全勝。

曹真聽了，喜不自勝，連說：「此計甚妙！甚妙！」

劫糧、劫寨

但孔明洞悉了孫禮的陰謀：蜀軍若去劫糧，魏軍必來劫寨。於是將計就計：令馬岱前去假劫糧，真燒車；馬忠、張嶷去對付伏兵；吳班、吳懿截殺魏兵；關興、張苞直搗魏兵營寨。

當夜二更，馬岱率領三千兵馬而來，見到魏軍車仗，重重疊疊，攢遶成營，車上虛插旌旗。當時吹起西南風，馬岱的人馬立刻放火，車仗全燃，火光沖天。孫禮以為是蜀兵誤中圈套的號火，急忙率兵掩殺而至。沒想到背後鼓角喧天，馬忠、張嶷的兩路兵殺來，把魏軍圍在垓心。孫禮大驚失色，又聽見馬岱人馬的喊聲湧至，內外夾攻，造成魏兵大敗。火緊風急，人馬亂竄，死傷無數。孫禮帶著殘兵餘勇，突煙冒火而逃。

老巢失守

負責「劫蜀營」的魏將張虎與樂綝，望見火光，大開寨門，直朝蜀寨殺來，卻闖入一座空寨，四下不見一人。「不好！快退！」還來不及收兵，吳班、吳懿兩路軍馬殺出，斷了魏軍歸路。張、樂二將好不容易衝出重圍，奔回本寨，只見土城之上，箭如飛蝗，魏軍死傷慘重。二人定神一看，原來老巢已被關興、張苞襲奪。

嚐到了厲害，曹真下令魏兵從此退回大寨，再也不敢出戰。

乘勝退兵

蜀軍大勝，孔明有沒有乘勝追擊？情況剛好相反，孔明見軍中斷糧，反而趁魏軍不敢輕舉妄動，下令退兵。

在退兵過程中，唯一的麻煩是在陳倉道口擋道的王雙。孔明想了一條妙計，密令魏延，在蜀軍撤退時殺了王雙。

怎麼做？魏延忽然在二更拔寨，急忙退回漢中。王雙知情後，發動大軍，全力追趕。眼看魏延旗號在前，就要追上，王雙興奮大叫：「魏延休走！」這時，背後魏兵也在叫：「哎呀！咱們營寨起火，恐中敵人奸計。」王雙勒馬回頭，赫！一片火光沖天，趕快下令退軍；才剛到山坡左側，林中忽然竄出一騎戰馬，馬上將軍大喊：「魏延在此！」王雙一個措手不及，被魏延一刀砍死。

出其不意

此計妙在何處？出其不意。

原來，魏延受命，先安排三十名騎兵，埋伏在王雙營邊；等到王雙起兵追趕蜀軍，偷偷去王雙營中放火。王雙眼看大功告成，料不到背後著火；待他急於回寨，魏延突然衝出來，趁王雙不及回神，一刀斃命。

與此同時，蜀兵已一夜撤盡，只剩一座空營。

曹真知悉王雙被斬，傷感不已；想通了孔明的盤算，非常後悔錯失戰機，以致憂心成疾，便回到洛陽養病去了。

孫權登基

而在孫權這邊，有細作回報：「蜀國諸葛丞相兩度出兵，重創魏軍，大都督曹真兵損將亡。」

群臣紛紛表奏，勸吳王興師伐魏，以圖中原。孫權正猶疑未決，張昭進言：「近來聽聞武昌東山，有鳳凰來儀；大江之中，黃龍屢現。主公德配唐虞，明並文武，可即皇帝位，然後興兵。」

孫權想想，連阿斗都可以當皇帝，我又何必多讓？

於是選定夏四月丙寅日，築臺於武昌南郊，在群臣恭請下，登壇即位，改黃武八年為黃龍元年。謚父親孫堅為武烈皇帝，母親吳氏為武烈皇后，兄孫策為長沙桓王。立子孫登為皇太子。又命諸葛瑾長子諸葛恪為太子左輔，張昭次子張休為太子右弼。

吳蜀結盟

孫權剛做了皇帝，就想伐魏。張昭認為「與蜀結盟」是徐圖天下的最佳戰略，便奏請孫權派人與孔明商議「合兵滅魏，共分天下」。孫權依從張昭的建言，命使者星夜入川。

劉禪見過吳國使節，隨即遣人去漢中詢問孔明的意見。孔明說可派人帶禮物去東吳祝賀，請東吳派陸遜伐魏，蜀國出兵攻長安。

孔明的「盤算」：如果是陸遜興師伐魏，魏國必定派司馬懿相抗。司馬懿一旦南拒東吳，蜀軍再出祁山，則長安可圖。

各懷鬼胎

可惜，陸遜不上當，向孫權建議：「這是諸葛亮的陰謀。利用我方，牽制司馬懿的大軍，好讓他從中取利。不過，吳、蜀既已結盟，我軍可以虛與委蛇，假裝起兵，等蜀國打敗了魏國，我軍再乘虛進攻中原。」

所謂「合兵滅魏」，徒託空言，兩方都只想占便宜。

陳倉守將郝昭病危，讓孔明精神一振：「哈！大事成矣。」立刻帶著關興、張苞日夜急行，拿下了陳倉。又令姜維、魏延乘機攻下散關，建威城，引大軍再出祁山。

只須防蜀

曹叡怕東吳趁亂進攻魏國，急忙召司馬懿商議軍情。

司馬懿說：「陛下不必防吳，只須防蜀。」

曹叡問：「喔？請道其詳！」

司馬懿說：「諸葛孔明不是不想吞滅吳國，他擔心中原乘虛攻打蜀國，故而暫時與吳結盟。陸遜當然知其意，假作興兵，虛應了事，實際上呢，是坐觀蜀國的成敗。」

曹叡深感佩服：「高見！卿所言，真乃高見！」再封司馬懿為大都督，總攝隴西諸路軍馬，領兵往長安，與孔明決一死戰。

大破魏兵

蜀漢建興七年，夏四月，孔明在祁山紮下三座大寨，等候魏兵。

司馬懿對必須「速戰速決」的蜀軍只守不戰感到狐疑，隨後聽說武都、陰平正在鏖戰，心生一計：派郭淮、孫禮率五千兵馬，繞到蜀軍背後襲擊，教蜀軍自亂陣腳。

沒想到，二人率軍正在趕路，探馬突然來報：「陰平已被王平打破，武都亦被姜維奪去。」

不對！二人決定退兵。忽然一聲炮響，山後閃出一支蜀軍，大旗上寫著：「漢丞相諸葛亮」。中央一輛四輪車，孔明端坐於上；左有關興，右有張苞，千軍萬馬，嚴陣以待。

郭淮、孫禮嚇得魂不附體。背後喊殺連天，王平、姜維也領兵殺來。關興和張苞，則從正面挺進。兩下夾攻，魏兵大敗。

張苞受傷

郭、孫二人棄馬爬山而逃。張苞策馬趕來，死追不放；不料連人帶馬，摔入深澗。蜀軍急忙將張苞救起，人已重創，頭破血流。孔明只好派人將張苞送回成都養傷。

司馬懿知道自己「智不如人」，下令僥倖逃回的二人「緊守雍、郿二城，切勿出戰」。但心裡著實不服氣。他想到孔明得了武都、陰平，必然會先入城安撫百姓，而不在營中……

天賜良機？

嘿嘿嘿！真是天賜良機哪！

念頭一動，司馬懿又令張郃、戴凌去劫蜀營。結果呢，孔明早有準備，魏兵大敗而回。司馬懿敲敲自己的腦門，唉聲嘆氣：「孔明真是神人啊！我不如他，真的是不如他！」隨即傳令，大軍撤回本寨，堅守不出。

劉禪知道孔明連勝魏軍，便又下詔：方今天下騷擾，元惡未梟，君受大任，幹國之重，而久自抑損，非所以光揚洪烈也。今復君丞相，君其勿辭！

恢復了孔明丞相之職。

引蛇出洞

孔明見司馬懿堅守不出，用上一招「引蛇出洞」：命令蜀軍拔寨退兵。司馬懿收到消息，認為此舉「必有陰謀」，也命全軍不可輕動。

魏營派出的探子回報：「孔明離此三十里下寨。」

司馬懿笑說：「瞧！我料準孔明不會走，果然是誘敵之計。」

過了十天，探子回報：「蜀兵又拔營離去了。」

「喔？是嗎？」司馬懿半信半疑，更換衣服，混在軍中，親自一觀：哈！蜀軍又是退三十里下寨。

司馬懿回營對張郃說：「此乃孔明之計也，不可追趕。」是嗎？又過十天，孔明還是玩「緩退兵」的戲碼。張郃忍不住了，表明「願領軍令狀」，也要和孔明決一死戰。

司馬懿只好派張郃、戴凌引副將數十員，精兵三萬人，先行進發，與蜀軍交戰。司馬懿再三吩咐：「為防有詐，你們務必奮力死戰。」

司馬懿自己呢？留下大批軍馬守寨，只帶五千名精兵，隨後接應。

大將殞落

張郃、戴淩的兵馬，果然鬥不過孔明的連番布計，被關興等人打得落花流水。就在魏軍將要兵敗之時，司馬懿的援軍到了——正好中了孔明交給姜維的「錦囊妙計」：若司馬懿的兵馬前來，你二人立刻率兵，直襲司馬懿的大本營。

姜維、廖化依計而行，弄得司馬懿進退兩難，兵荒馬亂，不但丟了營寨，魏軍死傷者眾，遺棄馬匹器械無數。

孔明正要一鼓作氣，再戰司馬懿，成都傳來消息：張苞傷重而死。聽到噩耗，孔明當場放聲大哭，口吐鮮血，昏倒在地。眾人雖將他救醒，孔明卻也因悲傷過度，臥床不起。

祕密撤軍

孔明自知不能理事，不如先回漢中養病。但為防司馬懿的追兵，於是傳下號令，在夜裡偷偷拔寨，神不知鬼不覺撤回漢中。

等到司馬懿得知之時，蜀軍已撤走了五日。

這位仲達先生，未來朝代的開國先皇，忍不住仰天長嘆：「天啊！那孔明真有神出鬼沒之能，我不能及，我不能及啊！」

陳倉古道

建興八年秋天，曹真上表請求伐蜀。魏主曹叡命他為征西大都督，司馬懿為大將軍征西副都督，劉曄為軍師；率領兵馬四十萬人，從長安出發，攻取漢中，並令郭淮、孫禮等人，領軍支援。

孔明見魏軍來攻，心想：「來得好！」命王平、張嶷領一千軍士，前去防守陳倉古道。一千軍士，要抵擋住四十萬大軍？二人覺得就算以一擋百，也難以守住要寨，面面相覷，都不敢去。

孔明笑說：「放心！我夜觀天象，將有長期大雨，魏軍斷然不敢貿然來攻。這段時間，我軍先在漢中安養一個月，等到魏兵撤退，我們再以大兵掩殺。如此以逸待勞，我軍十萬之眾可勝魏兵四十萬人。」

二人聽了，這才安心去守陳倉。

十日賭約

果然，陳倉古道連日大雨，平地水深三尺，魏兵無法睡覺，馬無草料，軍無戰心。曹叡知情後，只好命令撤兵。孔明知道司馬懿預留埋伏，也不追趕。就這樣放過魏軍？蜀營眾將感到不解。沒想到孔明另有算計：分兵出斜谷，襲取祁山，教魏軍防不勝防。

曹真見蜀兵不追不趕，便將埋伏的人馬撤回。

司馬懿卻說：「如果我所料不差，蜀軍將從兩谷出兵奪祁山。」

曹真不信。司馬懿笑笑，和曹真立下賭約：二人各守一個谷口，十日為期。若蜀兵不來，司馬懿願面塗紅粉，身穿女衣，到曹真營中告罪。

如果蜀兵來了呢？曹真說：「我願將天子所賜玉帶一條、御馬一匹，轉送給你。」

不聽軍令

於是，曹真率兵屯駐在祁山之西的斜谷口；司馬懿領軍駐紮於祁山之東的箕谷口。與此同時，孔明命令魏延、陳式、張嶷、杜瓊等四將，率領一萬人馬前去箕谷。但為防魏兵埋伏，孔明要他們不可輕易前進。可惜魏延、陳式不聽軍令，陳式擅自率領五千兵馬硬闖箕谷，被司馬懿的伏兵殺得只剩幾百人馬，幸有魏延的救兵趕來，杜瓊、張嶷也領軍接應，陳式才逃脫一劫。

計上心來

孔明知道司馬懿駐箕谷口，曹真守斜谷口，羽扇一揮，眉頭一皺，粲然一笑——計上心來。

曹真連續七日未見蜀軍出現，以為可以欣賞司馬懿「面塗紅粉，身穿女衣」的扮相，便放鬆了警戒。

這時，探子來報：谷中有蜀兵出沒。曹真命令副將秦良前去一探究竟。秦良領命，率兵剛到谷口，發現蜀兵已退。秦良急追，行到五、六十里處，仍不見蜀兵蹤影，正感疑惑時，哨馬回報：「前方有蜀兵埋伏。」

這還得了！秦良上馬一看，山中塵土大起，四野喊聲大震，前面吳班、吳懿率兵殺出，背後關興、廖化直衝而來。左右是山，進退維谷，秦良頓陷絕境。山上蜀兵大叫：「下馬投降者免死！」魏軍紛紛棄甲投降。秦良咬牙死戰，被廖化一刀斬於馬下。

願賭服輸？

孔明再出一招：派五千名蜀兵，穿了魏軍降卒的衣甲，扮作魏兵，令關興、廖化、吳班、吳懿等四將混入其中，來到曹真大寨。

冒牌報馬先入寨說：「只有些許蜀兵，都趕走了。」

「好！趕得好！」曹真正得意時，司馬懿派了心腹前來提醒：「蜀兵用埋伏之計，殺了魏兵四千餘人。司馬都督致意將軍，務必要提防孔明的奸計。」

曹真聳聳肩，不以為意地說：「我這裡並無一兵一『蜀』啊！」就打發了來人回去。

冒牌報馬又報：秦良率兵回來了。曹真親自出帳迎接——當然迎不到人，忽傳營寨失火，曹真來不及回寨查看，關興、廖化、吳班、吳懿四將，已從營前殺進來。馬岱、王平則從後面殺過來；馬忠、張翼的兵馬也同時駕臨。魏軍措手不及，各自逃生。眾將保護曹真往東走，背後蜀兵急急追來。前方忽然喊聲大震，曹真膽戰心驚一看——呼！還好是司馬懿。

司馬懿神威赫赫，大戰一場，擊退蜀兵，保住曹真。

曹真羞慚得無地自容，同時好奇一問：「仲達何以知道我遭此大敗？」

司馬懿說：「我聽說『並無一個蜀兵』，就料到孔明會偷偷來劫寨。」

曹真低聲下氣地說：「願賭服輸！我會擇日送上……」

司馬懿一笑：「一朝為臣，切莫再言賭賽之事，你我只管同心為國，報效皇上。」

曹真既羞愧又惶恐，抑鬱成疾，臥床不起。

氣死曹真

孔明聽到曹真臥病，寫了封信，讓投降的魏兵帶回去交給曹真：

竊謂夫為將者，能去能就，能柔能剛；能進能退，能弱能強。不動如山岳，難知如陰陽……嗟爾無學後輩，上逆穹蒼，助篡國之反賊，稱帝號於洛陽；走殘兵於斜谷，遭霖雨於陳倉！水陸困之，人馬猖狂！拋盈郊之戈甲，棄滿地之刀槍！都督心崩而膽裂，將軍鼠竄而狼忙！無面見關中之父老，何顏入相府之廳堂……吾軍兵強而馬壯，大將虎奮以龍驤！掃秦川為平壤，蕩魏國作坵荒！

曹真看完信，忍不住大叫數聲，當場氣死。

混元一氣陣

魏主曹叡知道曹真死去的消息，怒不可遏，下詔催促司馬懿出戰。

兩軍對陣，孔明端坐於四輪車上，手搖羽扇，問司馬懿：「你要鬥將？鬥兵？鬥陣法？」

司馬懿騎在戰馬上，大喝一聲：「先鬥陣法。」

「好！」孔明微笑揮扇，「就請仲達兄先布個陣來瞧瞧！」

司馬懿進入中軍帳下，手執黃旗招颭，左右軍動，排成一陣。司馬懿上馬出陣，問：「你可識得此陣？」

孔明笑說：「笑死人了！此乃『混元一氣陣』，我軍中末將的黃口小兒也排得出來。」

司馬懿說：「是嗎？就請孔明兄也布個陣來瞧瞧！」

八卦陣

孔明羽扇一搖，行伍錯動，一陣成形，接著問：「仲達兄可識得此陣？」

司馬懿冷哼一聲：「哈！不就是『八卦陣』，我家挑大便的工人排得都比你這陣好看！」

孔明故意睜大眼睛，說：「喔？你敢放馬過來？」

司馬懿語帶不屑：「怎麼不敢？瞧我輕鬆破此陣。」回軍中挑選戴淩、張虎、樂綝三將，仔細吩咐：「你們三人可從正東生門打入，往西南休門殺出，再從正北開門殺入，此陣可破。」

於是戴淩在中，張虎在前，樂綝在後，各領三十騎，從生門打入。兩軍吶喊不已。三人殺入蜀陣——奇怪？陣如連城，衝突不出。三人慌忙轉過陣腳，往西南衝去，卻被蜀兵堵住，衝突不出。再一看，陣中重重疊疊，各有門戶，哪裡分得清東西南北？這三將不能相挺掩護，只管胡亂衝撞，但見愁雲漠漠，慘霧濛濛。轉眼間，魏軍全部被縛，押至中軍。

三面圍攻

如何處理這三名敗將？孔明不殺他們，卻在他們臉上塗黑墨，脫光了衣服，步行出陣。

司馬懿見了，怒氣衝天，破口大罵：「如此挫敗銳氣，教我有何面目回去見我主？」指揮三軍，奮死掠陣。不料關興、姜維從背後殺來，魏軍三面受敵，司馬懿豁命殺出重圍，已傷亡了大半人馬。

司馬懿一直退到渭水南岸下寨，從此堅守不出。

好酒誤事

孔明得勝回到祁山，負責解送糧草的都尉苟安因為好酒，誤了十天。孔明要按軍法斬他，長史楊儀替苟安求情，孔明便讓軍士打了他八十軍棍。沒想到，苟安心裡懷恨，偷偷降了魏軍。

司馬懿逮到機會，要苟安回成都散布流言，說孔明有謀篡之意，早晚將自行稱帝。

這一招嚇壞了劉禪，立刻下詔，召孔明回成都。

孔明知道其中有詐，但為防備司馬懿追擊，採取減兵添灶之計：下令各軍撤退時今日掘一千灶，明日掘兩千灶，後天掘三千灶；兵愈少，灶愈多，藉以迷惑司馬懿，使他不敢追趕。

果然，司馬懿懷疑孔明安排伏兵，不敢輕舉妄動；蜀軍不傷一兵一卒，安然撤退。

粉碎流言

回成都後，孔明立刻朝見劉禪：「老臣出了祁山，欲取長安，忽承陛下降詔召回，不知有何大事？」

「嗯……呃……啊！」劉禪支吾以對，「朕久不見丞相之面，心甚思慕，故特詔回，別無他事。」

孔明召喚眾官查問，才知是苟安散布流言。急派人捉拿苟安——可惜慢了一步，苟安早就投靠魏國去了。

為了清君側，孔明便把傳播流言的宦官統統殺了。

再度伐魏

建興九年二月，孔明再度出兵伐魏。

曹真已死，曹叡必須仰重司馬懿對抗孔明，便命令司馬懿出師禦敵，親排鑾駕送出城外。

來到長安，司馬懿大會諸路人馬，計議破蜀兵之策。最後決定：由張郃領兵在祁山阻擋蜀軍，司馬懿則和郭淮率軍保護天水各城。

隴上麥熟

這時，前軍哨馬報說：「孔明率大軍往祁山進發，前部先鋒王平、張嶷，出陳倉，過劍閣，由散關朝斜谷而來。」

司馬懿笑問張郃：「你猜孔明要做什麼？」

張郃不知。

司馬懿說：「割隴西小麥，補軍糧不足。要知道，蜀地山多路險，運糧不易，這一點，將是拖住孔明大軍的關鍵……」

司馬懿撥了四萬兵馬給張郃，要張郃務必「守住祁山」。

孔明發現司馬懿有防備，靈機一動，下令準備三套同樣的車馬，每車二十四個人，皂衣跣足，披髮仗劍，手執七星皂旛，分在左右推車；又教姜維、魏延、馬岱三人都裝扮成「諸葛丞相」，迷惑敵軍。

第二天，細雨濛濛，天色陰暗。關興扮成天神模樣，在車前七歪八扭，帶隊急行；孔明端坐車上，直朝魏營而來。魏軍見了，不知是人？是神？還是鬼？火速報知司馬懿。

司馬懿一看便說：「這個孔明又在作怪！」便派出二千人馬，要兵士連車帶人都捉回來。魏兵領命，一齊追趕。孔明見魏兵追來，一個轉身，調頭而行。魏兵盡力趕了一程，但見陰風習習，冷霧漫漫，瞻之在前，忽焉在後，魏兵始終追不上。怪了！魏兵停步勒馬，不敢前進，又見孔明推車過來，就在魏兵附近歇息。魏兵猶豫良久，放膽再追，追到人仰馬翻，還是追之不及。

司馬懿趕來，大吃一驚，忙說：「此乃《六甲天書》內『縮地』之法。眾軍不可再追。」

這時，戰鼓大震，模樣駭人的蜀兵神出鬼沒，而且四處都有孔明出現。魏兵嚇得各自奔逃，司馬懿也急急率兵奔入上邽，閉門不出……

然後呢？三萬名蜀軍迅速收割：將隴西的麥子割得一乾二淨，運往鹵城打晒。

裝神弄鬼

司馬懿驚魂未定，躲在上邽城中，三日不敢出城；而後蜀兵退去，才派出哨兵打探消息，在路上捉到一名蜀兵，盤問之下，才知道從頭到尾都是在裝神弄鬼，四個「諸葛丞相」中，有三人是由姜維、馬岱、魏延假扮。

司馬懿能說什麼？仰天長嘆：「天哪！孔明有神出鬼沒之機啊！我要怎麼跟他鬥啊！」

偷雞不著

副都督郭淮聽說蜀兵在鹵城打麥子，慫恿司馬懿「半夜偷襲」。

一更時分，司馬懿領兵，悄悄來到鹵城外，郭淮的兵馬也前來會合。兩軍合擊，一聲鼓響，把鹵城圍得像鐵桶似的。看來，偷襲計劃就要得逞？孔明算不到魏軍要來攻城？

忽然城上萬弩齊發，矢石如雨，魏兵被突來的變化震住，不敢前進。這時，魏軍中信炮連響，三軍大驚，又不知兵從何處來？郭淮令人去麥田搜索，乍見田畝四角火光沖天，喊聲大震；四路蜀兵，一齊殺至。鹵城亦大開城門，裡面的伏兵一湧而出，裡應外合，大揮猛砍，魏兵潰散竄逃，死傷無數。

司馬懿率領敗軍奮死突圍，好不容易占住一座山頭，得以死守；郭淮的殘兵，則奔逃到山後，倉皇紮營，靜候援軍。

雍、涼人馬

援軍在哪裡？司馬懿發出檄文，星夜送往雍、涼諸郡，調撥人馬前來支援。郭淮重施故計，領軍偷襲劍閣，意圖截斷蜀兵歸路，使孔明陣營糧草不濟，三軍慌亂；然後呢？司馬懿再會集郭淮和雍、涼諸郡兵馬，合力剿殺算無遺策的諸葛丞相。

孔明知道，魏軍的打算不外乎：其一，料蜀麥盡；其二，斷蜀糧道。立刻派姜維、馬岱各率一萬軍馬，前去據守險要，讓魏軍知難而退。

以信為本

這時，蜀軍百日一換的期限已到；漢中兵已出川口，就要和駐守前線的祁山軍交換。問題是，交接之際，會出現兵員空缺，而司馬懿的二十萬大軍正壓境而來……

青黃不接的蜀軍驚恐不已。楊儀向孔明建議，暫停換班，將預備返回西川的兵士留下抗敵。

孔明不肯，正色說道：「不可！我用兵命將，向來以信為本。既有令在先，豈可失信？再說，要換班的蜀兵，正興高采烈準備回家，他們的父母妻子，無不倚扉而望。我就算大難臨頭，也絕不留難他們。」

士氣大振

沒想到，孔明的愛兵之心，激勵了蜀軍士氣；大家決定不走，留下拚戰，報效丞相。果然，蜀軍人人奮勇，將銳兵驍，雍、涼兵抵擋不住，連連敗退。蜀兵奮力追殺，殺得那魏軍屍橫遍野，血流成渠。

不巧的是，負責運送糧草的李嚴來信告急，說魏、吳聯合，要進攻蜀國。孔明擔心川蜀的安危，立即撤軍，退回西川。

這次撤退，是真？是假？

詭計多端

司馬懿認為：「孔明詭計多端，不可輕動。」

魏平主張，這是乘勢追擊蜀軍的大好時機。

張郃自動請纓，願擔任先鋒追殺孔明。

司馬懿再三交代，要張郃「小心埋伏」。誰知，性情急躁的張郃，還是著了孔明的道：一路急追到木門道，忽見山上火光沖天，大石亂柴滾滾而下，截斷了張郃的退路。

張郃大叫：「啊！我中計！」這時，空中傳來一聲梆子響，兩邊山上萬弩齊發，將張郃的兵馬，全部射死。

一馬一獐

隨後，魏援軍追來，看見道路阻塞，知道張郃中計。正要回馬退去時，忽然聽見山頭有人大叫：「諸葛丞相在此！」眾軍仰視，只見孔明立於火光之中，輕揮羽扇，氣態軒昂說道：「我今日圍獵，欲射一『馬』，誤中一『獐』。你們安心回去，告訴仲達：司馬懿，早晚必為諸葛亮所擒。」

假信告急

孔明回到漢中，才知是李嚴因未辦好軍糧事務，怕孔明治罪，寫假信告急，騙孔明回來；又在劉禪面前謊稱「丞相無故回師」，讓劉禪怪罪孔明。

孔明查明真相後，氣得要斬李嚴。尚書費禕、參軍蔣琬都為他求情：「請丞相念在先帝託孤之意，饒他一命。」孔明只好放了李嚴，但削去官職，謫為庶人，勒令遷往梓潼郡閒住。

不過，孔明回到成都後，秉著用人唯才的精神，不計前人之嫌，任用李嚴之子李豐為長史；從此積草屯糧，講陣論武，整治軍器，存恤將士，並且定下目標：三年之後，再度北伐。

六出祁山

建興十二年春，蜀國經過三年的勵精圖治，糧草豐足，軍器完備，人馬雄壯。雖然前五次伐魏都沒有成功，但孔明認為，六出祁山的時機已到。

劉禪有些猶豫：「這個嘛！而今天下已成鼎足之勢，吳魏不能入侵，相父何不安享太平？」

孔明不但聲色俱厲，還聲淚俱下地表奏：「臣受先帝知遇之恩，夢寐之間，未嘗不設伐魏之策。竭力盡忠，為陛下克復中原，復興漢室，才是臣的畢生之願啊！」

不祥之兆

太史官譙周持反對意見：「微臣職掌司天臺，仰觀天象，發現不祥之兆，不可不奏……」包括：數萬隻禽鳥，自南飛來，投入漢水而死；奎星躔於太白之分，盛氣在北，不利伐魏；成都人民，夜夜聽聞柏樹哭泣。

孔明氣得大罵：「我受先帝託孤重任，只想竭力討賊，豈可因虛妄災氛，而廢國家大事？」

劉禪只好下詔，讓孔明出征。

就在這時，傳來關興病死的噩耗。孔明悲慟不已，昏倒於地，半晌方甦。醒來後，仰天而嘆：「可憐忠義之人，竟是天不假年！此番出師，我又少了一員大將啊！」

出師未捷，大將先死，加上惡兆連連……「復興漢室」的宏願，能實現嗎？

向壁之八

「披鶴氅，戴綸巾，憑欄而坐，焚香操琴，而琴音不亂……好一位孔明，好一個『丞相之機，神鬼莫測』！」吟誦聲變為讚嘆聲。

「你該在意的是，神鬼之機，丞相莫測？」冷笑聲也轉成詰問聲。

「怎麼之機？如何莫測？請道其詳！」吟誦聲化出年輕書生，面露不解。

「『空城計』固然精彩，但純屬個人表演、即興之作；只能證明司馬懿『不如孔明』，卻不能改變『蜀不敵魏』的大局。」冷笑聲也變為青衣文士，得意洋洋。

「若非司馬懿，孔明何來宵旰劬勞，六出祁山？」年輕書生的忿忿不平。

「若非孔明，劉氏一脈早就亡國滅種，屍骨無存。」青衣文士的尖銳嘲諷。

「先生以為，這場懿、亮之爭，鹿死誰手？」

「閣下覺得，諸葛亮是在跟仲達爭？還是與天鬥？」

「這……」年輕書生一時語塞。

「再怎麼『神鬼莫測』的智者，終究是人，難免一失；既然為人，他的身體、情緒、壽命就會受到限制。」青衣文士脣槍舌劍，快語連珠：「孔明能料到魏延必反，預作防備；

卻看不出馬謖是個剛愎自用的草包，以致一敗塗地，豈非得小而失大？當趙雲病死的消息傳來，閣下以為，孔明為何傷心不已？」

「五虎上將，先後殞落……」

「孰令致之？是誰先亡了五虎大將的其中三人？」青衣文士再將一軍，「趙雲之死，不過是壓垮駱駝的最後一根稻草。」

伏聞生死有常，難逃定數。
死之將至，願盡愚忠……

第九章（上）

五丈原

九座浮橋

孔明率領三十四萬名蜀兵，分五路前進，命姜維、魏延為先鋒，先出祁山下寨，並派李恢運糧草到斜谷道口等候。

曹叡萬分驚恐，令司馬懿掛帥，防阻蜀軍。司馬懿領兵在渭水南岸紮寨，又在渭水上搭起九座浮橋，大寨後方則築起一座土城，準備長期抗戰。

孔明用了一招：虛攻北原，暗取渭濱；目的是要燒斷浮橋。不料這計謀被司馬懿識破，事先布防列陣，造成蜀兵大敗，死傷一萬多名人馬。

孔明收拾殘兵，重整人馬，心中非常憂悶。這時，費禕自成都來見丞相，孔明請他去東吳送信，以「共取中原，同分天下」為目標，請孫權出兵伐魏。孫權早有此念，馬上起兵三十萬，分三路去攻打魏國。

魏將來降

此時，孔明正與諸將商議征進之策，帳外忽報，有魏將前來投降。是誰呢？偏將軍鄭文，因為「司馬懿徇私偏向，加封秦朗為前將軍，而視鄭文如草芥；因此不平，特來投降丞相」。

說著說著，秦朗率軍前來叫陣，指名單挑鄭文。

孔明說：「你先殺了秦朗，我就信你。」

鄭文欣然上馬出營，只花一回合，就斬秦朗於馬下。魏軍各自逃走。鄭文提著首級，雄赳赳氣昂昂入營。

沒想到孔明拍案大罵：「你以為我沒見過秦朗？竟敢用冒牌貨騙我！來人啊！推出去斬了！」

鄭文拜倒在地，據實以告：「那人是……秦朗之弟秦明。」

孔明怒瞪鄭文，逼問：「所以，這是司馬懿的詐降之計？」

鄭文為求免死，只好承認。後來，部將樊建問孔明：「敢問丞相何時見過秦朗？」

拆穿詭計

孔明笑說：「沒見過。」

樊建又問：「那麼，丞相如何知悉鄭文是詐降？」

孔明笑得好不得意：「簡單哪！司馬懿不輕用人，若是封秦朗為前將軍，可以想見，那秦朗必定武藝高強。問題是，鄭文和來將交鋒，只打一回合便斬其首，可見那人不是秦朗。」

眾將聞言，無不拜服。

精彩的還在後頭。孔明於是將計就計，讓鄭文修書一封，誘騙司馬懿前來劫營。司馬懿見了鄭文的信，喜不自勝，立刻要率大軍前來襲擊蜀寨。長子司馬師覺得不妥，極力諫阻：「父親何故根據片紙而親身犯險？倘有埋伏，該當如何？不如派別人先去，父親作為後應，伺機而動，怎麼樣？」

替死鬼劫寨

司馬懿想想，嗯，有理。就派了替死鬼秦朗，率一萬名精兵，趁風清月朗的二更時分，直接殺入蜀寨——咦？空無一人！秦朗心知中計，忙喊：「啊！退兵！快退！」這時，四方火把通明，喊聲震地；左有王平、張嶷，右有馬岱、馬忠，兩路兵殺來。秦朗奮勇死戰，難以突圍。後方的司馬懿見蜀寨火光沖天，喊聲不絕，又搞不清楚魏兵勝負，只顧著催兵接應。忽然響聲又起，鼓角喧天，火炮震地；左有魏延，右有姜維，兩路蜀軍截殺而出。

魏兵反應不及，潰不成軍，死傷遍地，四散逃奔。秦朗率領的一萬名兵馬，被蜀軍團團圍住，箭如飛蝗，無一倖免。秦朗也死於亂軍之中。

司馬懿見苗頭不對，帶著敗軍逃回本寨，不再輕易出戰。

上方谷

孔明得勝後，想大舉進軍，消滅司馬懿。長史楊儀卻說：「米糧遠在劍閣，光靠人力和牛馬，搬運不便，要怎麼辦？」

「沒關係！我來想法子。」

孔明自乘小車，往祁山前渭水附近察看地理。來到一座谷口，形如葫蘆狀，谷中可容納千餘人；兩山又合圍一谷，可容納四五百人；背後兩山環抱，只可讓一人一騎通過。孔明看了，心中大喜，問嚮導官：「此處是何地名？」

嚮導官答：「上方谷，又號葫蘆谷。」

木牛流馬

孔明面帶笑容回到帳中，傳喚部將杜叡、胡忠，附耳授以密計。又召集隨軍工匠千餘人，進入葫蘆谷，製造一樣東西：罕世奇物「木牛流馬」。

正所謂「劍關險峻驅流馬，斜谷崎嶇駕木牛」。此物一出，運送糧草的問題，迎刃而解。

消息傳到魏營，司馬懿直呼：「什麼？人不大勞，牛馬不食？這太不可思議！」立刻命張虎、樂綝從斜谷小路抄出，搶劫蜀軍的木牛流馬。做什麼？「好好研究研究，那孔明在搞什麼花樣。」

依樣畫葫蘆

搶回來的牛馬進退如活，果然好用。司馬懿命工匠當面拆解，依其尺寸長短厚薄之法，依樣畫葫蘆。不消半月，製造了二千餘隻，和搶回來的那幾隻一樣好用。司馬懿十分開心，命令鎮遠將軍岑威，率領一千名軍馬，驅駕木牛流馬，去隴西搬運糧草，往來不絕。魏營軍將無不歡喜。

負責運糧的蜀將高翔，被搶走木牛流馬後，慌忙回報孔明。

孔明笑說：「我正要他搶去，模仿製造。等著瞧！我們只費幾匹木牛流馬，就能得到意想不到的資助。」

數日後，傳來魏兵也用木牛流馬往隴西搬運糧草的消息。孔明立刻召喚王平、張嶷、魏延、姜維、廖化、張翼諸將，如此這般交代一番。

連環妙計

翌日，隴西道上，魏將岑威正率軍驅駕木牛流馬，裝載糧草。探子來報，前方有兵馬要來巡糧。岑威派人一問，還好，是魏兵，於是放心讓兩軍合一，繼續前進。

這時，喊聲大震，隊伍裡的「魏兵」忽然自相殘殺，有人大喊：「蜀中大將王平在此！」一時間魏兵措手不及，難辨真假，被冒充魏兵的蜀兵殺死大半。岑威急忙率眾抵抗，卻被王平一刀斬了。其餘敗兵潰逃四散。突襲成功的王平，「擄獲」大批木牛流馬和魏軍糧食而回。

郭淮聽到軍糧被劫，急忙率軍前來救糧。王平的兵馬見魏兵來勢洶洶，將木牛流馬丟棄道中，倉皇而逃。

郭淮並未窮追蜀兵，目標只在木牛流馬。只是，眾軍驅趕之下，那些牛馬卻是一動不動？郭淮滿肚皮疑惑，卻也無可奈何。這時，鼓角喧天，喊聲四起，魏延、姜維的兩路兵殺來，王平的兵馬也調頭殺回。三路夾攻，郭淮大敗而走。

神將奇兵

王平命令軍士在木牛流馬身上摸摸碰碰——咦？又能動了！蜀兵立刻驅趕而行，或者說，收穫滿滿回蜀營。郭淮見了，想要率兵再追，忽見山後煙雲突起，一隊神兵擁出，個個手執旗劍，形容怪異，擁護木牛流馬，如強風般吹去。

郭淮驚慌地說：「這……這……難道是神將天兵？」眾軍見了，驚畏不已，沒有人敢上前追擊。

暗藏機關

這是怎麼回事？

原來，木牛流馬的開關在舌頭。王平詐敗逃走時，偷偷扭轉木牛流馬舌頭——那是「關」；奪回木牛流馬後，將舌頭反向扭轉——那是「開」。就這樣，不費吹灰之力，孔明奪走了大批魏軍物資，解決了自己的糧食問題。

司馬懿肯善罷甘休？當然不肯！只是，這也在孔明的算計之中。

當司馬懿率軍急追而來，又遇上張翼、廖化的伏兵，一陣（魏）兵荒（司）馬亂，司馬懿險些死於廖化之手。

夜襲水寨

這時，東吳兵分三路，準備攻打中原；魏主曹叡為了避免兩面作戰，立刻下旨，命司馬懿堅守城池，不要出戰。

曹叡親率大軍，抗擊東吳。兵至巢湖口，魏將滿寵遙望東岸戰船嚴整，旌旗無數，便向曹叡建議：「吳人必輕我遠來，未加防備；今夜可乘虛劫其水寨，必得全勝。」

曹叡點頭：「嗯，正合朕意。」

二更時分，魏將張球、滿寵各領五千名軍馬，悄悄往湖口進發，然後齊聲吶喊殺入吳軍水寨。吳兵慌亂，不戰而走；魏軍四處放火，被燒毀的戰船糧草器具，不計其數。諸葛瑾率敗兵逃走沔口。魏兵大勝而回。

斷其後路

陸遜上書表奏孫權，將包圍新城的兵將調出，派去截斷魏軍歸路。陸遜的打算：「派兵斷其後，我再率眾攻其前，使其首尾不敵，一鼓可破。」計是好計，可惜送信的小校被巡邏的魏軍捉住，信也被搜走。曹叡當然布兵嚴防，陸遜只好另謀對策。

天氣漸漸轉熱，東吳兵馬染病者眾多。諸葛瑾主張撤兵，孫權和陸遜都同意。沒想到，諸葛瑾見了陸遜，發現這位陸將軍在營外催督眾人種荳菽，自己和諸將在轅門玩射戲。

諸葛瑾驚問：「既要退兵，何又遲延？」

疑敵之計

陸遜說：「我軍欲退，應徐徐而動。若是急退，魏人必乘勢追趕，我軍恐將慘敗。有請足下先督船整軍，假裝拒敵；我的人馬也全數朝襄陽前進，此為疑敵之計……」

「然後呢？」諸葛瑾問。

「緩緩將兵馬撤回江東，魏兵自然不敢輕近。」陸遜微笑回答。

諸葛瑾依照計劃，歸營後整頓船隻，揚帆待發。陸遜也編列隊伍，張揚聲勢，前進襄陽。一副要和魏軍決一死戰的態勢。

曹叡深知陸遜之才，口諭眾將：「陸遜此舉有詐，莫非是誘敵之計？稍安勿躁，不可輕進！」

數日後，哨卒回報：「東吳三路兵馬都已撤退了。」

曹叡啞然失笑：「陸遜用兵，不遜於孫吳；看來，東南這片大好江山，圖謀不易啊！」

老神在在

屯駐祁山的孔明，為長久計，命令蜀兵與魏民共同種田；軍一分，民二分，互不侵犯，魏民也因此安居樂業。

司馬師擔心孔明日久得民心，希望父親司馬懿「與孔明約期大戰一場，一決雌雄」。

司馬懿倒是老神在在，輕描淡寫回兒子一句：「奉旨堅守，不可輕動。」

這時，兵士來報，蜀將魏延前來罵戰。魏將個個橫眉怒目，都想出戰。

司馬懿卻是一笑置之：「聖人云：『小不忍則亂大謀。』咱們哪！還是堅守為上。」

從那天起，蜀將天天來罵戰：魏延罵完了王平罵，王平罵完了姜維罵，姜維罵完了廖化罵，廖化罵完了……魏延接著再罵。沒有用！笑罵由你，我司馬懿就是不出戰。

司馬巾幗

後來，也就是上方谷的關鍵戰役後，孔明弄了套女人衣服，裝在大盒之內，修書一封，遣人送至魏寨。司馬懿打開一看：「仲達既為大將，統領中原之眾，不思披堅執銳，以決雌雄；乃甘窟守土巢，謹避刀箭，與婦人又何異哉？不如改名『司馬巾幗』，如何？」

司馬懿哈哈大笑，收下衣服，還面不改色地對鏡試穿呢！

這位「司馬巾幗」只在乎一事：「告訴我，孔明的飲食作息如何？身體狀況怎麼樣？」

誘戰之計

逼戰不成，只好誘戰。

孔明密令馬岱打造木柵，營中掘下深塹，堆積乾柴等引火之物。四周的山上，則用柴草蘆搭窩鋪，谷內外皆埋下地雷。

孔明又派魏延去激誘司馬懿出戰。「記住！不能取勝，只可詐敗；務必要將司馬懿引入葫蘆谷內。」

高翔負責在上方谷附近的山路運糧，目的是讓魏兵來搶。

果然，連續多日，蜀軍用木牛流馬運送的糧食，都被魏兵搶獲。司馬懿又從被擒的蜀兵口中，得知：「諸葛丞相不在祁山，而在上方谷以西十里處下營安住。每日命人運送的軍糧，全都藏在上方谷。」

原來，上方谷是蜀軍的糧倉。司馬懿目光閃爍，賊兮兮地笑了。

「孔明既然不在祁山，明天一大早，你們大軍出動，合力攻取祁山大寨。我會領兵前來接應。」司馬懿興奮地分撥調度，打算一舉擊潰孔明。

聲東擊西

司馬師不解地問：「父親何故反欲攻其後？」

司馬懿忍不住又笑：「祁山是蜀人的大本營，看見我軍全力圍攻，各方人馬必定前來救援。但，那不是我司馬懿的主戰場……」

「父親打算？」司馬師低頭，豎耳。

「聲東擊西！我要趁機攻下上方谷，燒其糧草，斷其命脈，教那孔明首尾不能接應，一敗塗地。」

此計如何？至少，兒子司馬師拜服。於是，司馬懿發兵行動，命令張虎、樂綝各率五千兵馬，在後支應。

孔明在山頂上，望見魏兵或三、五千一行，或一、二千一行，隊伍紛紛，前後顧盼，知道司馬懿要來攻打祁山大寨，密令眾將：「如果司馬懿親自前來，你們就去襲劫魏寨，奪取渭南。」

計策成功？

果然，魏兵前呼後擁，殺向祁山大寨。蜀兵亦吶喊奔走，從四面八方湧至，虛作救應之勢。

「哈！正中下懷，此計可成。」司馬懿看見蜀兵忙著救援祁山大寨，率領二子和中軍護衛人馬，直奔上方谷。魏延受命守在谷口，「苦等」司馬懿到來；忽然瞧見一支魏兵殺到——好啊！正是司馬懿。魏延大喊：「司馬懿休走！」舞刀上前，司馬懿挺槍接戰。打不到三回合，魏延回馬便走，司馬懿見魏延只有一人，少數軍馬，便和司馬師、司馬昭放心追趕。

魏延率領那「少數軍馬」退入上方谷。司馬懿追到谷口，先派人入谷中探哨：並無伏兵，山上都是草房。

司馬懿拊掌微笑：「哈！此地果然是諸葛亮的糧倉。」然後驅兵前進，殺入谷中……

天降大雨

咦？不對！司馬懿發現草房上都是乾柴，而魏延已不見蹤影。

司馬懿忍不住對二子說：「此時，若有兵截斷谷口，我們要怎麼辦？」

話未說完，只聽到喊聲大震，山上丟下數不清的火把，燒斷谷口。魏兵左衝右突，奔逃無路。山頂火箭齊下，地雷一一爆炸，草房內乾柴烈火，刮刮雜雜，火光沖天。司馬懿嚇得手足無措，下馬抱住二子，放聲大哭：「我父子三人都要葬送此處矣！」

忽然間，狂風大作，黑氣漫空；一聲霹靂遽響，驟雨傾盆。上方谷的大火，瞬間澆滅；地雷和火器，也悉數潮溼報廢。

司馬懿喜出望外，上馬大吼：「天意！這是天意啊！不趁此時殺出，更待何時？」魏兵奮力衝殺，張虎、樂綝亦各自率兵前來接應。擔任伏兵的馬岱也只有「少數軍馬」，不敢追趕。就這樣，司馬懿父子與張虎、樂綝合兵一處，同歸渭南大寨。只是，司馬懿沒想到，寨柵已被蜀兵占奪。郭淮、孫禮正在浮橋上苦戰。蜀兵見司馬懿的大軍殺到，只好退去。

謀事在人，成事在天

攻打祁山的魏兵，聽說司馬懿大敗，又失了渭南營寨，軍心慌亂。忙著退兵時，四面蜀兵掩殺而來，魏兵一敗塗地，十傷八九，死者無數。

孔明在山上遙望魏延引誘司馬懿入谷，又看見火光大起，心中非常歡喜，以為司馬懿必死無疑。怎麼料到天降大雨，而，眼睜睜，看著猛虎歸山。

孔明捶胸頓足，仰天長嘆：「啊！『謀事在人，成事在天』。難道，天意真的不在我方？」

食少事煩

司馬懿死裡逃生，從此更是緊閉城門，堅守不出。

孔明送來女人衣服，司馬懿笑瞇瞇收下，還向來使詢問孔明的身體狀況和飲食作息。使者說：「丞相夙興夜寐，罰二十軍棍以上的事情，都親自決斷。每日飲食，不過數升。」

「喔？是嗎？」司馬懿眼睛一亮，又笑得賊頭賊腦。

司馬師問：「父親何故開懷？」

司馬懿撚鬚輕笑：「食少事煩，豈能長久？孔明啊！孔明！你鬥得贏我，鬥得倒天下英雄，那又如何？你鬥得過天嗎？」

這番道理，孔明難道不懂？不知道自己的身體狀況？「受先帝託孤之重，唯恐他人不似我之盡心」，始終是孔明事必躬親的罩門。

費禕從成都趕來，說東吳的三路兵馬都已退回，蜀、吳聯合伐魏的計劃落空。孔明聽了，發呆半晌，然後長嘆一聲，昏倒在地。

命在旦夕

醒來後，舊疾、過勞一併爆發，幾乎臥床不起。夜裡扶病出帳，仰觀天文，發現三臺星中，客星倍明，主星幽暗，相輔列曜，光芒不顯——什麼意思？孔明已命在旦夕。

姜維勸孔明用祈禳之法向天借命。於是，孔明吩咐姜維，在帳內設七盞大燈、四十九盞小燈，另設一盞本命燈——七日內主燈不滅，他便可再多活十二年。

時值八月中秋，銀河耿耿，玉露零零；旌旗不動，刁斗無聲。孔明在軍帳內祈禱拜祝：「亮生於亂世，甘老林泉；承昭烈皇帝三顧之恩，託孤之重，不敢不竭犬馬之勞，誓討國賊。不意將星欲墜，陽壽將終。謹書尺素，上告穹蒼。伏望天慈，俯垂鑒聽，曲延臣算，使得上報君恩，下救民命，克復舊物，永延漢祀。非敢妄祈，實由情切。」

那夜起，孔明繼續抱病理事，但吐血不止；白天計議軍機，夜晚步罡踏斗。

到了第六日，孔明見主燈依舊明亮，以為就要大功告成。這時，魏將夏侯霸帶了一千人馬來探蜀軍虛實，魏延闖入帳內來報軍情，竟不慎將主燈踩滅了。孔明棄劍嘆息：「啊！死生有命，天意難違啊！」

交代後事

孔明將親手所著的二十四篇兵書和「連珠弩」的圖樣、用法傳給姜維，又囑咐他以後用兵要特別留意陰平這個地方。又喚來馬岱，授以密計，並把兵符印綬和一個錦囊交給了楊儀。孔明說：「我死後，魏延必反；待其反時，打開錦囊……還有，我死後，不可急急退兵……還有，還有，我死後，不可發喪。可作一大龕，讓我坐在龕中，活活嚇死那司馬懿……」

孔明強撐病體，出營巡視，只覺秋風吹面，徹骨生寒。

回帳後，寫了一封遺表給劉禪：

伏聞生死有常，難逃定數。死之將至，願盡愚忠……不及終事陛下，飲恨無窮！伏願陛下清心寡欲，約己愛民；達孝道於先皇，布仁恩於宇下；提拔幽隱，以進賢良；屏斥奸邪，以厚風俗。

這時，從成都趕來的尚書李福急問誰可繼位丞相？孔明說蔣琬。蔣琬之後何人可繼？孔明說費禕。那，費禕之後呢？李福想要再問，孔明已經閉目不語。

建興十二年秋八月二十三日，孔明與世長辭，享年五十四歲。

向壁之九

「丞相祠堂何處尋？錦官城外柏森森。映階碧草自春色，隔葉黃鸝空好音。三顧頻煩天下計，兩朝開濟老臣心。出師未捷身先死，長使英雄淚滿襟！」年輕書生嘆息連聲。

「怎麼？連杜工部的詩都拿出來搬弄？咱們身處三國時空，閣下卻用上後代詩人的觀點，想要一解『出師未捷身先死』的哀痛？」青衣文士則是譏諷連連。

「先生以為自己是在三國？盛唐？還是那不知伊於胡底的『後代』？」年輕書生揮扇晃腦，但見扇羽脫落，衣衫百結，容顏消萎——轉瞬間變成白髮老者。

「我以為，那滾滾長江東逝水的浪聲，依舊在為咱們的古今笑談協奏呢！」青衣文士身半斜，背微駝，雙手交叉於後，風吹不動，浪打不驚——一尊斑駁石像。

「笑談？不如說是『向壁』：你乃子虛公，我為烏有侯；你我皆是文人筆下縱論古今的虛構角色。」白髮老者又化為鴻濛光影。

「是嗎？我偏愛真實人物。你何不扮演『上至天文，下至地理，三教九流，諸子百家，無所不通』的秦宓，我便權充那讚嘆『蜀中多俊傑』的張溫？」斑駁石像蛻成漫天塵沙。

「瞧！都碎散了！也許，你是沉沙的折戟和銷鐵，我是某場戰役血流漂櫓的響動。」

光影發出吟誦聲。

「也許，咱倆是『兩朝老臣』——兩個朝代的孤臣，分據大河兩岸，傾訴『無力可回天』的萬古哀愁。」漫天塵沙，漫天沙沙聲。

「不！我寧願你是我的現實仇敵兼歷史朋友——你我的名字永遠連在一起，只因曾經誓不兩立。」吟誦聲提高了音調。

「哈！難道我是夢中司馬懿？你是『嚇壞活司馬』的死諸葛？」沙沙聲又變回冷笑聲，「我心神恍惚，你陰魂不散，從江邊問津到向壁虛構，整部歷史，盡是你我嘈嘈切切的回聲？」

「先生真是抬舉自己！說不定，你我是名落孫山的窮書生、投閒置散的白頭秀才，胸懷大志，抑鬱一生，一夜驚夢，以為自己可以穿時越空，更改歷史；也許，你我只是一頁散佚史冊的旁注或標點……」吟誦聲變成朗笑聲。

「說不定，你是歷史故事的撰寫者，我是掩卷嘆息的讀者。咱們就活在一部大書裡，撓腦抓腮，讀寫共謀，怎麼也找不出一條活路。」冷笑聲變成掠過積雪屋簷的一縷幽幽風聲。

「先生以為，整部中國歷史，盡在三國？」吟誦聲提問。

「三國故事，怎麼不是一個人的故事——神機妙算諸葛亮？」冷笑聲反問。

「老天怕他無聊，湊了個對手給他——狼顧鷹視司馬懿，變成二個人的戰爭？」吟誦聲自問自答，「鬥謀略，比機智，以神州大地為棋盤，看誰棋高一著。」

「所以，我們便有了六出祁山的好戲？」冷笑聲似問似答，「但，諸葛亮鬥得過天？」

「司馬懿是天？」

「未來的晉宣帝，不是『天』是什麼？你知道此人最明智之舉是什麼？」冷笑聲一連二問。

「願聞其詳。」

「不與孔明鬥智，而是『鬥命』，看誰活得久。哈哈！」冷笑聲愈笑愈得意，「久也就是『九』，中國人的極數、祕數，孔明的定數。」

「喔？洗耳恭聽。」

「諸葛亮八歲時喪父，九歲起跟隨叔父生活，隨即漂泊異鄉。這第一個『九』，正是他博覽群經、遨遊神州的起點。」

「再來呢？」

「二十七歲遇見劉備，四十五歲誓師北伐，五十四歲過勞病歿，都是九的倍數；拆數相加，二加七，四和五，其和也為九。」冷笑聲追加一問，「你能說，九不是諸葛亮的定數、命數、跨不過去的天數？」

「司馬懿深諳其理，以拖待變，成就了司馬家的江山。」

「不然，他幹嘛搭起九座橋，想方設法將諸葛亮困在五丈原？九五本為至尊之數，但嵌入『浮橋』和『荒原』，便是諸葛亮的死數；司馬懿的『智守九浮橋』，其實是在堅守天條。」

「何謂『天條』？」吟誦聲再問。

「昔有三家分晉，今有三家歸晉。正所謂『天下大勢，合久必分，分久必合』。此一歷史鐵律，喔不！是鐘擺，顛撲不破。」冷笑聲咯咯吱吱，好不得意。

「先生『妙』論，教人好生佩服。」吟誦聲的語調，卻是明顯不服：「如此一來，孔明故，司馬薨，三國故事豈不提前結束？」

「不至於，從孔明死到天下歸晉，還有四十六個年頭。不過……」冷笑聲話語一頓。

「可有亮點？」

「沒有『亮』，哪有點？」冷笑聲竟也嘆了口大氣，「唉！不就是打打殺殺，彼此消耗的拖棚歹戲？套用後人的術語，那是戰場上的『垃圾時間』。」

滿山遍野的蜀兵調頭回旗，戰鼓隆隆；
一面中軍大旗，迎風高舉，
旗上寫著一行大字：
「漢丞相武鄉侯諸葛亮。」

第九章（下）

三家歸晉

赤星墜落

司馬懿夜觀天象，看見一枚光芒有角的赤星，自東北方流向西南方，最後墜落蜀營。「孔明死了！」司馬懿十分驚喜，立即傳令，發動大軍，追擊蜀兵。才出寨門，忽然又滿腹疑慮：「孔明善使六丁六甲之法，會不會見我久不出戰，故意詐死，誘我出來？」想想，背脊顫冷，頭皮發麻，司馬懿驚叫一聲：「不好！趕緊回寨，以免中計！」就這樣閉門不出，只派夏侯霸暗中率領數十名騎兵，前往五丈原山僻哨探聽消息。

驟起異心

這時，楊儀按孔明生前安排，暫不發喪，讓魏延領軍掩護，慢慢向漢中退兵。魏延聽說「代理丞相大事」的人，竟是區區長史楊儀，十分不服，驟起異心，要馬岱幫殺掉楊儀，馬岱假裝答應。

夏侯霸來到五丈原，不見一人，急忙回報司馬懿：「蜀兵已經全數撤走了。」司馬懿立刻領兵追趕，來到一座山後，忽聞一聲炮響，喊聲大震。滿山遍野的蜀兵調頭回旗，戰鼓隆隆；一面中軍大旗，迎風高舉，旗上寫著一行大字：「漢丞相武鄉侯諸葛亮。」

死諸葛嚇壞活司馬

「什麼？孔明沒死？」司馬懿大驚失色，東張西望，只見蜀軍數十員上將，簇擁一輛四輪車，威風而出；車上端坐著孔明，綸巾羽扇，鶴氅皂絛，面帶微笑，好像要說……

「哎呀！真的中計！快走！」司馬懿額頭冒汗，背脊發冷；急忙勒馬回頭，跑得三魂失七魄落。

背後姜維大叫：「賊將休走！你中了我丞相之計！快來領死！」怎麼可能不跑？主帥豕竄狼奔，魏兵當然跟著魂飛魄散，棄甲丟盔，拋戈撇戟，各自逃命，互相踐踏，死傷無數……

司馬懿一日夜狂奔了五十餘里，直到兩員魏將從背後趕上，扯住馬環，大叫：「都督勿驚，蜀兵並未追來。」

司馬懿用手摸頭，問道：「我的頭還在否？」

二將回答：「都督莫怕，蜀兵早就去遠了。」

司馬懿喘息半晌，神色方定，發現身旁之人是夏侯霸和夏侯惠。苦笑搖頭，按轡緩行，與二將尋了小路回歸本寨。

料其生，不料其死

兩日後，司馬懿知道車上的孔明是一具木頭人，忍不住嘆息：「我能料其生，不能料其死！孔明啊！孔明！你死了都能欺負我。」

楊儀、姜維領兵轉入棧閣道口，更衣發喪，揚幡舉哀。蜀軍全體撞跌而哭，甚至有感念孔明功德的將士，哭到肝腸寸斷、瞎盲雙眼，甚至倒地而死。

劉禪得知孔明死了，失聲悲號：「天喪我也！天要亡我蜀漢啊！」太后和百官也放聲大哭。這時，魏延表奏楊儀造反，群臣大駭，劉禪也不知所措。同一時間，駐軍南鄭的楊儀也緊急表奏，指魏延「不遵丞相遺言，劫擄丞相靈車，圖謀不軌」。

劉禪徵詢群臣意見，得到三項結論：

其一，丞相臨終委以大事的楊儀，絕非背反之人。

其二，丞相曾說：「魏延腦後有反骨。」早想將其斬殺；只因魏延勇猛過人，姑且留用。

其三，魏延自恃功高，常有不平之心，口出怨言。以前不敢造反，是因為畏懼丞相。如今丞相過世，魏延再無顧忌，乘機作亂，勢所必然。

劉禪說：「如果魏延真的造反，該當如何？」

蔣琬要劉禪放心，丞相孔明既然料到「魏延必反」，肯定已有所安排。

錦囊遺計

果然，擁兵自重的魏延，為了「自圖霸業」，和馬岱領兵前來攻打南鄭。姜維在南鄭城上，看見魏延、馬岱耀武揚威，風擁而來；趕緊拽起吊橋，急著和楊儀商量對策。

楊儀想到孔明臨終時曾交給自己一封錦囊，鄭重交代：「待其反時，打開錦囊。」楊儀看完後，微微一笑，出陣對魏延說：「你若敢連喊三聲：誰敢殺我！我便將漢中城池給你。」

魏延傲氣回答：「休道連喊三聲，便是喊三萬聲，又有何難？」提刀按轡，在馬上大叫：「誰敢殺——」

沒想到，一聲還沒喊完，喀啦一響，後腦開花，血噴漿流——馬岱手起刀落，當場斬殺魏延。

原來，孔明臨終時傳授馬岱的密計，就是用在這個時候。

夾道痛哭

叛賊既除，馬岱與姜維、楊儀合兵，運送孔明的靈柩到成都。

劉禪率領文武百官，披麻帶孝，出城二十里迎接。上至公卿大夫，下及山林百姓，男女老幼，無不夾道痛哭，哀聲驚天動地。

劉禪挑了個黃道吉日，親自扶著孔明的靈柩，到漢中定軍山安葬，謚號忠武侯。

東吳孫權知道孔明死了，便下令在邊境增兵。劉禪嚇了一大跳，聽從蔣琬的建議，派能說善道的宗預前往東吳「報喪」，一探虛實。

所謂「見面三分情」，孫權立刻說：「朕聽說諸葛丞相歸天，每日流涕，夜裡難眠。唯恐魏人乘喪取蜀，故而在巴丘增加守兵萬人，以為救援，別無他意。」

孫權為取信宗預，當場折箭發誓，絕不攻打蜀國。

天下太平？

就這樣，接下來幾年，魏、蜀、吳三國都沒有興兵打仗，好一幕「天下太平」的美好光景。

殊不知，一個嶄新的時代，已在不知不覺中降臨。

戰禍遠離，魏王曹叡不再戰戰兢兢，開始享受人生：選用三萬多名巧匠，二十餘萬個民夫，不分晝夜，在許昌大興土木，修建了不少華麗的宮殿，百姓頗有怨言。

曹叡聽說西京長安有一尊銅人，手捧「承露盤」，服用銅人盤中泉水，即能返老還童。曹叡立刻派人去拆取大銅人和銅柱，只見銅人眼中潸然淚下，臺邊忽然吹起一陣狂風，飛砂走石，急若驟雨；一聲巨響，天崩地裂，臺傾柱倒，宮殿坍塌，壓死一千餘人。

這位魏王整日在芳林園中和美女嬉戲取樂，又寵信郭夫人，引起元配毛皇后的不滿，沒想到昏庸的曹叡竟下令將她處死。

平定叛亂

這時，遼東太守公孫淵造反，自稱燕王；以大將軍卑衍為元帥，楊祚為先鋒，發動十五萬名遼兵，直向中原殺來。

怎麼辦？滿朝文武，無人能敵。曹叡還是得向又愛又恨的司馬懿求援。

司馬懿果然不負所望，領兵迅速平息了公孫淵的造反，斬殺公孫淵等七十餘顆首級，班師回洛陽。

昏庸無能的曹叡雖有警覺，但已改變不了歷史軌跡：曹魏江山，即將淪為司馬家天下。

不久後，酒色過度的曹叡在許昌染上重病，便把後事託給了曹爽和司馬懿，要他們同心輔助才八歲的太子曹芳。

八歲的幼子，要怎麼和司馬父子鬥？

曹叡過世，只活了三十六歲。八歲的曹芳繼任皇帝。曹爽和司馬懿，理所當然成為託孤大臣。

推病不出

被封為大將軍、總攝朝政的曹爽，聽信智囊何晏的挑撥，奪了司馬懿的兵權。從此，司馬懿推病不出，二個兒子司馬師、司馬昭亦退居閒職。

曹爽是曹真的兒子，出身富貴，生性紈褲，喜好吃喝玩樂，天天聽歌賞舞、出城打獵，過著帝王級的生活。

弟弟曹羲苦口婆心勸他收斂，以免遭人忌恨。這番話，曹爽充耳不聞，卻也埋下曹氏敗亡的因子。

曹爽的部將李勝被命為青州刺史。曹爽讓他以辭別為名，前去探望司馬懿的「病情」。

司馬懿怎麼反應？去冠散髮，形容憔悴，上床擁被而坐；命令二名婢女左右攙扶，才請李勝入府一見。

仲達演技

李勝來到床前，躬身而拜：「一向不見太傅，誰想如此病重。如今天子命我為青州刺史，特來拜辭。」

司馬懿迷糊睜眼，來個雞同鴨講：「是嗎？那并州近朔方，天寒地凍，你要好好準備喔！」

李勝說：「是青州刺史，不是并州。」

司馬懿笑問：「什麼？你說你方從并州來？」

李勝大聲回答：「我是說山東青州，天子命我為青州刺史。」

司馬懿一愣，神情痴呆，隨即哈哈大笑：「喔！原來你剛從青州來。」

李勝暗忖，這是在演哪一齣？想想又問：「太傅如何病得這等模樣？」

左右回答：「太傅耳聾。」

原來如此！這時，侍婢伺候司馬懿喝湯，司馬懿以口就碗，牙齒打顫，湯流滿襟，忍不住發出哽噎之聲：「我已衰老病篤，命在旦夕矣。二子不肖，還望君多多提拔呢。」

說完，倒在床上，聲嘶氣喘，呻吟不止。

李勝心裡有數，拜辭司馬懿，回見曹爽，鉅細靡遺報告經過。

曹爽聽了，開懷大笑：「司馬老賊若死，我就高枕無憂了！」

密謀反撲

李勝一走，司馬懿立刻起身，擦掉口水眼淚，召喚兒子司馬師、司馬昭，做什麼？暗中密謀，要利用曹爽出城畋獵時，一舉殺了他。

沒多久，曹爽請魏主曹芳去謁高平陵，祭祀先帝。大小官僚、家族兄弟和心腹人等都隨駕出城。司農桓範十分不安，叩馬勸諫：「主公總典禁兵，不宜兄弟皆出。倘若城中有變，要怎麼辦？」

曹爽聽了，非常不爽，用馬鞭指著桓範痛叱：「天子腳下，誰敢叛變？勿再亂言！」

浮橋兵變

這個不智之舉，倒是爽了司馬父子。司馬懿召來從前的心腹將士，關上城門，向郭太后「表奏」：曹爽奸邪亂國，理應捉拿降罪；並派兵守住浮橋，準備誅殺曹爽。

太后大驚失色，顫聲說：「可是，天子在外，由曹爽陪同……」

司馬懿怒聲說：「臣有奏天子之表，誅奸臣之計，太后勿憂。」

郭太后懼怕司馬懿的威嚴和手段，不得不聽從。

猶豫壞事

曹爽知道司馬懿兵變後，驚恐不已。手下眾將都勸他將皇帝送到許都，然後調全國兵力討伐司馬懿。曹爽哭了一夜，心心念念：「我的身家性命皆在城中，豈可投他處求援？」眾將死勸活勸，曹爽始終猶豫不能決。

後來，司馬懿又派人傳言：「此舉只是要你交出兵權，別無他意。將軍儘管放心回城吧！」

曹爽竟然相信了。

桓範痛哭不已，拚死力諫：「司馬懿心狠手辣，孔明都拿他沒輒。主公萬萬不可輕信啊！」

曹爽擲劍而嘆：「我不起兵，情願棄官，但為富家翁足矣！」

就這樣，曹爽先納印綬，回到私宅，等待調查，聽候敕旨——也就是任憑司馬懿發落。

司馬掌權

不久，司馬懿果然「查出」曹爽造反篡位的罪證，便將曹爽兄弟三人和一千名手下全部斬殺；同時抄家滅族，讓曹爽一脈永世不得翻身。

「誅逆」有功，魏王曹芳封司馬懿為丞相，加九錫；司馬懿起初「固辭不受」，在曹芳的堅持下，勉強謝恩；曹芳令司馬懿父子三人共同執掌國家大權。

天下大勢，至此已定？

不對！尚有一隻漏網之魚夏侯霸，鎮守雍州等處，也是曹爽的親族。司馬懿下詔遣使前往雍州，要夏侯霸赴洛陽議事。夏侯霸不知道司馬懿的居心？當然知道！二話不說，率領本部的三千兵馬造反，卻被雍州刺史郭淮打敗。夏侯霸轉而投奔了蜀國。

汗不敢出

姜維召見夏侯霸，談到魏國之事。夏侯霸說司馬懿「方圖謀逆，未暇及外」，但有二名雄才大略的年輕人，勢將成為吳、蜀大患，不可不防。

姜維問：「願聞其詳。」

其中一人姓鍾，名會，字士季；太傅鍾繇之子。幼有膽智。父親鍾繇曾帶著二子拜見文帝。當時鍾會七歲，其兄鍾毓八歲。鍾毓見了皇帝，汗流滿面。皇帝問：「卿何以汗？」鍾毓回答：「戰戰惶惶，汗出如漿。」皇帝又問鍾會：「卿何以不汗？」鍾會答：「戰戰慄慄，汗不敢出。」皇帝為鍾會的奇智，讚嘆不已。等到年齡稍長，聰明小孩變成青年才俊，開始研讀兵書，深明韜略。司馬懿與蔣濟都稱讚他的才華。

期期艾艾

「另一人呢？」姜維又問。

「姓鄧，名艾，字士載。幼年失父，素有大志。每見高山大澤，就能窺度指畫：何處可以屯兵，何處可以積糧，何處可以埋伏。大家都笑他，唯獨司馬懿欣賞他的奇謀才略，讓他參贊軍機……」

「喔？是嗎？」姜維應得漫不經心。

「不過，鄧艾有一項小毛病：口吃。每回奏事，必稱『艾，艾』。司馬懿曾戲言：『卿稱艾艾，當有幾艾？』鄧艾應聲而答：『鳳兮鳳兮，故是一鳳。』此人的資性敏捷，大抵如此。」

姜維聽完，哈哈一笑：「不過是黃口孺子，何足道哉！」

可惜，這位「諸葛孔明接班人」少了一雙天眼通，無法預見未來事；否則，絕不敢口出蔑語。

北伐爭議

姜維帶著夏侯霸回成都，見劉禪，請求「以夏侯霸為嚮導官，進取中原，復興漢室」。這時，蔣琬、董允等賢臣，都已相繼辭世。朝中諸公反對者眾，理由不外乎「只宜待時，不宜輕動」、「孫子云：『知彼知己，百戰百勝。』我等皆不如諸葛丞相，丞相尚不能恢復中原，何況我等？」

不過，劉禪看見姜維意志堅定，也就不加攔阻，蜀軍決議北伐。

姜維先派人與羌人結盟，作為後援；然後出西平，近雍州，出兵鎮守，以為犄角之勢。一面派蜀將句安、李歆率領一萬五千名兵馬，前往麴山，構築二城。句安守東城，李歆守西城。

蜀軍大敗

只是，魏將郭淮領兵圍了東西兩城，斷了水源。姜維用夏侯霸的計謀轉攻雍州，卻中了郭淮的埋伏，損失不少人馬。還遭遇司馬師的攔截，險些喪命；靠著奮勇抵抗，以及諸葛孔明留下的「連弩」——一弩十矢，每支箭都沾上劇毒——才擊退追兵。

麴山二城的蜀軍因無援兵，只好豎起白旗，投降魏軍。

司馬病亡

魏嘉平三年秋八月（西元二五一年），司馬懿得了重病，知道自己將不久人世，將二名兒子叫到榻前，囑咐家國大事：「我事奉大魏國多年，官授太傅，位極人臣；人人都懷疑我有異心。我到底有沒有呢？當然有！也因此常懷恐懼，擔心被人看穿。我死之後，你們兄弟二人要妥善處理國政。千萬……千萬要戒慎恐懼啊！司馬家的天下，為父的遺願，要靠你們完成了。」

言訖，這位能隱善忍、智謀韜略高人一等的一代雄才緩緩闔眼，離開了保證讓他留戀的塵世——好戲，將由他的兒孫上演哪！

司馬懿死後，魏主曹芳當然將他風光大葬，優錫贈諡。長子司馬師封為大將軍，總領尚書機密大事；次子司馬昭，則為驃騎上將軍。

簡單說，曹氏江山，全落入司馬兄弟之手。

三路進兵

東吳的陸遜、諸葛瑾也先後去世，由諸葛瑾的兒子諸葛恪總理東吳大政。不久，在位二十四年、享壽七十一歲的孫權也病死了，由三子孫亮繼位，大赦天下，改元為大興元年。

司馬兄弟聽說「紫髯碧眼號英雄」的孫權剛死，孫亮年幼，便起兵三十萬，三路進發，進攻吳國。其中，東征將軍胡遵奉命前去攻打東興郡。

東吳諸葛恪一面派人增援東興，一面命老將丁奉由水路攻擊魏軍，一擊得逞，殺得魏軍大敗而逃。

諸葛恪想趁勢直取中原，結果被魏軍新城守將張特用假降之計打敗，只好撤兵。

這場戰役，互有勝負，誰也沒占到便宜。

奪命宴

諸葛恪兵敗回國，羞愧自慚，託病不理朝政。吳王孫亮親自上門問安探望，文武百官，也都來拜見。

諸葛恪為了防止百官議論他兵敗之事，便先行挑出眾官的過失，輕則發配邊疆，重則殺頭抄家，百官對他又恨又怕。

大臣滕胤、孫峻向孫亮進言，除掉諸葛恪。此議正中孫亮下懷，於是設下鴻門宴，召諸葛恪入宮。孫峻突然在席上斬了諸葛恪，並將他一家老小全數殺死。孫亮封孫峻為丞相大將軍富春侯，吳國大權又落入了孫峻的手裡。

蜀、羌聯軍

蜀漢延熙十六年（西元二五四年），姜維起兵二十萬，令廖化、張翼為左右先鋒，夏侯霸為參謀，張嶷為運糧使，出陽平關，北上伐魏。同時派人請羌王發兵幫助。

蜀國的使者郤正，帶著金珠蜀錦去見羌王。羌王見到禮物非常高興，派羌將俄何燒戈為先鋒，親自領五萬兵馬，幫助蜀軍攻打魏國。

姜維知道司馬昭喜歡「斷人糧道」，故意派木牛流馬往鐵籠山運糧。司馬昭命令大將徐質截斷蜀軍糧路，卻中了姜維四面埋伏之計，徐質被蜀軍亂刀砍死。

夏侯霸也使一計：教蜀軍穿上魏軍俘虜的衣服，前去劫營。偷襲得逞，司馬昭大敗，逃往鐵籠山。山上缺水，只有一條路可通。姜維便派重兵把守，要將司馬昭困死山上。

山上只有一泉，只夠百人飲用，司馬昭手下卻有六千名兵將等著喝水。怎麼辦？司馬昭只好拜泉：「願蒼天早賜甘泉，以活眾命！」有用嗎？天命所歸，自當有用。司馬昭拜禱完畢，泉水湧出，取之不竭，這六千人馬才沒有渴死。

魏將郭淮得知司馬昭被困在鐵籠山，便派人假降羌王，裡應外合打敗羌兵，活捉羌王，然後帶羌王迷當去救司馬昭。

羌王到蜀營見姜維。混入羌兵中的魏兵乘機作亂，姜維慌忙逃走，連槍箭也來不及拿，身上只有一張弓。郭淮搭箭射去，姜維順手接箭，回身一射，便將郭淮射下了馬，郭淮回營後傷重而死。

姜維敗回漢中。司馬昭也回到魏都。

這場戰役，互有勝負，事實上，直到西元二六五年晉朝創建之前，三國之間的勝勝負負，合縱連橫，只是小奸小詐的競技場，你打我殺的消耗戰。

三國故事，漸漸接近尾聲？

廢黜魏主

西元二五四年，魏主曹芳為了反抗司馬氏專權犯上，寫了封血書，交給太常夏侯玄、中書令李豐、光祿大夫張緝，要他們討伐司馬兄弟。

三人跪地哭奏：「臣等誓當同心討賊，以報陛下！」

司馬師在營外攔住三人，見他們眼睛紅腫，行跡可疑，命人搜身，取出了「罪證」。

司馬師勃然大怒，殺了三人全家大小；下令將張緝的女兒張皇后用白練活活勒死。

緊接著，司馬師又廢了曹芳，立高貴鄉公曹髦為皇帝，改年號為正元。

這時的司馬師，如同昔日的曹操，可以入朝不拜，帶劍上殿。

這時的曹氏子孫，如同昔日的漢家後嗣，遭受天子蒙塵、朝綱敗壞的恥辱。

鎮東將軍毌丘儉、揚州刺史文欽對司馬師廢舊帝另立新帝之舉，深痛惡絕，起兵討伐司馬師。

司馬師領軍破敵，毌丘儉的軍事重鎮南頓被魏軍攻占，不得不死守項城，保衛壽春和樂嘉城。

揚州刺史文欽與兒子文鴦鎮守樂嘉城，文鴦夜晚偷襲魏營，在敵陣中橫衝直撞，十分勇猛。

可惜，項城被魏軍攻破。毌丘儉逃往慎縣，縣令宋白趁毌丘儉酒醉，割下他的首級，獻給魏軍。一場保皇戰失敗收場。

姜、鄧交鋒

司馬師因為眼睛長瘤，回朝後便臥床不起。不久病情惡化，一命嗚呼。臨終時將大權交給了弟弟司馬昭。

姜維得知司馬師病故，想趁司馬昭「初握重權，必不敢擅離洛陽」，再次出兵伐魏。背水列陣，自斷退路，蜀軍人人死戰，大敗雍州刺史王經。王經率軍退入狄道城，堅守不出。

姜維久攻狄道城不下，正在煩惱，見「黃口孺子」鄧艾領兵前來，便展開姜、鄧交鋒第一回。

鄧艾胸有成竹，從容不迫，姜維弄不清鄧艾有多少人馬，只好先撤回漢中。

鄧艾進入狄道城，告訴王經：姜維必然再攻，讓王經在重要關口紮營防守。

果然，姜維又從祁山出兵，他見魏兵已有準備，便留下少量兵力混淆鄧艾，自領大軍進攻南安。鄧艾識破了姜維的計謀，領兵去上慨、段谷，伏擊蜀軍。

姜維兵馬經過上慨、段谷時，沒想到中了魏軍的埋伏，情況慘烈。夏侯霸在萬軍之中救出姜維，又被魏將陳泰、鄧艾追擊，正在危急時，援兵蕩寇將軍張嶷趕到，姜維、夏侯霸趁勢殺出重圍，張嶷則被亂箭射死。

篡逆之心

鄧艾一戰成名，加官進爵。司馬昭則自封為天下兵馬大都督，舉凡出城入宮，常令鐵甲驍將前後簇擁，以為護衛；大小事務，不奏朝廷，直接在相府裁處。有沒有篡逆之心？豈不聞「司馬昭之心，路人皆知」？

淮南諸葛誕對司馬昭的「居心」早已有數，上書給天子，舉證罪狀，並聯合東吳，準備討伐司馬昭。

此時東吳丞相孫峻病亡，由他的弟弟孫綝輔政。孫綝發兵七萬，幫助諸葛誕。

司馬昭得知諸葛誕聯合東吳來犯，便想親自領兵鎮壓，又怕京城有變，便帶著郭太后、天子同赴前線。

鍾會獻上「利誘之計」：將牛馬驢騾放在戰場，讓吳兵來搶。果然，吳兵見了牲口，無心打仗。魏兵乘亂掩殺，吳軍大敗，諸葛誕因此退入壽春城，既無援軍，又將糧盡。吳將文欽建議將北方兵放出城，以節約糧食。諸葛誕懷疑文欽另有用心，下令斬了文欽。文欽的兒子文鴦、文虎便越牆出城，投降了魏軍。

壽春城內人心大變，鍾會勸司馬昭乘勢攻城。守將開北門投降，諸葛誕被魏軍殺死，淮南之亂就此平定。

吳、魏政變

西元二五八年，姜維趁「淮南之亂」，魏國境空虛，再次北伐；又遇上鄧艾，僵持不下之際，傳來諸葛誕戰敗消息，姜維只好退兵。

東吳也生政變：在壽春打仗的吳軍全部投降魏軍，孫綝知情後，大發雷霆，將投敵將領的家人全殺了。吳主孫亮不滿孫綝隨意殺人，便與國舅全紀密謀，要除掉孫綝。不料，消息走漏，孫綝便廢掉了孫亮，立孫亮的弟弟孫休為皇帝，自任丞相，一家人都封了大官。

孫休見孫綝有篡位的企圖，便與老臣張布、丁奉策劃，設下鴻門宴，除掉孫綝。

魏國的亂局也不遑多讓：西元二六〇年，魏王曹髦作了一首〈潛龍詩〉，暗指司馬昭有做皇帝的野心。司馬昭帶劍上殿「問罪」皇帝，曹髦不甘示弱，率領數百名老弱護衛，要去找司馬昭「拚命」。結果是一樁以下犯上的慘案：司馬昭的部將成濟在雲流門，一戟刺穿曹髦的前胸。

天命誰屬？

司馬昭佯裝不知情，將「弒君」的成濟斬首。大臣賈充勸司馬昭自立為帝，此為「天命所歸」。

司馬昭卻說：「天命誰屬？昔日周文王三分天下有其二，仍服事殷，故聖人稱為至德。魏武帝不肯受禪於漢，猶如我司馬昭之不肯受禪於魏。」賈充等人聽出了端倪：司馬昭要將皇位留給兒子司馬炎。

就這樣，司馬昭改立曹奐為皇帝。曹奐加封司馬昭為晉王。

就這樣，吳、蜀繼續聯合，打沒有希望的消耗戰。

就這樣，姜、鄧持續交鋒，互有勝負，始終不見決定性的戰役。

有一回，姜維前後夾擊，將鄧艾的寨子圍得鐵桶一般密不通風。鄧艾使出一計：派人去成都賄賂當紅宦官黃皓。黃皓見錢眼開，便在劉禪面前散布姜維要造反的謠言，劉禪驚慌不已，竟然連下三詔，「騙回」了姜維。北伐大業又是功敗垂成。

姜維勸劉禪殺掉「奸巧專權」的黃皓，劉禪不願意；姜維知道大禍臨頭，只好去沓中屯田避禍。

不只是「姜、鄧交鋒」，後來滅蜀的關鍵人物鍾會和鄧艾，也為了搶功，而明爭暗鬥，你爭我奪。

西元二六三年，司馬昭得知姜維遠避沓中，而劉禪昏庸無能，便下令鄧艾、鍾會領兵伐蜀。姜維收到消息，連夜上奏劉禪，要調沓中的兵馬去拒敵。

誰想到，劉禪向黃皓問計，黃皓便找神婆測吉凶。神婆說，再過不久，魏國就會歸降蜀國。劉禪一聽，樂不可支，從此放心在宮中吃喝玩樂。

鍾會的大軍，一戰奪下南鄭關，緊接著圍攻陽平關。守將蔣舒不敢出戰，傅僉率兵殺敵，被魏軍包圍。這時，蔣舒獻關投降，傅僉呢？拍馬衝殺，身中數槍，血盈袍鎧，坐下馬倒，自刎而死。

姜維見漢中失守，鄧艾大軍又從背後殺到，急忙傳令，要廖化領兵接應。好不容易打退了魏將王頎、牽弘，又被鄧艾包圍，幾番死戰，姜維才得以脫身。

問題是，姜維發往成都的告急文書，全被宦官黃皓扣押，劉禪對戰況一無所知，照樣玩樂吃喝。姜維見援兵不來，魏將諸葛緒又率兵而至，便使出一計：假裝要攻雍州，逼諸葛緒回防；趁對方慌忙撤兵，姜維迅速過了陰平，直奔劍閣。

等到諸葛緒領兵來攻劍閣，布防完畢的姜維，將魏軍殺得大敗而逃。

鍾會要斬敗將諸葛緒，才知道他是鄧艾的人，要斬？不斬？城府極深的鍾會故意將諸葛緒押在囚車，送往洛陽，請司馬昭發落；同時達到斬殺敗將、羞辱鄧艾的目的。從此，鄧艾與鍾會的心結更深了。

兵貴神速

為了搶頭功，鄧艾將「兵貴神速」發揮到淋漓盡致：從小路進攻成都，一路翻山越嶺，走無人之境；遇到峻壁巔崖，直接用繩子束腰縛槍，攀木掛樹，蕩下摩天嶺。

這群開山壯士虎虎前進，接連攻下江油、涪城，直取綿竹，眼看就要兵臨成都——卻在道旁看見一座石碣，上面刻著：「二火初興，有人越此。二士爭衡，不久自死。」題詞的人是誰？丞相諸葛武侯。

「二火」是指……司馬炎？「二士」呢？我鄧艾和鍾會？

鄧艾心頭一驚，連忙對碣再拜：「武侯真乃神人！我鄧艾不能以師事之，可惜啊！」

劉禪得知魏軍就要殺來，哭求孔明之子諸葛瞻帶兵退敵。諸葛瞻父子領兵七萬，前往綿竹，幾次打敗鄧忠、師纂。後來，鄧艾用計包圍了諸葛瞻，諸葛瞻引兵左衝右突，殺死了數百名魏兵；鄧艾下令，魏兵一齊放箭，諸葛瞻中箭落馬，大呼：「我已力竭，當一死以報國！」拔劍自刎而死。兒子諸葛尚也戰死陣中。

蜀漢滅亡

諸葛瞻戰死，劉禪心慌意亂，召集大臣商議對策，最後決定：向魏國投降。

劉備、孔明地下有知，作何感想？

不過，劉禪的五子劉諶和幾個有骨氣的大臣，堅決主張「背城一戰，寧死不降」。劉禪不聽，下旨譙周寫降書。

劉諶得知「明日君臣出降，社稷從此殄滅」，殺了妻小，割下他們的首級，到昭烈廟哭別，然後自殺。

第二天，劉禪將自己綁在車上，率領太子、大臣向魏軍稱臣。

鄧艾叫劉禪寫詔書，送去劍閣，要姜維也降。眾將聽說亡國消息，個個咬牙切齒，拔刀砍石。

接下來，就是姜維假降離間、鄧艾和鍾會「不久自死」的故事尾聲。

姜維利用詐降，拉攏鍾會，打擊鄧艾；再加上司馬昭的多疑猜忌，結果呢，「二士」的鬥爭加劇，鍾會讓司馬昭以為鄧艾有意自立為西川王，司馬昭寧可信其有，命令鍾會拿下鄧艾。但他同樣不相信鍾會，自領大軍，帶皇帝前往長安，提防鍾會伺機造反。

鍾會讓監軍衛瓘捉拿鄧艾。衛瓘不動聲色，趁鄧艾尚未起床，突然入府將他們父子擒住，送往洛陽。

鍾會率兵進入成都，收編鄧艾的兵馬，且受到姜維的慫恿，準備自立為王。鍾會的親信丘建不願反叛魏國，將消息洩露給衛瓘。衛瓘一怒之下，領兵包圍鍾會，鍾會被亂箭射死。姜維奮力抵抗，但寡不敵眾，身受重傷，仰天大叫：「我的計謀不成，此乃天意啊！」說完便舉劍自刎。死時五十九歲。

鄧艾父子也被衛瓘殺死。亡國之君劉禪被封為安樂公，到洛陽繼續吃喝玩樂；宦官黃皓以敗國害民為由，被凌遲處死。

劉禪很感激司馬昭的不殺之恩，特地登門拜謝。司馬昭備酒招待，命蜀人演奏蜀樂，在場蜀官無不落淚，只有劉禪嬉笑自若。

酒至半酣，司馬昭問劉禪：「你想念蜀國嗎？」

劉禪回了句千古名言：「此間樂，不思蜀。」

天下一統

西元二六五年，司馬昭病死。賈充勸司馬昭的兒子司馬炎登基稱帝。司馬炎帶劍入宮，逼曹奐讓位。曹奐為了保命，只好退位。於是，司馬炎做了皇帝，國號為大晉，改元為太始元年。追謚司馬懿為宣帝，伯父司馬師為景帝，父司馬昭為文帝。封曹奐為陳留王，魏國滅亡。

吳主孫休不久後也病故，由孫權的孫子孫皓繼位。

只是，這位末代皇帝專狠凶暴，酷嗜酒色，倒行逆施，殘民以逞。東吳滅亡，進入倒數計時。

西元二八〇年，司馬炎命令杜預為大都督，率領水陸大軍二十餘萬、戰船萬艘，出兵伐吳。

戰況一面倒。吳軍接連戰死三員大將，晉軍很快就奪下江陵。

孫皓忙著召集眾將——不必了！吳將張象已打開石頭城城門，晉軍一擁而入，孫皓只好……學阿斗投降。

三家歸晉，司馬炎統一了天下，結束了擾攘動亂的三國時代，也預留另一動亂時代的伏筆：五胡亂華。

中國古典名著

三國演義

羅貫中／撰　毛宗崗／批　饒彬／校注

在中國古典小說中，《三國演義》可說是流傳最廣的一種。它將忠、孝、節、義融於緊湊的情節與生動的敘事之中，是一本絕佳的歷史通俗小說。本書以毛宗崗所評繡像大字本為底本，保留精采眉批，分段、標點參考各本之所長，典故、史實與方言亦擇要加注，陪伴讀者盡情遨遊於三國時代的英雄世界中。

水滸傳

施耐庵／撰　羅貫中／纂修　金聖嘆／批　繆天華／校注

梁山泊一百零八條好漢嘯聚的故事，自南宋以來即流傳於世，後經文人綴集成長篇小說《水滸傳》。書中最大的特色，在描寫事件、人物深刻佳妙，栩栩如生，且情節鋪陳布局極為緊湊，引人入勝。本書採用通行最廣的七十回本，頁端及頁末分別附有金聖嘆批語和詞語方言注釋，陪您一路痛快地造訪水滸英雄！

西遊記

吳承恩／撰　繆天華／校閱

《西遊記》是一部神魔小說，作者因功名失意，窮老無聊，故借西遊取經與孫悟空等人的故事，以揶揄諧謔、尖刻的筆調，寓其滿腹牢愁、玩世不恭之意。本書想像力之奇幻，鋪張描寫之佳妙，令人稱賞。書兼採諸善本之長處，並據明萬曆刻本《出像官板大字西遊記》精校，詞語方言並有簡要注釋，是最可信賴的版本。

金瓶梅

笑笑生／原作　劉本棟／校訂　繆天華／校閱

《金瓶梅》是明代四大奇書中唯一的社會寫實小說，它藉由描寫一個土豪惡棍的一生，暴露了明代官場的黑暗及社會病態，赤裸裸地呈現富豪生活的墮落荒唐。書中於人物描寫之精妙、語言運用之靈活，皆有不容忽視的成就。本書依據明神宗萬曆丁巳刊本校訂而成，是最完善、最近實的一個本子，同時為其中某些小說習用語及土白加上注釋，相信必能使讀者對《金瓶梅》有更深入之了解。

紅樓夢

曹雪芹／撰　饒彬／校注

全書以賈寶玉和林黛玉的愛情悲劇為主線，寫出賈府由興盛到衰敗的過程。是第一部出於原創而毫無依傍的長篇章回小說，結構宏偉、語言洗鍊，人物刻畫個性鮮明，堪稱中國古典小說的巔峰之作。本書採用程甲本為底本，詳為校訂，俚語方言並有注釋，期待與您一同到賈府一遊，看世情繁華，閱人生百態。

綠野仙踪

李百川／著　葉經柱／校注

本書是清乾隆時人李百川所著的神怪、社會世情長篇小說，故事描寫落第士子冷于冰，看破官場政治黑暗後，選擇遁入玄門訪道求仙，並協助忠良剷除奸相的經過。內容反映明朝嘉靖年間的社會景況，揭露朝廷之腐敗，描寫底層小人物生活，作者視野宏觀，行文幽默諷刺，並多以方言俚語入筆。學者鄭振鐸將《綠野仙踪》與《紅樓夢》、《儒林外史》並列為清代中葉三大小說。

兒女英雄傳

文康／撰　饒彬／標點　繆天華／校注

《兒女英雄傳》是平話體的小說，作者摹擬說書人口吻，用鮮活的北平話書寫，使得小說中的對話特別流利、漂亮、詼諧多趣。此書內容旨在揄揚勇俠，讚美粗豪，以智勇兼具的十三妹為主角，前段行俠仗義，義救為解父難的公子安驥及姑娘張金鳳一家；後天作姻緣亦成安驥之婦，始顯出其兒女情態，英雄與兒女之概，備於一身。是一部難得的俠義寫實、才子佳人小說。

三俠五義

石玉崑／著　張虹／校注　楊宗瑩／校閱

《三俠五義》是敘述包公斷案、安邦保民及眾多俠士行俠仗義、除暴安良的故事。它結合了公案小說與俠義小說的特點，藉由流暢的口語文字，生動刻劃每個人物的性格，情節則回回環環相扣，跌宕起伏，達到引人入勝的藝術效果。本書以光緒五年北京聚珍堂活字本為底本，並參照其他版本更正了原文訛誤錯漏之處，同時做了注釋和考證。

濟公傳

王夢吉／撰　楊宗瑩／校注　繆天華／校閱

濟公以一個窮和尚的姿態，笑鬧的性情，詼諧的談吐，遊戲於市井小民與達官貴人之中。作者賦予濟公無邊的法術，描述他濟困扶危、懲惡勸善的事蹟，意在宣揚佛法，教化世人為德積善。文字淺顯易懂，筆調輕鬆活潑，對話幽默風趣，笑料層出不窮，實為閱讀上之一大享受。本書以多種善本相校，俗語並酌要加注，提供讀者賞閱之便。

封神演義

陸西星／撰　鍾伯敬／評　楊宗瑩／校注　繆天華／校閱

《封神演義》是一部以周武王伐紂的歷史為架構，天命思想為中心的戰爭神怪小說。作者才華洋溢，想像力豐富。書中人物如姜子牙、妲己、哪吒等，性格的塑造十分傳神。故事則曲折離奇，許多令人匪夷所思的仙道妖怪和變幻莫測的法術，以及一場場激烈的戰爭，可謂集幻想之大成，讀來趣味盎然。本書以善本相校，改正坊間版本許多明顯的錯誤，難懂的詞句並有注釋，十分便於閱讀。

國家圖書館出版品預行編目資料

新新三國演義／張啟疆著.——初版一刷.——臺北
市：三民，2021
冊；　公分.——（新新古典）

ISBN 978-957-14-6974-4（一套：平裝）

857.4523　　109015670

新新古典

新新三國演義（下）

作　　者｜張啟疆
責任編輯｜曾政源
美術編輯｜陳祖馨
封面繪圖｜練　任

發 行 人｜劉振強
出 版 者｜三民書局股份有限公司
地　　址｜臺北市復興北路 386 號（復北門市）
　　　　　臺北市重慶南路一段 61 號（重南門市）
電　　話｜(02)25006600
網　　址｜三民網路書店 https://www.sanmin.com.tw

出版日期｜初版一刷 2021 年 1 月
書籍編號｜S859110
I S B N｜978-957-14-6974-4

三民書局